ダイヤモンドの原石たちへ

湊かなえ作家15周年記念本

湊　かなえ

集英社文庫

ダイヤモンドの原石たちへ
湊かなえ作家15周年記念本

目次

ダイヤモンドの原石たちへ

湊かなえ作家15周年記念本

湊かなえ

まえがき

二〇〇八年八月に単行本『告白』が刊行され、一五年が経ちました。長かったような、あっという間だったような、そんな年月です。

ありがたいことに『告白』は多くの方々に読んでいただくことができ、昨年、文庫版が三〇〇万部を突破しました。その記念として奇跡のような出来事が実現しました。

ドハマり中の大人気漫画『呪術廻戦』の作者・芥見下々さんに、幅広帯のイラストを描いていただけたのです。呪霊は人の悪意から生まれる。その世界観は『告白』と同じ線上にあると勝手にシンパシーを抱いていたのですが、まさにそれを表現してくださった素晴らしいイラストです。

そのうえ、とどめを刺されるかのようなコメントまでいただきました。

本の感想は読者一人一人のものです。正解も不正解もありません。ただ、さまざまな感想が寄せられる中で、こんなふうに受け取ってくださったんだ、と胸に響くものとそうでないものはあります。私が放った矢が、その人の胸の内にある的に当たり、その人が放った矢が、私の胸の内にある的に当たる。こんなに幸福な現象はありません。

芥見さんのコメントは、まさに的のド真ん中を射抜くものでした。

素晴らしい帯を巻いてパワーアップした『告白』を、さらに多くの人に手に取ってもらうため、版元である双葉社が「書店店頭飾り付けコンクール」を開いてくれました。五〇〇店舗以上が参加してくださり、その中から、六つの地域ブロックの最優秀店を選んで、サイン会ツアーをさせていただきました。

「初めて読んだのは中学生の時で、生徒たちの気持ちに寄り添って読んでいましたが、今は先生の気持ちがよくわかります」

そういった声をたくさんいただきました。一度読んでおしまいではなく、その時々の自分の考え方や在り方を確認するかのように読んでくださっている。『告白』が誰かの人生のお供にしてもらえる本になれたことを、大変うれしく思いました。

また、「一〇代でこの本を読めてよかった」「中学生の子どもに薦めました」という声もいただきました。

読書は頭の中に種を植える行為だと考えることがあります。すべての種から芽が出て成長するわけでなく、また、早咲きのものや遅咲きのものもあります。多くの種が成長し、樹となって林や森ができたら、豊かな人生が送れるのではないかと思います。人生に行き詰まった時、支えてくれる言葉やヒントになる言葉を持つ人は、強く生きていけるのではないか、と。

では、私はどんな樹に支えられているのだろう。一〇代の頃、夢中になって読んだ本は何だっただろう。『告白』に登場する生徒たちと同じ、中学二年生の時に読んでいた本は――。

漫画『ベルサイユのばら』です。

作品を初めて認識したのはアニメからですが、当時、小学校低学年だった私は、男装の麗人オスカルをかっこいいとは思っても、その内容を深く理解することはできていませんでした。

漫画を読んでみようと思ったきっかけは、ある少女向け雑誌で「印象に残った台詞」の特集があり、そこに載っていた一文に深く心をつかまれたからです。

――不幸になってみてはじめて人間はじぶんがなに者であるかわかるものなのですね。

フランス王妃マリー・アントワネットの台詞です。どんなことが起きてこの心境にいたるのだろうかと知りたくて、文庫スタイルの『ベルサイユのばら』を全巻購入し、その世界に没頭しました。柔軟な一〇代の頭は、スポンジで水を吸い上げるように物語を余すところなく吸収し、その種をしっかりと根を張った大木へと成長させていきました。

刺さる言葉は最初に惹かれたものだけではありません。「前途多難」という言葉を覚えたのも、この作品からです。そんな中で、私の人生に一番大きな影響を与えてくれたのは「自由」についてです。

衛兵隊・隊長のオスカルは平民出身の部下たちに言います。

――心は自由なのだ。どんな人間でも人間であるかぎり、だれの奴隷にも所有物にもならない心の自由をもっている。

なるほど、と感銘を受けるものの、これは、不自由な状況に身を置いたまま、心だけは支配されてはいけない、と解釈できます。今いるところで我慢しろ、ということを、権力者や支配者が甘い言葉に置き換える場合にも、よく似た表現が使われがちです。

今の世の中の多くの場面に通じる言葉だと思います。

しかし、この言葉をオスカルは訂正（もしくは、付け加え）します。

――自由であるべきは心のみにあらず!! 人間はその指先1本髪の毛1本にいたるまで、すべて神の下に平等であり自由であるべきなのだ。

そうだよね、そういうことだよね、と一〇代の私は涙しました。その後も、人生におけるさまざまな段階で、理不尽だと感じる問題に直面した時、この言葉が自然と頭の中に滲(にじ)み出てきました。

本当の解決策とは何なのかを、この言葉に照らし合わせながら考えます。

その精神は、私の作品の至る所にも、自然と埋め込まれているはずです。

そしてこの度、一五周年を迎えるに当たり、大変なご褒美をもらいました。

作者の池田理代子(いけだりよこ)さんと対談させていただけることになったのです！

神様のような存在の先生が、私と同じ世界に生きていらっしゃったのか、と心臓をバクバクと鳴らしながらその日を迎えた様子は、この後に掲載されています。

作品紹介のページもあります。

一〇代の読書経験について書きましたが、種を植えるのに年齢は関係ありません。今日読んだ本が現在抱えている問題の助けになったり、救いになったりするのは、むしろ、大人の方にかもしれません。

三五歳でデビューした私も五〇歳になりました。

デビュー時から追いかけてくれている方もいれば、直近の映像化作品を読んで次はどれを読もうかと迷われている方もいます。イヤミス好き、イヤミスは苦手。一度も読んだことがないけれど興味はある。さまざまな読者の方たちに、この本が地図のような役割をはたしてくれるといいなと思っています。

淡路島（あわじしま）のこと、四七都道府県サイン会のこと、小説甲子園のこと、など。小説家の仕事は作品を書くことですが、他にも多くの貴重な経験をすることができました。

そんな、湊かなえの怒濤（どとう）の一五年間を、おもしろい、と、まずは言っていただけたら幸いに思います。

特別対談

「私、先生でできてます！」

池田理代子
×
湊かなえ

構成／タカザワケンジ

首飾り事件のダイヤ⁉

――池田理代子さんは、湊さんに大きな影響を与えた表現者であり、あこがれの人です。お二人は初対面。初めての対談です。まず、湊さんから池田さんにお渡ししたいものがあるとのことです。

湊　先生にぜひ受け取っていただきたいものがあるんです。三百年前に研磨されたダイヤモンドで、オールドマインカット・ダイヤモンドと言われるものです。断面を見ると、機械でカットしたまっすぐなフォルムではなく、マフィンのような形になっているのが特徴です。フランス革命の前にカットされたものなので、首飾り事件のときにジャンヌがバラバラにして情夫に「イギリスにわたってダイヤを売りさばくのよ」と言ったダイヤの一つなんじゃないかと思ってるんです。それを先生にお持ちいただけたらと思って。

池田　まあ。ありがとうございます。カットが違うんですね。今はブリリアントカットですものね。

湊　そうですね。ブリリアントカットは機械で研磨するので形が整っているんですが、このダイヤは手で削っているので、微妙に丸くなっています。ダイヤモンドを固定するために、革を重ねて、そこにダイヤの原石を置いて手でカットしていたらしくて。

池田　すごいものを頂いてしまいましたね。

湊　私は石が好きなんですけど、見ていると、ここに来るまでの物語があったんだろうなと思うんです。

池田　私も石は好きなんです。海岸で丸いすてきな石を見つけたりすると、嬉しくなって持って帰ったりするんですよ。

湊　この石、どこから来たんだろうと思いますよね。私は淡路島に住んでいるので、海岸に行くと、光って見える石があったりして。

池田　淡路島にお住まいなんですね。私、淡路島に思い出があるんです。小学校は大阪だったので、修学旅行で淡路島に行ったんです。五〇〇円だけお小遣いを持っていったんですけど、帰りにお土産に何を買おうかなと思ったんです。今はあるのかしら、大阪までのお船。

湊　なくなりました。明石海峡大橋ができて。

池田　船着き場でタコツボを売っていたんです。「そうだ！　このタコを買って帰ろう」と思って買って、タコが入ったタコツボにひもをつけて、お船の上から海に垂らしたんです。大阪の港に着くまで。大阪に着いて海から引き上げたら、タコツボの中が空っぽだったの。タコに逃げられちゃった。がっかりしちゃって。それが一番の思い出。タコが逃げるなんて思わなかった。

湊　タコって意外と頭がいいんですよね。

池田　そうなんですね。知らなかった。

『ベルばら』との出会い

湊　先生の第一歌集『寂しき骨』を読ませていただきました。先生は中学生の頃から短歌を詠んでいらっしゃったんですね。

池田　そうですね。あの頃は短歌もですけど、小説も書いていて、毎週クラスに回して、来週に続くって。

湊　わあ、すごい。連載されていたんですね。同級生になりたかったです。『ベルサイユのばら』をはじめとして先生の作品は本当に絵がお美しいし、行ったことはもちろん、映像などでくわしく見たこともないけれど、こういう豪華な世界があったんだって異世界の体験ができました。

　まずは絵の魅力から入っていったのですが、思い返すと一つずつの言葉が立ち上がってきて、何かの拍子に先生がお書きになった台詞がぱっと出てくる。先生が短歌を詠まれていたと知って腑に落ちたんです。心に言葉が刻まれたのは、短歌のリズムで入ってきたからかもしれないな、と。

池田　そうかもしれませんね。私にとってはストーリーと言葉がとっても大事で、よく編集者とやり合いました。「この言葉は子どもには難し過ぎるんじゃないか」と言われて、「大丈夫です、わかります」って。

湊　連載は「週刊マーガレット」でしたね。私は一九七三年生まれなのでリアルタイムでは読んでいなくて、漫画よりも先にアニメに触れました。でもそのときは小学校の低学年だったので理解が追いつかないところもあって、漫画を読んでハマったのは中学生になってからです。

ある雑誌に好きな漫画や小説の一言を読者から募集したページがあって、『ベルサイユのばら』のマリー・アントワネットの台詞「不幸になってみてはじめて人間はじぶんがなに者であるかわかるものなのですね…」を挙げている人がいたんです。その一言で読んでみたいと思い、『ベルサイユのばら』を全巻読みました。

池田　ありがとうございます。

湊　中学生だったので、もう本当に全てが心にしみ込んで。マリー・アントワネットの台詞もそうですし、オスカルの「自由であるべきは心のみにあらず!!」という台詞。「人間はその指先1本髪の毛1本にいたるまで、すべて神の下に平等であり自由であるべきなのだ」。そうなんだよ、それが自由なんだよって。大人になってすごく思い出すフレーズがいっぱいあって、私、『ベルサイユのばら』でできてます。

池田　うれしい。スペインにサラマンカ大聖堂という世界遺産があるんですけど、そこで歌ったことがあるんです。歌い終わったあとに、スペインの二〇代くらいの女の子が私のところにやってきて、涙うるうるで「私のすべては『ベルサイユのばら』でできています」って。

湊　同じです！　私が生まれ育ったのは、今住んでいる淡路島よりもさらに小さい広島県の因島(いんのしま)なんですけど、子どもの頃は島から出たことがなくて、東京というだけでも別世界でした。『ベルばら』は国も違うし、時代も違う。だけど忘れられない台詞や場面がたくさんありました。きっとスペインの女の子も私と同じで、自分がいつの時代のどこにいるかなんて関係なく感動したんでしょうね。

池田　あのときは私も『ベルばら』を描いてよかったなって心から思いました。描いていたときには「少女漫画なんて」と下に見られていてずいぶん悔しい思いをしたので、よけいに勇気づけられました。あの頃、漫画は子どもに害毒を与えるって言われていたんです。

湊　大人たちが漫画に偏見を持っていた時代がありましたね。読みもせずに。

池田　そうなんですよ。活字の本は子どもの想像力を養うけれど、漫画は絵がある分、想像を限定されてしまうと批判されて。じゃあ、映画はどうなのって言いましたけど。

湊　絵は想像力を助けてくれるのに。世界史の授業でフランス革命がとっても楽しみだったんです。教科書にはベルサイユ宮殿の写真と戴冠式の絵ぐらいしか載ってないけれど、『ベルサイユのばら』を読んでいれば、あの世界が全部頭の中にある。しかも登場人物たちの人生にまで想像が広がる。先生が描いてくださった絵があったからこそ、子どもたちはフランス革命がどんなものだったかをありありと想像できたんです。

池田　長く読んでもらえているのもうれしくて。あの頃、漫画って読み捨てにされるも

のだったんです。編集さんとも読み捨てにされないような漫画をつくろうじゃないかと話していましたし、木原敏江(きはらとしえ)さんとか、萩尾望都(はぎおもと)さんとか、少女漫画家たちはみんないい作品を描こうと熱い思いを燃やしていました。

命がけの覚悟から出た言葉

湊　「誕生50周年記念　ベルサイユのばら展」を大阪で拝見したときに、一番驚いたのが、先生がベルサイユ宮殿に行ったことがないまま『ベルばら』を描かれていたことでした。いまはインターネットで写真や動画を見ることができますが、昭和の時代は写真集のような資料も限られていましたよね。

池田　そうですね。だから、随分と古本屋さんを歩いて、たくさん本を集めました。それと、集英社の隣にあった小学館に大きな資料室があったんですよ。なぜか小学館が資料室を使ってくださいって言ってくださって、いろんな資料を見せていただきました。あの時代の男性と女性の洋服の型紙まであって、ああ、ドレスはこうやってつくるのかって。

湊　資料をもとに先生が服のデザインまでされていたんですね。アントワネットのドレスも、実在したものだけでなく、先生がデザインされたものがたくさん。

池田　そうそう。でも、やっぱり行ってみないとわからないことが多くて、連載が終わってやっと行くことができました。

海外旅行はもちろん、飛行機に乗ったのも初めて。パリからベルサイユに出ている観光バスがあったので乗ったんですが、ガイドさんが英語で「日本の若い女性がベルサイユ宮殿を舞台に物語を書きました」と言ってるの。

湊　先生がバスに乗っているとは知らずに。でも、『ベルばら』のことがちゃんとフランスに伝わっていたんですね。

池田　そうそう。フランスのオランド大統領が国賓として来日されたとき、私はフランスからレジオン・ドヌール勲章をもらっていたので、レセプションに呼ばれて行ったんです。オランド大統領に随行してきた若い外交官がだーっと寄ってきて「僕はあなたの漫画でフランス革命を勉強しました」って。

湊　フランスのエリートが日本の漫画でフランス革命を（笑）。

池田　うれしかったですね（笑）。

湊　先生にお目にかかれる機会があったら、長い間育てていたこの思いを聞いていただきたいと思っている方が、世界中にいるんですよね。それに子どもの頃に読んだ懐かしい漫画というだけでなく、自分が年を重ねていくと、登場人物に対する捉え方が変わってきます。読み返す楽しみもありますね。

池田　以前とは違ったところに感動すると言ってくれる方がたくさんいます。私、自分でも不思議なのは、あのときにアントワネットとフェルゼンの不倫を書いてるじゃないですか。どうしてあの二人の気持ちがわかったのかしら。書いたのが二四歳で、そんな経験はなかったのに。自分の力じゃないものが助けてくれたのかなと思いますね。

湊　大人になってから感動したのはジェローデルがオスカルから身を引く場面です。子どもの頃は、オスカルとアンドレとか、アントワネットとフェルゼンにばかり目が行っていたんですが、大人になって読み返すと、オスカルたちが情熱のままに突き進んでいく中、ジェローデルだけが冷静なんですよね。「ただひとつの愛の証(あかし)です……身を……ひきましょう……」とオスカルに言う。「愛する人の幸せのために身をひくなんて、一番大人じゃん、ジェローデル、ジェローデル大好き」と思って(笑)。

池田　ジェローデル、人気ありますよね。とくに大人の女性に。私が一番好きなのはルイ十六世。あんなに包容力のある人はいないと思うんです。

それに彼が遺(のこ)した言葉は歴史ものを書くときに一番大事なことを教えてくれました。ルイ十六世は周りの国から駄目な国王だと非難されるんですが「でも、誰もまだ自分のような立場に置かれたことはないんだ」と言ったそうなんです。ああ、たしかにそうだと。私たちはどうしても今の時代の価値観で昔のことを判断したり評価したりしがちですが、それは違う。その時代にはその時代の価値観がある。歴史ものを描くときのものの見方をルイ十六世が教えてくれたと思っています。

湊　御主人様のオスカルと従者のアンドレが身分違いの恋をしますけど、オスカルのお父さんが激怒しますよね。一〇代の頃は身分の違いの重さがよくわからないから、怒って殺そうとするふりをしていたのかと思いましたけど、今、冷静に読み返すと二人が結ばれるなんてありえない。お父さんに本当に殺されても仕方がないですよね。あの時代の価値観では。

池田　そうですね。オスカルが自分の身分を捨てる決心をしないと成立しなかった愛なんです。

湊　登場人物一人ひとりの言葉や行動が全部、命をかける覚悟の上に成り立っていたんだな、と大人になってからわかりました。オスカルもアンドレも、マリー・アントワネットもフェルゼンも、ロマンチックな甘い言葉のように感じていたけれど、実は命がけで言っていたんだな、殺されてもかまわないという気持ちだったんだなって。

池田　そう思いますね。二人が結ばれるときはオスカルのほうから言うじゃないですか、アンドレからは「おまえを抱きたい」なんて絶対に言えない。しかもその前に一度しくじっている。あの場面は連載のときも大変だったんです。少女漫画ですからベッドシーンは異例中の異例。たぶん初めてなんじゃないかなくらいだったので、読者のお母さんから編集部に電話がかかってきて、けしからんと。

湊　「お母さん、一巻から全部読んでください」と言いたい。そうしたら絶対、よかったとお母さんも思うはずだから。

池田　当時の編集長が同じことをお母さんに言ってくださったんですよ。「この物語を最初からお読みになりましたか。ぜひ最初から読んでください。それでもなおあのシーンが不適切だと思われるならもう一度お電話ください」と。それでもう電話はかかってこなかったということです。

湊　きっとお母さんも、娘が「週刊マーガレット」を置きっ放しにしていて、ぱらぱらっと見たら、「あらっ」ってびっくりしたんでしょうね。でも、そこに至るまでの物語をきちんと読めばわかるはずです。そこだけを切り取っちゃ駄目なんですよね。

生まれたときから死ぬために生きている

――湊さんは池田さんの作品はもちろん、生き方にも共感されているそうですね。

湊　先生は四七歳のときに音大に入られて、音楽家としても活躍されて、最近は歌集も出されて、いろんなことを全力でされていることに感銘を受けています。

先日、作家の方たちと話す機会があって、「みなさん、小説家の次は何がしたいですか」と聞いたら、「えーっ」って驚かれたんです。「その次に何かあるの？　作家やめるの？」」って。「だって、一回限りの人生なんだから、もう一つ、二つ何か新しいことをしてみたいじゃないですか」と言ったんですけど。

先生は漫画を極められ、音大に入って声楽を学ばれてステージで披露されていて、オペラの演出もされている。一回の人生を何通りも生きられて、熱量が本当にすごいなと思うんです。

池田　声楽にしても、短歌にしてもそうですけど、その分野では一流になれないとわかっているんです。ただ、やりたかったことをそのままにしておきたくない。死ぬときにあれをやればよかったって思うのは嫌なんです。もちろん果たしてない夢もあって、それが小説家なんです。

湊さんの『白ゆき姫殺人事件』は、一人の女性が殺されて、犯人だと疑われた女性との関係をいろんな登場人物が語っていきますよね。私もそういう漫画を描いたことがあるんです。『パラノイア』という作品なんですけど、一人の女性についていろんな人が語る。小説でもできないかなと思って、ちょうど今書いているところなんです。

湊　読んでみたいです。私は先生の『おにいさまへ…』が大好きなんですけど、登場人物たちに隠されている関係があって、物語の後半で明かされていきます。実はこの二人がこういう関係だったのかとか、そういう驚きを先生の小説でも読んでみたいなと思います。

池田　でも、私、若い頃に思ったのは、活字だけで何かを表現する才能はないなと。だから、絵の力を借りているんだなって思います。

湊　そんなことはないと思います。私は先生の短歌を『寂しき骨』で読んで、どれもすばらしいと感じました。一首一首に情景が浮かんできて。中でも今の自分に刺さったのが、「人間は　矛盾の中に漂へるひとひらの花と書きくれしひと」。どんなことがあってこの境地に至ったんだろうと想像をかき立てられました。しかもこんなに少ない言葉で。

池田　その歌は実は今の亭主が最初にくれたメールがヒントになったんです。

湊　帯に引用されている「この人を忘れてしまう日が来るのか　いつか私でなくなる時が」も「あっ」と思わず声が出たんです。パートナーの方との出会いや背景を知ってから読むと「本当にすばらしい方と出会われたんだな」と思って。

池田　どうかなあ（笑）。彼はオペラ歌手としてはすばらしいと思いますけどね。こうやって立派な本にしてくださると、別の意味にとってくださるのね。この人を忘れたら、そのときは自分が自分でなくなる。だから、ずっと愛し続ける――じゃなくてね、要するに、ぼけたらどうしようという歌なんです（笑）。

湊　ついに亭主もわからなくなって（笑）。

池田　そう（笑）。私の母も、最期は私のこともわからなくなったので、やがてそういうときが来るのかなあって。でも、人間ってそういうものだと思っています。

講演に行くと「自分の夢をかなえて幸せな生き方をするにはどうしたらいいですか」と質問をされることがあるんですね。私はこう答えるんです。「人間って幸せになるために生まれてくるわけじゃないんですよ」って。人間は生まれてきたそのときから死ぬために生きるんです。

湊　先生の歌にありますね。「息ひとつ吸いてこの世に生まれ来る　ものみな息を吐きて逝くなり」。一生をこんなふうに言葉で表せるんだって。ああ、そうか、人の生き死にってそういうことなんですね。

池田　そうだと思います。人間はその辺の虫とかほかの動物と同じ。幸せになるために生きているわけじゃない。死に向かって生きているのであって、ただ生きているというそのことだけが尊いんだなあと。

若い人たちはあれになりたい、これになりたいと思って、夢がかなわなくて苦しむこともあるでしょうけど、陳腐な言い方ですけど、生きていることそれだけですばらしいと思うんですよね。

だから、夢がかなわなくても悲観しなくていいんだよって講演で言うんです。若い人から手紙をもらうと、あの言葉が一番胸に刺さったってよく書いてあります。

夢をかなえた順番が逆

湊 先生は飼われていた猫のエピソードを歌集の中で書かれていますよね。私も猫を飼っているんですが、猫を見ていると、そんな遠く先のことを心配しなくてもいいのかなって。この子は今、ここで心地いいことだけを求めながら生きている。その積み重ねだけがあればいいんじゃないか。人生を振り返ったときに、どの瞬間も心地よかったと思えるんじゃないかなって。

池田 猫って死が近づいてくると、家の中の狭くて暗いところに入りたがるんですよね。私はそれを「猫村に行こうとしてる」って言うんです。飼い主としてはそんなところに行っては駄目って引き戻してしまう。でも、本当は自然のままに行かせたほうがいいのかもしれない。自分はもうそろそろ猫村に行きますってことだから。

湊　私が飼っている猫の母猫は、死ぬ前に家から脱走してそのまま帰ってこなかったんです。市役所に問い合わせたら、近所のお宅のお庭で亡くなっていたことがわかって。

池田　本当にそうなのね。猫って最期は自分だけで猫村に行くんです。

湊　私もそんな気持ちで生きたいですね。先生は幸せを求めてではなくて、やりたかったことをおやりになっている。

池田　最初は中学生のとき。とにかく文章を書きたかった。高校のときには、ずっと親にピアノをやらされていたので音大受験の準備をしていたんですが、才能がないと思って諦めて一般の大学に入りました。漫画家は最後なんです。

それも動機が不純で、人と会うのが苦手だったから。大学に入ってわかったんですけど、電車に乗って通学するのが嫌だったんです。家出をして、ウェイトレスとかいろんな仕事をして、その中で、何とか人と会わないで済む仕事ってないかしらと考えて、小説家か漫画家しかないと思いました。それで漫画家を選んだというか、漫画が認められたので漫画家になったんです。

だから、夢を持ったのと、かなえたのは順序が逆。でも、自分が子どもの頃から夢見ていたことは、順番が逆でも、かなえることができたかなと思いますね。

湊　夢がかなわなかった、と言っている方は、今、まだそれになってないだけで、もう何年かして振り返ったらかなっているかもしれない。

池田　そうですよね。可能性ってどこに転がっているかわからないし、よしんば駄目だとしても、生まれてきて、生きているというだけでいいんですから。

何万の手紙よりも強烈な一通

――池田さんはこの対談のために湊さんの作品をお読みになったとのことですが、感想をうかがってもいいですか。

池田　私、ミステリを読むのが好きなんです。本屋さんでサスペンスとかミステリとかって書いてあると買っちゃうんですね。そのくらい好きで、それも松本清張のような社会とつながっている普遍性のあるミステリが好きです。

湊さんの『白ゆき姫殺人事件』は本当にあるあるという感じで面白かったですね。会社での噂話レベルのものがインターネットで拡散して、ウソも本当のようになってしまう。怖いですよね。私自身、会社勤めはしたことないんですけれども、社内の人間関係がリアルに書かれていて、興味深く感じました。

湊　『白ゆき姫殺人事件』はツイッターが日本でもサービスを始めたばかりの頃、いち早く小説に取り入れたいと思った作品なんです。デマが簡単に拡散していくのって恐ろしいなと思って。先生はインターネットでご自分のことを検索されますか？

池田　絶対にしません。エゴサーチだけは絶対にしないようにしようと。ブログはやっていますけど、ＳＮＳはやりません。少しでも何か仕事をすると絶対悪口を言われるに決まってるから。

『ベルサイユのばら』のときだって、アンチベルばら派という人たちが集まって、「ベルばらが何さ」という座談会の記事が雑誌に載ったりしたんですよ。参加した人たちはまだ若いから、言いたい放題言っちゃって。自分の言ったことが活字になったときにどれほど強烈なインパクトがあるかがわからなかったと思うんですね。あとから記事を読んでショックを受けて、私のところに謝りに来た人がいたんですよ。

湊　座談会に出席して後悔したでしょうね。周りからも「こんなこと言ったの？」って言われますよね。

池田　周りからよりも、自分の発言を読んでびっくりしたみたい。活字の持つ強さがわかってなかったんでしょうね。私も雑誌で対談をするようになって思ったんですけど、その場でなんとなく言った言葉でも、あとで活字で読むとこんなにキツいことを言ってるということがあるんですよね。そういうことが中学生、高校生くらいだとまだわからない。でも今は、それが匿名で簡単にできてしまう。ちょっと怖いなあと思いますね。

湊　私も基本的にはエゴサーチはしないんですけど、どうしても調べないといけないときは「湊かなえさん」って「さん」付けで検索するんです（笑）。そうすると少しマイルドな意見が読めます。

池田　なるほどね。

湊　それも必ず「さん」を先に書いて、その前に「湊かなえ」をつけるんです。名前から書くと「さん」をつける前に予測変換で「湊かなえ　面白くない」とか出たら嫌だなと思って（笑）。九九回褒めてくれていても、一回けなされていたら、九九が砕けていってしまいますよね。

池田　そんな体験なさいました？

湊　はい。

池田　萩尾（望都）さんが同じことを言っていました。その頃はまだ手紙ですけど、九九人がファンレターで褒めてくれていても、一通けなした手紙が来ると、褒めてくれていたものが全部パアになるって。

湊　けなしたものばかりが頭の中に残ってしまって。

池田　そうそう。私も忘れられない手紙がありますよ。褒めてくださった手紙がたくさんあるのに、たった一通、「あなたという女が目障りだ、あなたがこの先落ちぶれていくのを見届けてやりたい」という手紙があったんです。

湊　いつ頃ですか？

池田　『ベルばら』を描いていたときですね。だからずいぶん前。でも忘れない。私、落ちぶれるのかなあって。何万というファンレターよりもその一通が強烈で。この対談を読んだみなさんは、そういう手紙は絶対に書かないでくださいね。

湊　トラウマになりますよね。

池田　本当にそう。でも、その手紙があったから、この人を絶対に喜ばせたくないという気持ちはありました。

湊　反骨心で。

池田　そうそう。だから、別に幸せになろうとは思わなかったけど、不幸になってこの人を喜ばせたくない。それと、いずれみんな平等に死ぬ。この手紙を書いた人が今生きているのかどうかわからないし、私もあと何年生きるのかわからない。死だけが平等なんだと思いますけどね、いまは。

湊　オスカルが死に際でアンドレに「苦しくはなかったか…？／死はやすらかにやってきたか…？」と問いかける場面が思い出されますね。たった一つの台詞の後ろにその人物の死生観や愛が滲み出てくるんだなと思いました。

池田　あんな若い頃に、あんなことを考えていたなんて自分でも不思議に思いますね。今も思うんですよ、死ぬってどんなだろうって。長患いをせずに苦しまずぽっくり逝きたいという気持ちは痛いほどわかる。

でも、死は絶対に避けられないことだし、生まれたら必ず死ぬんだと思えば、せめて生きている間にやりたいことはやっておくべきだと思うんですよね。

湊　生まれたときに一息吸って吐いて死ぬ、人生って、本当にその短い間なんですよね。その間に何をやるか。若い頃には漫画で、今回は短歌で先生に教えてもらって、また一つ血肉になりました。

池田　教えるなんてとてもとても。後期高齢者になってもまだわからないこともあるし、もがいて生きていますよ。

二十数年越しのオペラ『女王卑弥呼』

――湊さんは昨年（二〇二二年）、一年間お休みされて、執筆を再開してから快調だとうかがっています。やはり表現することはやめられないものなのでしょうか。

湊　ほかの作家の方に、次に何がしたいですかって聞いたと言いましたが、別にそれは小説家をやめて次に新しいことをするのではなく、新しいことをしたとしても、また小説が書きたかったら書いてもいいと思うんです。一回やめたら書けなくなるという仕事でもないので。

池田　そうですよね。かたちは変わっても、創作がしたい、物語が書きたいという気持ちはなくなりません。いまもオペラの台本というかたちですけど、二つ、三つ、並行して書いています。いまの自分にとってはオペラの台本が書きやすいんです。

湊　いつ頃、上演される作品なんですか。

池田　一つは再来年。二〇年がかりで実現させようとしている作品です。オペラの台本を書いても上演するまでにはものすごく長い時間がかかるんですよ。作曲してくれる人が必要で、公演をプロデュースしてくれる人が必要で、お金も必要ですから。再来年に上演を予定してるのは『女王卑弥呼』という作品です。

湊　温めるというよりはかたちにするための二〇年なんですね。

池田　もともとは歌舞伎俳優の中村福助（なかむらふくすけ）さんの発案で、アクロス福岡での上演を予定していたんですけど、台本があまりにグランドオペラ過ぎると。

湊　壮大だったんですね。

池田　そう。予算的な問題でだめで、中村福助さんがご病気をされて立ち消えになったんです。それでも上演委員会を立ち上げてくださった方がいたり、イタリアの作曲家と打ち合わせをしたりしていたんですけどそれもうまくいかず。そんなときに、藪田翔一（やぶたしょういち）さんというすばらしい才能をお持ちの若い作曲家の方が「オペラを書きたいと思っているんですが、何かいい台本はないでしょうか」と言ってくださって。「実はあります」って。それでようやく今年の四月に「愛と祈りのオペラと生きる喜びの第九」という公演でアリアを四曲お披露目できたんです。再来年に全編を通して上演したいなと思っています。

湊　先生のオペラ、それも卑弥呼の物語なんてすごいですね。先生も歌われるんですか。

池田　私ね、卑弥呼の侍女をやると言ったら、うちの夫から、演出をやる者が歌うもんじゃないと怒られたんです。歌っているときに冷静にその場面を見られないでしょう。夫は卑弥呼の弟・スサノオ役で出ます。神に捧げる稲田に汚物を放り込んだり、機織り(はたお)の小屋に動物の死骸を投げ入れたり、とにかく悪さばっかりするんです。でも、それは自分が駄目であればあるほど、卑弥呼がその分神聖視されるという思いがあってのことなんです。

湊　『泣いた赤鬼』を思い出します。わざとやっているんですね。

池田　そうなんです。自分はとにかく悪者に徹する。いい役なんですよ。
　卑弥呼は、ただ一つ邪馬台国に従わなかった狗奴国(くなこく)の将軍と愛し合ってしまうんです。そのために卑弥呼は神様の声を聞く力を失い、最後は殺されてしまいます。

湊　悲劇なんですね。

池田　はい、悲劇です。でも、二人の間にはひそかに子どもがいて、それは『魏志倭人伝』にも出てくるんですけどね。

湊　臺與(とよ)ですね。

池田　そう、臺與。その臺與が卑弥呼の跡を継いで国が治まるんです。役としては卑弥呼の相手役の狗奴国の将軍の役、これが一番かっこいい。狗奴国はいまの鹿児島にあった国なんですけど、阿多(あた)の君(きみ)という名前をつけました。二〇年前に一生懸命資料を調べてつけた名前なんですけど、いまも鹿児島に阿多という地名があるんですよ。そういう歴史的なことを調べるのが楽しいですよね。

湊　楽しいですよね。私も今、蝶(ちょう)に取りつかれた男性の話を書いているんです。去年の私は蝶のチの字も知らなかったんですけど、今はいろんな蝶のことがわかってきて楽しいんです。蝶の目の見え方が人間と違ったりとか、その仕組みとかが面白くて。

池田　調べるとか、作品が出来上がるまでの過程が楽しいんですよね。

湊　私は卑弥呼のことはほとんど知らないんですけど、先生にお話を聞いて、卑弥呼をもっと知りたいなと思いました。オペラを拝見したらもっとそう思うんでしょうね。

——そろそろお時間なんですが、最後に池田さんにお願いがあります。湊さんがプレゼントされた石を拝見してもよろしいですか。

池田　私も見たいなと思っていたんです。開けてみますね。

（箱を開ける）

池田　わあー。すごーい。

（光ってます！）

湊　今のダイヤの輝き方とはまた違うみたいです。手で研磨しているので、機械で研磨したような均一な輝き方ではないんですね。

池田　本当に頂いてしまってよろしいんですか。

湊　そのためにお持ちしました。日本にも五個あるかないかぐらいの、あまり出回ってないものだそうなんです。だからこそ先生に持っていてほしい。

池田　怖くて触れない。でも、きっと三百年前と同じ光を放っているんでしょうね。

――今日は湊さんの夢がかなった日になりました。

湊　息が止まって倒れるかと思いました。でも、とても幸せな時間でした。私、先生でできています、本当に。

（二〇二三年七月十一日収録　写真／露木聡子）

池田理代子（いけだ・りよこ）

漫画家、声楽家。一九四七年大阪府生まれ。東京教育大学（現・筑波大学）在学中の六七年に「バラ屋敷の少女」でデビュー。七二年に連載を開始した『ベルサイユのばら』が空前の人気を博す。八〇年『オルフェウスの窓』で日本漫画家協会賞優秀賞を受賞。九五年、四七歳で東京音楽大学声楽科に入学。卒業後はソプラノ歌手として舞台に立ち、オペラの演出も手掛ける。二〇〇九年、フランス政府からレジオン・ドヌール勲章を授与される。二〇二〇年、『池田理代子第一歌集　寂しき骨』を上梓。「塔」短歌会会員。二〇一七年より熱海在住。

全小説作品紹介

評／タカザワケンジ

『告白』

双葉社
単行本：2008年8月
文庫：2010年4月

「愛美は事故で死んだのではなく、このクラスの生徒に殺されたからです」

とある中学校。生徒たちを前に女性教師が退職の理由をこう述べる。彼女の衝撃的なモノローグで始まったこの物語は、章を変えるごとに視点人物を変え、事件に関わった人々が抱える闇が明らかになる。

湊かなえの記念すべきデビュー作。同時に彼女を一躍人気作家に押し上げた作品でもある。作家の第一作にはその後の作品の要素が凝縮しているとよく言われるが、『告白』も例外ではない。湊かなえの原点であり、その後を予感させる作品でもある。

『告白』というタイトルの通り、物語は女性教師、森口悠子（もりぐちゆうこ）の一人語りで始まる。場所は中学校の教室。聴衆は彼女が担任しているクラスの生徒。書き出しはこうだ。

「牛乳を飲み終わった人から、紙パックを自分の番号のケースに戻して席に着くように」

生徒たちに配られた牛乳について話し始めた彼女は「教師」そのもの。なめらかに語り始めるその言葉は冷静で淡々としている。ところが次第に静かな狂気を帯びてくるのだ。その間にも、ところどころ生徒が心の中で思っていそうな言葉を察知し、ツッコミを入れ読者の笑いを誘う。緩急自在の話術で読者を彼女の世界に引き込むのである。

第一章の「聖職者」は第二九回小説推理新人賞を受賞した短編小説。あの教室の子たちはその後どうしたんだろう、と担当編集者と話したことが長編へと膨らむきっかけになった。教室にいた事件に直接関係ない生徒、愛娘の死に関わったAとBの家族、そしてAとB自身。章が変わるたびに語り手が変わり、事件の背景に光が当たり、やがて犯人とその周辺の人々の運命が狂い出す。

『告白』がその後の湊作品を予感させるのは、湊が得意とする手法がすでに『告白』で効果を発揮しているからだ。モノローグ、複数の視点人物、手紙、日記である。

文字通り、登場人物が自分の言葉で「告白」することで読者は隠されていた事実を知り、語り手の葛藤に注意を向ける。しかも語っていることが本当のこととは限らない。人間は嘘(うそ)をつく生き物なのだ。読者は一人の人物の限られた視点から世界を見ることで、語られていないことまで想像する。そして、次の人物の言葉でしばしばそれが覆される。人間という存在そのものがミステリアスなのだと気づかされる。

独立した短編小説である「聖職者」を書くにあたり、すでにテレビドラマの脚本賞を受賞し、脚本と並行して小説賞に応募しようとしていた湊は、小説を書くからには脚本ではできないことをやろうと考えたという。女性教師のモノローグだけで一編を書き切ったのはそのためだ。テレビドラマでは登場人物の動きで心情を表現しナレーションは最小限に、がセオリーだ。そこで小説ならではの手法としてモノローグを選んだのである。

湊は「聖職者」を書いた時点ですでに登場人物たちの詳細なプロフィールをつくっていた。おかげで第二章以降の物語もすらすらと出てきたと当時のインタビューで語っている。モノローグは登場人物たちの心情の吐露であり、ストレートに言葉を読者に届けた。その真摯な「告白」が読者たちの心を揺さぶったのではないだろうか。

なお、先ほど紹介した冒頭の一文は『告白』をすでにお読みの方には意味深長に感じられることだろう。単なる話の前振りかと思われた「牛乳」が、実は森口が計画した周到な復讐計画に絡んでくるのだから。そんな展開を誰が予想できるだろうか。日常から非日常へとテイク・オフしていく展開もその後の湊作品の特徴と言えるものである。

『告白』は刊行後、リアル書店での反応から火がつき、読者の支持を得てベストセラーに。その年（二〇〇八）の年末には「週刊文春」ミステリーベスト10第一位に輝き、翌二〇〇九年には全国の書店員が選ぶ第六回本屋大賞を受賞した。

『少女』

「『死』に触れ、『死』を超えた世界を知りたい」
小児病棟で出会った子どもから父親探しを頼まれた由紀。ネットで殺害予告を受けた中年男性を救おうとする敦子。死を見たいという欲望が二人の女子高生を危険な世界へと誘う。二人の行動は思わぬ事件を引き起こし、最後には意外な事実が明らかになる。

双葉社
単行本：2009年1月　早川書房
文庫：2012年2月　双葉文庫

桜井由紀（さくらいゆき）と草野敦子（くさのあつこ）は小学生の頃からの幼なじみ。同じ剣道教室に通っていたことが縁で親しくなり、いまは同じ高校に通う二年生だ。二人は表面上は親友に見えるが、その内面をのぞくと微妙な距離があることがわかる。

勉強が得意でそつなく人間関係もこなすが、感情を表に出さない由紀。友だちとうまくやろうとして気を遣うものの不器用な敦子。

そこにもう一人、新たな同級生が加わる。二年から編入してきた紫織（しおり）だ。紫織は二人にこんな話をする。以前いた高校で親友だと思っていた友だちが自殺してしまった。しかもその死体を発見してしまったのが自分なのだと。

由紀はそのエピソードを話す紫織をこんな目で見ている。

「紫織は、親友の死を悲しんでいる、というよりは、うっとりと自分に酔いしれているような……」

由紀は紫織に反発を感じながらも、死を見る機会を持った紫織を羨ましく感じる。そして自分はもっと死に近づき、死の瞬間を見てみたいとさえ思う。

一方、敦子にとってもこの会話は大きな意味を持った。由紀がこれまで打ち明けようとしなかったことを紫織に漏らしかけたのを見て、その理由を紫織が死を悟っているからではないかと考える。そして死を知りたいと思うのである。由紀と同じように。

学生時代の人間関係は濃密だ。その近さゆえ、ちょっとした誤解や行き違いが大きなトラブルにもなる。紫織の目から見れば由紀と敦子は親友同士に見える。しかし、読者は彼女たちの内面を知り、お互いに言っていないこと、言えないことがたくさんあることがわかり始める。まずそこに人間の心が生み出すサスペンスがある。

そして二人は、お互いの心のうちを知らないまま「死」に惹かれていく。由紀は小児病棟の読み聞かせボランティアに、敦子は介護施設のボランティアに行くのである。それは「死」を見てみたいという好奇心からだった。

湊かなえが『少女』を執筆していたのは二〇〇八年の三月から。同年の八月刊行の『告白』の大ヒットよりも前であり、気負うことなく書いていたという。

湊がテーマとして考えたのは、その時々で関心のあるものに飛びつく、移り気な女子高生の物語。フィーリングで生きているように見える彼女たちがささいなボタンの掛け違いから窮地に陥る。その場を切り抜けることだけを考えていると、そのツケが回ってくるというイメージがあったそうだ。

『少女』の由紀と敦子はカフェでおしゃべりに夢中になっている、ごくありふれた女子高生と表面上は変わらない。しかしその内面には他人には言えない悩みや欲望がマグマのように煮えたぎっている。二人が代わる代わる語るモノローグ形式は、大人たちの偽善や嘘に敏感で、他人に厳しく自分に甘い彼女たちの本音に光を当てる。思春期の頃には誰もがそんな万能感を感じる瞬間があるだろう。しかし、そこには子どもには見えない落とし穴があるかもしれないのだ。

なお、『少女』には二人のモノローグのほかにも印象に残る「声」がある。由紀が敦子をモデルに書いた短編小説「ヨルの綱渡り」である。由紀は敦子に向かって口にできないことを小説で書いていた。小説というかたちでしか表現できないものがあるという設定は、湊かなえ自身が小説に感じている可能性と重なって見える。

『贖罪』

都会から転校してきた小学校四年生のエミリが殺された。一緒に遊んでいた四人の少女は犯人の顔を思い出せず、捜査は暗礁に乗り上げる。エミリの母・麻子は四人に呪いの言葉を投げかける。「時効までに犯人を見つけなさい。それができないのなら、わたしが納得できるような償いをしなさい」

双葉社
単行本：2009年6月　東京創元社
文庫：2012年6月　双葉文庫

三作目となるこの作品までが『告白』がベストセラーになる前に書き上げられたもの。湊かなえが初期衝動のままに、読者をあまり意識することなく書くことができた最後の作品だと言えるだろう。私はこの作品までを湊かなえの初期三部作と呼んでいる。『贖罪』には『告白』に引き続き娘を亡くした母が登場する。しかしその描かれ方は大きく異なる。『告白』の母はモノローグで思いの丈を語ったが、『贖罪』でその思いが明かされるのは最終章である。それまではほかの登場人物に語られることでその像が次第にはっきりとしてくる。母の存在そのものが謎の一つになっているのである。

語り手は生き残った少女たち。それも事件から一五年が経ち、その後の彼女たちがどのような人生を送ってきたかまでが描かれる。

一人目の紗英（さえ）は自分の結婚式に出席してくれた麻子（あさこ）へのお礼の手紙として書いている。麻子が殺されたエミリの母である。なぜ紗英は麻子を結婚式に招待したのか。

紗英は少女時代から筆を起こす。都会からやってきたエミリと出会い、はじめて自分たちが田舎に住んでいると実感したこと。当時、その町で起きていた「フランス人形盗難事件」のこと。お盆の時期に起きたエミリちゃん殺人事件のあらまし。犯人を見ていたが、どうしてもその顔が思い出せないこと。そしてある青年との出会いと結婚。そして衝撃的な「現在」までが描かれる。

二人目の真紀（まき）が語るのはＰＴＡ臨時総会の場である。真紀は小学校に乱入した不審者を殺してしまった。子どもたちを守るための正当防衛か、過剰防衛か。その事情説明をする場に、真紀は麻子を呼んだのだ。紗英は麻子と「約束」をしたとしか書いていなかったが、真紀の口からその内容が明らかにされる。麻子から時効までにエミリを殺した犯人を見つけるか、麻子が納得できるような償いをしろと迫られたのだと。少女時代から「しっかりしている」と周囲から思われていた彼女は、真剣に償うことを考えていた。真紀の行為に麻子との「約束」がどう影響したのだろうか。

三人目の晶子は高校に行かず引きこもりになった。彼女が語るのはカウンセリングの場である。晶子は太っていることを気にして自分のことをクマと呼び、人生に高望みをしないことを自分に課している。大好きだった兄が結婚し、兄の妻の連れ子とも仲良くなった晶子は穏やかな生活を送っていた。しかしある事件を起こしてしまう。

最後の由佳が語るのは病院の待合室。出産を目前に控え、陣痛の合間に麻子に語り始める。病気がちな姉が優遇される家庭で育った由佳は、その姉の夫の子をこれから産もうとしている。すでにほかの三人が起こした事件の顛末を知っており、そのうえで自分はほかの三人ほど事件に影響を受けていないし償いの気持ちもないと自覚している。むしろ一三歳の子どもたちを脅迫した麻子の責任を問いながら、自分がいま置かれている状況に至るまでを語っていく。時折挟み込まれる陣痛の痛みがインターバルとなっているのが印象的だ。彼女はこれから母になり、麻子と同じ立場になるのだから。

四人の告白は前者の証言を補足しつつ、次第に事件の真相へと近づいていく。そして、ついに母、麻子が四人に宛てた手紙の中で真相が明かされるのである。

刊行当時、湊は『告白』に謝罪と贖罪がなかったことが『贖罪』の執筆動機だったと語っている。謝罪、贖罪によって人は幸せになれるのかを書いてみようと考えたと。

一つの事件が周囲に与える影響は大きい。まして子どもにとっては。大人たちによって歪められた彼女たちの人生は、罪とは何か、償いとは何かを読者に問うている。

『Nのために』

単行本：2010年1月　東京創元社
文庫：2014年8月　双葉文庫

「それは、共犯でしょ。共有ってのは、誰にも知られずに、相手の罪を自分が半分引き受けることなの」

富裕層が住むタワーマンション。その一室で一組の夫婦が亡くなった。その場に居合わせたのは四人。そのうちの一人が犯人として捕まった。それから一〇年。事件の真相に隠された愛と友情とは。

タワーマンションの四八階に住む四二歳の夫と、二九歳の妻が亡くなった。事故か殺人か。関係者が事件について語り始め、徐々にその全容が明らかになってくる。大学生の杉下希美（すぎしたのぞみ）は「野バラ荘」という古いアパートに住んでいる。たまたま同じアパートの安藤望（あんどうのぞみ）という大学生と知り合いになり、沖縄にスキューバダイビングに行くことになった。希美と安藤はダイビングツアーで一緒になった野口（のぐち）夫妻と親しくなり、夫妻が住むタワーマンションに招かれる。安藤は偶然にも夫の貴弘（たかひろ）が勤める会社に内定をもらっていて、入社すると貴弘の部下になった。妻の奈央子も希美に好意を持ち、贅沢なドレッサーをプレゼントするほどだった。

しかし、野口夫妻に異変が起きる。マンションのドアの外側にチェーンがつけられ、奈央子が自由に外出できないようにされたのだ。貴弘は奈央子が流産し精神的に不安定だからと説明したが、会社では奈央子の不倫が噂になっていた。希美は奈央子が心配になり、彼女を元気づけるため、友人の成瀬慎司が働く高級フレンチの出張サービスを頼むことを貴弘に提案する。野口夫妻の家に希美と安藤が招かれ、ディナーをとることになっていたまさにその日、夫妻はリビングで血を流して死んでいた。かたわらには、希美たちと同じ「野バラ荘」の住人、作家志望の西崎真人がなぜか立っていた。

ここまでが希美目線の事件のあらましである。希美に続き、成瀬、西崎、安藤の順でその場にいた四人全員が証言し、事件は解決する。しかし「十年後」、誰ともわからない人物のモノローグで見える風景が変わる。長くて半年という余命宣告を受けた語り手が、事件の真相が別にあることを匂わすのだ。

湊かなえは『告白』『少女』『贖罪』の成功で「イヤミスの女王」の異名をとった。イヤミスとは読み終えたあとにイヤな後味が残るミステリのこと。湊自身にその自覚はなく、『告白』について、当時あるインタビューで、むしろ読後感はスカッとすると思ったと述べている。人間には誰にでも、恨み辛みや嫉妬などの黒い気持ちがある。それを忖度なしに登場人物たちが「告白」する小説はある種の爽快感があるし、そう読んだ読者も少なくないだろう。しかし一方で、黒い気持ちが犯罪に繋がってしまうことも現実ではしばしば起こる。その結末の苦さがイヤな後味と表現されたのだ。

しかし『Nのために』は違う。これまでの三作の登場人物たちが自分語りに徹底し、だからこその強烈なパワーがあったとすれば、この作品では自分のことを語りつつ、実はNのために語っている。誰かを思うからこそ一線を越えることができ、同時にそのことがNにとってよかったのかと思い返すのである。

Nとは誰か。主要登場人物全員の名字か名前にNが入っているため、「Nのために」とは、誰が誰のために何をやったのかがこの小説の大きな謎となる。それぞれの視点から見ている登場人物たちは、誰一人全体を俯瞰で見渡せてはいない。だからこそ、読者は頭の中で証言を組み合わせて全体像を見渡す面白さを味わえる。

『Nのために』の魅力はほかにもある。田舎から出てきた若者たちがぼろアパートで交流を持つ様子である。何の利害も計算もなく交流し、思ったことをそのまま口に出せる関係。青くさい議論や恋の告白。青春の一時期にしか存在しないつきあい方を懐かしく思う大人もいれば、こうした関係にあこがれる一〇代もいると思う。『Nのために』はミステリであると同時に愛と友情を描いた青春小説でもあるのだ。

『夜行観覧車』

「殺人事件は、わが家で起こっていたかもしれない」

坂の上にある高級住宅街。念願の一軒家を建てた遠藤家では娘の反抗期に手を焼いていた。一方遠藤家の向かいにある高橋家は幸せそのものに見えたが、ある晩、殺人事件が起きる。被害者は父親、加害者は母親。次男は行方不明。何が起きたのか。

双葉社
単行本：2010年6月
文庫：2013年1月

その市では坂の上に高級住宅地がつくられている。坂の上と下では住んでいる人の経済状況も、社会的な地位も違う。あなたはどちらに住みたいだろうか。

遠藤真弓(えんどうまゆみ)の場合はまず一戸建てにあこがれていた。そこに坂の上の高級住宅地、ひばりヶ丘の土地を購入できるという話が舞い込んでくる。狭いながらもマイホームを手に入れ、その家で夫の啓介(けいすけ)と娘の彩花(あやか)と三人で幸せな生活を送るはずだった。

しかしいざ実現してみると、思った通りにはならなかった。反抗期に入った中学生の彩花は手当たりしだいにものを投げ、大声で怒鳴り真弓をののしる。

その日は彩花のあまりの狼藉に「その瞬間、真弓のからだは透明なフィルムに包み込まれた。全身に水糊をかけられ、それが徐々に固まっていくような……何だろう、この感覚は」と感じるほど。真弓の中に何か異変が起きていた。

だが、事件が起きたのは遠藤家ではなく、向かいの高橋家だった。

大学病院に勤務する医師の夫と専業主婦の妻。長男は関西の医大に進学し、長女と次男はともに名門私立に通う。ひばりヶ丘に典型的な裕福で幸せそうに見える家だ。ところがその家から悲鳴が上がり、やがてその家の夫が亡くなったことがわかる。妻が犯人として出頭したが、家にいたはずの次男が行方不明になっていた。長女はその晩、同級生の家に泊まりに行っていて留守だった。母親は息子をかばっているのかもしれない。なぜ次男は家を出たのだろうか。

一方、遠藤家は向かいで凄惨な事件が起きても変わらない日常を送っている。家を建てたことで転校を余儀なくされ、私立中学の入試に落ちたことでプライドを傷つけられた彩花。彩花のためにいい環境を用意しようと背伸びをしたことが裏目に出てしまったと後悔する真弓。二人の衝突する姿から目を逸らす啓介。

この二つの家のほかに、もう一人、主要な登場人物がいる。ひばりヶ丘の古参住民、小島さと子である。夫と二人暮らしの小島は海外に家族と暮らす息子と嫁にこの事件を報告する。彼女にとってひばりヶ丘は自分たちの手でつくりあげた理想の町だ。彼女の視点はひばりヶ丘という場所そのものが見た世界でもある。

『夜行観覧車』は湊かなえが初めて三人称で書いた長編小説だ。視点を変えながら事件の推移を描く筆致は実になめらか。人物に寄り添いながらも、俯瞰的に坂道の上と下とを視野に入れている。坂道はこの作品のキーワードであり、彩花は「坂道病」という言葉を使い、こう訴える。「本当に三半規管がどうにかなってしまったのではないかと思うほど、傾斜した地面はいつまでたっても平らにならず、それどころか傾いたままぐるぐると回り始めた」。

彩花が上り下りしているのは坂道だけでなく、社会的な階層や経済的な格差である。それも、親が抱いた理想のイメージを実現するために無理に上らされているのだからたまらない。理想と現実のギャップに苦しむことは多かれ少なかれ誰にでもある。しかし、それを俯瞰して見ることのできる場所、たとえば観覧車から見たらそれはどう見えるのか。これまで主にモノローグによって「個人」の欲望や思いを表出させてきた湊かなえが、「家族」という単位を俯瞰的に描くことに挑戦した記念碑的作品となった。

『往復書簡』

幻冬舎
単行本：2010年9月
文庫：2012年8月

「手紙だからといって特別なことを書こうと思わずに、今の気持ちをストレートに書くことにします」。一〇年前に高校時代の部活で起きた山での事故。二〇年前に児童が巻き込まれた水難事故。国際ボランティア隊として派遣された男性と彼を待つ女性の一五年前のできごと。手紙のやりとりだけで浮かび上がる真相とは。

タイトルの通り、手紙のやりとりだけで構成されたミステリを三編収録（文庫版にはもう一編、掌編が加えられている）。まったく異なるシチュエーション、人物ながら、共通するのは、手紙のやりとりで隠されていた過去が明らかになることだ。

「十年後の卒業文集」は高校の放送部にいた女性三人のやりとりから、ある事故の顛末が明らかになっていく。放送部で人気のあった浩一（こういち）と、同じ放送部で彼に思いを寄せていた静香（しずか）が結婚した。

悦子とあずみはその結婚式に出席したのだが、悦子はあずみに手紙で疑問をぶつける。浩一が高校時代につきあっていたのは千秋という別の放送部員だった。千秋と浩一はなぜわかれたのか。千秋は事故に遭い、顔にけがをしてから姿を消し、いまも消息不明だという。事故は本当に事故だったのか。なぜ千秋は姿を消したのか。謎めいた事件について真相に迫ろうとする悦子と、悦子が本人かどうかを疑うあずみ、そして三角関係の当事者である静香。手紙という手段ゆえに起きる疑いが物語に奥行きを与えている。

「二十年後の宿題」は長期入院している元教師が、かつての教え子たちのその後を知ろうとする。竹沢真智子は、かつての教え子、大場敦史に手紙である依頼をする。二〇年前に水難事故に居合わせた児童、六人がいまどうしているかを知りたいというのである。

その事故で竹沢は夫を亡くしていた。竹沢もその場にいて、愛する人をとるか、教え子をとるかという究極の選択を強いられた。児童たちの事故への見方はさまざまだ。竹沢に感謝する者、竹沢の行為を批判的に見る者、自分が事故の原因になったのでは、と自分を責める者。証言が一つ増えるたびに謎が氷解し、また新たな疑問が生まれる。

幼少期のできごとがその後の人生にどんな影響を与えるのかというモティーフは『贖罪』とも共通するが、この作品ではその経験を通して生きることを見つけ出す希望の物語になっている。

「十五年後の補習」は発展途上国P国に国際ボランティア隊の一員として派遣された純

一と、彼を日本で待つ恋人の万里子の往復書簡。二人は中学時代からのつきあいだが、話題にすることを避けていた過去があった。一五年前、二人がまだ中学生だったときに、万里子が火災事故に遭い、その前後の記憶を失っていたのだ。思い出話を書くうちに、万里子は当時の記憶を少しずつ思い出す。

高校の放送部、国際ボランティア隊はのちの湊かなえの作品にもモティーフとして登場する。とくに途上国への援助は、湊自身が青年海外協力隊に参加した経験があり、そのときに日本にせっせと手紙を書き送ったことが文章修行でもあったと述べているほど大きな影響を与えた。

手紙だけで構成された書簡体小説には長い歴史がある。古くは十八世紀。ラクロの『危険な関係』はフランスの宮廷変愛小説。十九世紀のドストエフスキーの『貧しき人々』は帝政ロシアの初老の小役人と若い女性の往復書簡。日本では宮本輝の『錦繡』が名高い。

心に秘めた思いを相手に打ち明けるときに手紙は効力を発揮する。面と向かっては言えないことでも、手紙でなら書けるのだ。それだけに、人間を描く小説にはうってつけの形式だと言えるだろう。とりわけ、人生の一時期、手紙を書くことが日常だった湊にとって書かれるべくして書かれた作品だと言える。

『花の鎖』

文藝春秋
単行本：2011年3月
文庫：2013年9月

「K」と名乗る差出人から毎年届く花束。「K」は誰なのか、花束にはどんな意味が込められているのだろうか。雪、月、花を名前の一部に持つ三人の女性たちが直面する人生の岐路を描いたミステリ。彼女たちの人生に隠されていた謎が解かれ、繫がりが明らかになったとき、さわやかな感動が訪れる。

この小説を紹介するのは難しい。あらすじを紹介することで未読の方にいらない先入観を与えてしまいそうだ。ここでは少し違う角度からこの作品の魅力を紹介したい。

まずは主な舞台となっているアカシア商店街を紹介しよう。こちらの注文に応えて花を選んでくれる親切な生花店、きんつばが名物の和菓子屋、揚げたてのコロッケが美味しい肉屋。どこか懐かしい昭和の香りのある、いつまでもそこにあってほしいと思える、そんな商店街である。ある人にとっては記憶の中にあるだろうし、ある人にとってはフイクションの中に存在するかもしれない。『花の鎖』を読んだ人は、まずはこんな商店街を歩いてみたいと思うだろう。

主人公は三人の女性だ。彼女たちもそれぞれに魅力的である。

美雪は専業主婦。気配りのできる優しさを持った和弥に恋をして結婚し、ささやかだが幸せな毎日を送っていた。しかし建築家を志している夫が、仕事で理不尽な目に遭い、本人以上に許せないという思いに駆られる。一途に人を愛する女性である。

紗月はイラストレーター。母一人子一人で育ったが、逆境をものともせずに育ち、登山のときに描いた高山植物の絵が認められた。商店街の和菓子屋でアルバイトをしながら、絵画教室で教えている。彼女には学生時代の恋人と辛い別れをした経験があった。

梨花は大手の英会話スクールで講師をしていたが、会社が倒産してしまう。両親はすでに亡く、唯一の肉親の祖母は入院中。入院費、手術代が必要なのにお金がない。そこで、「K」にお金を貸してもらえないかお願いしようと考える。

「K」とは正体不明の謎の人物である。毎年、梨花の母宛てに豪華な花束を送ってきて、両親が亡くなったときには金銭的な援助を申し出てくれたこともある。まるでウェブスターの『あしながおじさん』である（作中にも触れられている）。いや、湊かなえが少女時代に愛読したという佐々木丸美の『雪の断章』を連想すべきだろうか。

「K」の正体も気になるが、三者三様の人生を送る彼女たちを繋ぐものが何なのかも気になる。三人の主人公のうち一人がこんな言葉を漏らす。

「人って思いがけないところで繋がっていて、一度その鎖を断ち切っても、別のところで繋がっていたりするんですよね」

湊かなえによれば『花の鎖』の出発点は数独パズルだったそうだ。小説の構成の勉強になればと始めたらハマってしまったとのこと。パズルのような複雑な構成を創作に生かせないかとチャレンジしたのがこの作品なのである。あらすじを紹介しづらいのも当然だ。

そこで意味深長なのは、抽象絵画が重要な役割を果たしていることだ。香西路夫(かさいみちお)という画家が描いた抽象画についてこんな台詞が登場する。

「どこがいいのかさっぱりわからなくて、それをばあちゃんに言うと、目に映るものだけで判断せずに、作者の思いがどこにあるのか想像してみろって怒られました」

小説は言葉だけで書かれている。しかし言葉を正確に読んだだけでは十分に味わったとはいえない。「行間を読む」という言葉があるように、作者が書いていないことを想像しながら読んでいくから楽しいのである。作者が何を書き、何を書かなかったのかを考えると、書かなかったことのほうに思いがあることもある。

『花の鎖』の場合はどうだろう。抽象画から見えてくる絵柄が鑑賞者によって違うように、この小説もまた読み手にとって違う風景が見えてくるのではないだろうか。

『境遇』

「私たちが親友になれたのは、同じ境遇だからなのかな」

実の親を知らずに育った二人。陽子は県会議員の妻になり絵本がベストセラーに。晴美は新聞記者になった。ある日、陽子の一人息子が誘拐される。脅迫状には、真実を白日のもとにさらせ、とあった。

双葉社
単行本：2011年10月
文庫：2015年10月

生まれ育った境遇が近いからわかり合える。そう感じたことがある人は多いはずだ。育った町の規模や家の住環境、家族構成など、私たちはそれぞれ個別の環境で生きている。それだけに共通点を見つけただけで一気に距離が縮まることがある。

陽子（ようこ）と晴美（はるみ）もそうだった。二〇歳のときに児童養護施設のイベントで出会った二人はたちまち親友になった。きっかけはどちらも親の顔を知らず、親を探したいと思っていたことだ。もちろん違いもあった。陽子は養父母に育てられ、県会議員の妻になり一男を授かった。晴美は高校卒業まで施設で育ち、奨学金をもらって地元の公立大学を出て新聞記者になった。しかし二人の関係は変わらず良好である。

変化が訪れたのは、陽子が描いた『あおぞらリボン』という絵本が日本絵本大賞新人賞を受賞し、そのうえベストセラーになってからだ。応募したのは陽子の意思ではなかったが、絵本の内容が、晴美がかつて打ち明けてくれた話をもとにしていたので、陽子は晴美に申し訳なく思い謝罪する。晴美は、話をアレンジし絵を描いたのは陽子だからと気にしていないそぶりを見せる。

湊かなえが得意とするモノローグがここで効果を発揮する。読者は晴美のモノローグで彼女の気持ちを知っているが、陽子は晴美の言葉が内心とイコールなのか疑ってしまう。何不自由なく育ち、周囲からは何の問題もなく幸せに生きてきたように見える陽子が、実は人の目を気にしていること。晴美が打ち明けていた話が晴美と母を繋ぐエピソードであること。そして、陽子にも母からもらったものがあることを読者だけが知るのである。

陽子と晴美は実の母を探し出すことができるのか。親子の対面はかなうのか。そんな思いで読み進めていくと、衝撃的な展開が待っている。陽子の息子、五歳の裕太(ゆうた)が何者かに誘拐され、陽子の夫の選挙事務所に脅迫状が届くのである。

「ブジ　カエシテホシケレバ　セケンニ　シンジツヲ　コウヒョウシロ」

　誘拐犯が要求する真実とは何なのか。夫の不正献金事件か、陽子の境遇か。それとも別の何かなのか。選挙事務所にからむ人間関係と、誘拐犯の正体。さらには、彼女たちが生まれた三六年前に起きた殺人事件との関わりが事態を複雑なものにしていく。

『境遇』は朝日放送創立六〇周年記念のテレビドラマの原作を書いてほしいという依頼で書かれた作品。湊かなえの作品は多数映像化されているが、この依頼の時点ではまだ一作も映像化はされていなかった。それどころか、『告白』が出版されて間もない頃だったというから、プロデューサーの慧眼恐るべしである。

　刻々と事態が変化していく誘拐事件、テレビ放送での告白といった派手な展開も、映像化を念頭に置いて構想されたと知ると納得がいく。とくに国民的トーク番組「ミツ子の部屋」に出演した陽子が、生放送で「真実」を告白するか否かという場面は映像的だ。だが、やはり物語の中心には陽子と晴美の人生がある。同じ境遇の二人の絆が試され、与えられた境遇をどう乗り越えていくのかが、もっとも重要な核になっている。

『境遇』のもう一つの特徴は、作中に登場する『あおぞらリボン』（絵：すやまゆうか）が巻末に収録されていること。本編を読んでから絵本を読むと、その内容に込められた陽子と晴美の思いが胸に迫ってくる。ちなみに、独立した絵本を付属した特装版も刊行され、より立体的に『境遇』の世界に浸りたい読者に応えている。

『サファイア』

角川春樹事務所
単行本：2012年4月
文庫：2015年5月　新装版：2022年8月

ミステリあり、ファンタジーあり、狂気あり、笑いあり。心が温まる感動作も。宝石が放つ光のように七色の彩りを味わえる贅沢な作品集。

「親友とは命をかけて自分を守ってくれる人のことであり、いや、そうではない。／自分が命がけで守りたいと思う人のことだ」（「ムーンストーン」）

各短編のタイトルはすべて宝石である。

宝石そのものが登場する話もあれば、宝石にたとえられる何かが登場する話もある。基本的にそれぞれが独立しているため、一編ごとに違う世界をのぞく楽しみがある。

「真珠」は「顔も体型もたぬきのようなおばさん」が語る子ども用歯磨き粉「ムーンラビットイチゴ味」への愛と思い出。とある事件を起こした彼女の狂気を帯びた語りに影響され、聞き手の男性の記憶が引き出されていく展開が見事だ。やがて彼女の口から仰天の「告白」が飛び出す。

「ルビー」は瀬戸内海の小さな島が舞台。たばこ畑の横につくられた豪華な老人福祉施設。最上階に住む老人と、施設の隣に住む家族との交流を描く。裕福な老人の正体は？　怪しさをスパイスにしつつ、現代のおとぎ話とも言えるような優しい味わいがある作品。

「ダイヤモンド」はなんとファンタジー（？）。助けた雀(すずめ)の化身だと名乗る女性が、主人公の願いを叶(かな)えてくれる。民話かおとぎ話か、それとも主人公の妄想か。アンデルセン童話をモティーフにした『豆の上で眠る』など、おとぎ話は湊の作品にしばしば顔を出す。ちなみにこの雀が生き返ったというくだり、実は湊自身の体験だとか。

「猫目石」にはちょっとやっかいな隣人が登場する。「キルマカット・エリザベス三世」という長い名前を猫につけている三〇代の女性、坂口さんがその人。夫婦と中学生の娘からなる大槻(おおつき)家は、彼女のおかげでそれぞれが隠していた秘密があらわになる。さて、その結末は？　『夜行観覧車』で家族の内側を生々しく描いた湊だけに、この作品も他人の家をこっそりのぞくような面白さがある。

「ムーンストーン」は女性二人の友情を描いた作品。市会議員の妻が夫を殺害してしまう。彼女の弁護を引き受けたのは中学の同級生だった。あがり症でいじめられていた「私」をかばってくれたエピソードに「走れメロス」を絡めながら友情とは何かを問う。タイトルにもなっているムーンストーンが登場するエピソードには胸が熱くなるだろう。

最後の二編、「サファイア」と「ガーネット」だけには繋がりがある。「サファイア」は一人旅で出会った男女の恋愛から始まる切ない物語。続く「ガーネット」はがらっとムードが変わる。「サファイア」から年月が経ち、主人公は『墓標』という「後味のわるいミステリ」を書いてヒットする。賛否両論の中で、彼女が映画化作品の女優と対談するのだが……。人物の背景はまったく違うが、どこか湊かなえが『告白』でデビューした当時を彷彿とさせる。彼女の存在について恋人の修一がこんなふうに言うのだ。

「自分の目に映る世界にまだ向こう側があることを教えてくれる、映画監督や作家のような存在かな、と」

この言葉は作家・湊かなえがめざす存在と重なって見える。作品のその先に読者が見る世界が豊かでありますように、と。ちなみにガーネットは湊の誕生石である。

七つの短編には宝石ともう一つ、意外な共通点がある。「恩返し」だ。編集者から提案され、自分からは出てこないテーマだと挑戦意欲をかき立てられたという。

とはいえ、この短編集に登場する恩返しは昔話にあるようなちょっといい話ばかりではない。恩返し、というより、どちらかというとお礼参りでは、というものもある。一つの言葉から表と裏を発想するのも、白と黒、両方の作品を書く作家・湊かなえの資質だと言えるだろう。

『白ゆき姫殺人事件』

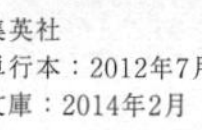

集英社
単行本：2012年7月
文庫：2014年2月

化粧品メーカーの美人OL、典子が殺された。彼女の後輩が記者にかけた一本の電話が週刊誌の記事になりネットは炎上状態に。あげくの果てに殺された女性と同期の女性、美姫が犯人だと名指しされてしまう。

「自分の記憶で作られる過去と、他人の記憶で作られる過去。正しいのはどちらなのでしょう」


私たちは記事やSNSのコメントを見るとき、それがどこまで確証ある情報かを考えているだろうか。証言者の思い込みや想像、推測を事実と切り分けることなく書かれた記事は、SNSで補強され、広範囲に拡散される。そんな現実の例を私たちはたくさん知っているにもかかわらず、SNS上には無責任な噂話があふれている。

『白ゆき姫殺人事件』は、ミニブログ「Twitter（現・X）」の日本版スマートフォンアプリの公開の翌年から「小説すばる」に連載を開始している。作中ではマンマローとなっているが、その機能は「Ｔｗｉｔｔｅｒ」同様、匿名で短文を発信し、情報を拡散できるというものだ。おそらく小説でこのサービスを描いた最初期の作品だろう。『白ゆき姫殺人事件』は作中で週刊誌記事やＳＮＳの反響を描写するだけでなく、実際に週刊誌記事全文と、マンマローの画面が巻末資料として収録されている。電子書籍版は資料へのリンクが張られているため、証言がどのようにネットで拡散したか、週刊誌記事になったかを登場人物と同じように読めるのだ。

　そこで得られるのは、何気なく発した言葉や、大げさに言った言葉が「事実」として広まっていく怖さ。自分のことをよく知っているはずの親や幼なじみ、青春時代をすごした友人たちの証言が、自分の認識とずれているなんて。ミステリであると同時に、人間社会の歪んだ現実を俯瞰できるホラー小説のように思えてくるのだ。

　証言する人々はそれぞれに自分の目から見た被害者、容疑者を語る。彼女たちの内面を勝手に想像し、ささいなエピソードを膨らませて殺人事件と結びつけようとする。読者から見れば我田引水、牽強付会（けんきょうふかい）に見えても、彼、彼女たちは大真面目だ。そして、軽い気持ちでそのことを記者に話す。記者は面白おかしく話を盛り上げようと書く。私たちが「事実」だと思って読んでいる記事は、あんがい、こんな伝言ゲームの果てにあるものかもしれない。ましてやＳＮＳでは書き手が匿名である場合が多く、発言に責任を感じていない。

『白ゆき姫殺人事件』の着想は、湊自身が報道される対象になった経験からだという。『告白』が映画化され大ヒットすると、出版業界の枠を越えて注目の的になった。マスメディアの読者がもっとも興味を持つのは人間。有名人がどのような人物かということだ。湊の知らない間に周辺取材がされ、過去のできごとや家族関係など、自分では明かしていないことまで記事になった。それらの記事を読んで、自分の知らないところでもう一人の自分が語られているような感覚を覚えたという。ヒット映画の原作者という立場ゆえ発言の内容は好意的だったが、もしもこれが殺人事件の容疑者だったらどうだろう――そんなことを考えたという。

『白ゆき姫殺人事件』の証言者たちの多くは取材に応えることを楽しんでいるようだ。言いたいことを言う放言の面白さだろうか。これまでも湊の小説には登場人物が思っていることを率直に語ることにタブーを破る力強さがあったが、この作品で証言者たちが語るのは自分事ではなく他人事。どこか気楽で、ウキウキしている無責任な証言者も散見される。それは私たち自身の姿かもしれない。

また、この作品の舞台は美に価値をおく化粧品会社である。「美人」ＯＬなる言葉が注目を集めるように、人は見た目でイメージを膨らませる。しかし内面が外見と一致しているとは限らない。美と内面というテーマについては、『カケラ』によってさらに追求されることになる。

『母性』

「私は愛能う限り、娘を大切に育ててきました」母に愛されて育った娘は、母に愛されたくて結婚し、娘をつくり、幸せな家庭を築いた。しかし、ある台風の晩、母と娘のどちらかの命を選ばなければならない究極の選択を迫られる。女性にとって母性は喜びか、それともくびきなのだろうか。

新潮社
単行本：2012年10月
文庫：2015年7月

母が子どもを育てるのはあって当然の「本能」なのか。「母性」は女性なら誰にでも備わっているものなのだろうか。その「母性」に決まった型はあるのだろうか。「母性」を「父性」に変えても同じことが言えるかもしれない。しかし、なぜか日本社会で父性を問われることはほとんどない。赤ちゃんや幼児が犠牲になった事件で、責められるのは圧倒的に女性だ。「母であるよりも女であろうとした」という批判は母性神話の根強さを証明している。では「母であるよりも娘でありたかった」としたらそれは罪なのだろうか。

『母性』は四つのパートで構成されている。一つは「母性について」。女子高生が県営住宅の四階から飛び降りたという事件が起きる。その母のコメント「愛能う限り、大切に育ててきた娘がこんなことになるなんて信じられません」に違和感を覚えた高校教師が、その女子高生が通う学校にいたことがある同僚の男性国語教師と語り合う。

二つめは「母の手記」。母に愛され、母が大好きで、母が望む幸せな家を手に入れようとした女性が、自分と母、娘との関係を告白する手記だ。そこには母の娘でいたいと願い、母のように娘を愛したかった女性の思いが切々とつづられている。

三つめは「娘の回想」。手記を書いた女性の娘と思われる人物が、娘の視点から母の行動を書き記す。そこには母から見た愛あふれる世界とは違った光景が広がっていた。母に対して違和感を覚えつつも娘は母を愛し、母から愛されたいと願っている。

そして四つめはリルケの詩。リルケは昭和の時代に少女たちが愛唱した詩でもあるのだが、この『母性』の中に置かれると、その激しさ、強さ、内省の深さに気づかされる。作中で母の母が暗唱する「薔薇(ばら)の内部」は、あふれ出る感情が薔薇の美を生み出しているという鮮烈なイメージを読者に与えるだろう。

『母性』は以上四つのパートがそれぞれ奏でる音楽がやがて大きなうねりを持つように結末へと向かうのだが、その中心にあるのはやはり母性への問いである。フェミニズムでは半世紀以上も前から「母性神話」が批判されてきたが、冒頭で述べた通り、この神話はいまだに多くの人に信じられている。

だが、二〇一六年（『母性』の刊行よりも四年後）にイスラエルの社会学者オルナ・ドーナトによって書かれた女性たちへのインタビュー集『母親になって後悔してる』が世界的なベストセラーになり、日本語版も共感の声とともに迎えられた。『母性』の母のように、母という存在に自分をなじませることができない女性は少なくないのだ。

しかし男性優位の社会ではそうした少数の声は無視される。『母性』に登場する男性、つまり母の夫であり娘の父でもある男性は、自分の母と妻の間で沈黙し、家庭とは別の場所を求める。男性読者はこの男性像に自分の立場を重ねて冷や汗をかくのではないだろうか（私もその一人である）。

作者の湊かなえもまた、かつては娘であり、その後に母となった。それぞれの立場で感じてきたこと、傷ついた経験や、喜び、戸惑いといった感情を小説というかたちに昇華させることがどうしても必要だったのだろう。初版当時の帯文に「これが書けたら、作家を辞めてもいい。その思いを込めて書き上げました」とあったのは決して伊達(だて)ではなかった。これまで培った作家としてのテクニックを存分に駆使しながら、そのタイトルの通り、真っ正面から母であることをテーマにしたミステリになったのだから。

『望郷』

瀬戸内海に浮かぶ白綱島。本州と橋で繋がれ、急速に生活が変貌しつつある島に暮らす人々が織りなすドラマを描いた連作短編集。島を出て行った人、島から離れられない人、島に戻ってきた人。それぞれの立場で語る島の現在と、誰にも言えなかった過去。謎が解かれることで静かな感動が訪れる。

文藝春秋
単行本：2013年1月
文庫：2016年1月

瀬戸内海の島、白綱島（しらつなじま）。大橋で繋がれ、数年後に本州の市と合併することになった。交通の便がよくなり、住民にとっては歓迎すべきことだが、環境の変化はどこか不安で寂しくもある。そんな状況にある「島」を舞台にした連作ミステリ短編集。

「みかんの花」は一島一市の島を誇ってきた白綱市が消滅し、本土の市に吸収合併される式典が行われる日が舞台。高校卒業前に男と駆け落ちして島を離れた姉が二五年ぶりに帰ってくる。ベストセラーを連発する小説家になり、式典に登壇する招待客として。

姉が島を出た理由が明らかになったとき、主人公と姉の二人がそれぞれ過ごしていた時間が別の意味を持つ。時間と距離が離れることで物語の味わいは深みを増すようだ。

「海の星」は男性が主人公。小学生の頃、二週間に一度わが家を訪れ、魚を置いていってくれた漁師がいた。父が失踪し、母と二人暮らしの「私」は男に警戒心を持つ。しかし男が家を訪れていた理由はほかにあった。タイトルにある「海の星」とは海水を海面にまくときらきらと光る、今で言う「海ホタル」の現象のこと。空の星ではなく、海の星に込められた意味とは何なのか。日本推理作家協会賞短編部門を受賞したのも納得の詩情ある名短編。男子目線で大人の男を描いているという点で、とくに男性読者は胸に迫るものがあると思う。

「夢の国」。この言葉から連想するのは浦安のテーマパークだろう。この小説では子どもたちがあこがれる「東京ドリームランド」になかなかいけなかった女性が主人公。祖母の支配の下で育った「私」が、ようやく娘と夫と三人で東京ドリームランドを訪れる。夢の達成は彼女の幸せの象徴なのか。読者は、「夢の国」が象徴するあこがれの場所、ここではないどこかに思いをはせていた頃の自分を思い出すのではないだろうか。

「雲の糸」は帰ってきたくなかった場所として島が描かれている。母が父を殺したことで肩身の狭い思いをし、学校ではひどいいじめにあっていたヒロタカ。島を出て歌で成功した彼は、島の有力者の息子であるいじめ加害者からなかば脅迫されて島に戻ってくる。ヒロタカに同情したくなる展開だが、終盤に別の見方が加わり、一つひとつのできごとの意味が変わってくる。こうした故郷との向き合い方もありかもしれない。

「石の十字架」は島の歴史と民俗学的なエピソードを掘り起こした話。白綱山山頂の八百観音に隠された十字架。隠れキリシタンが残した信仰の跡に、クラスで浮いていた二人の少女が願いを込める。台風の水害に巻き込まれる母と娘が無事に助かるのかというサスペンスと、母が語る少女時代の友情が繋がったとき、さわやかな感動が訪れる。

「光の航路」は父と同じ教師になった男性が、早くに亡くなった父の行為に新たな意味を見いだす。一度だけ理不尽に殴られたことと、造船所の進水式に自分とではなく教え子と二人で出かけたこと。それはなぜだったのか。母と娘の話を書いてきた湊が父と息子の気持ちのすれ違いにフォーカスした作品。父と息子のそれは母と娘とはまた違う乾いた切なさがあるように思う。それは私が息子であり父であるからかもしれないが。

湊はこれまでも『Nのために』で主人公たちの出身を島に設定し、そこでの暮らしを描いたことはあったが、今作で真っ正面から島を舞台にした小説に取り組み、現在と過去を行き来しながら島の人間ドラマを描いている。しかしこの白綱島が湊の人生にゆかりのある二つの島そのものではなく、経験と想像をモザイク状に組み合わせた「もう一つの島」であることに留意したい。本州に住む人々にとっても、世界地図を見れば島住みである。島国根性という言葉があるように、日本にいる限り島の住人なのだ。

『高校入試』

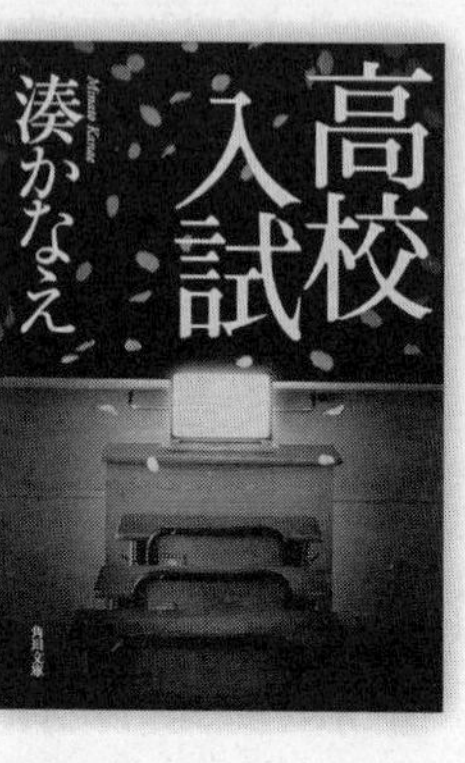

角川書店
単行本：2013年6月
文庫：2016年3月

「入試をぶっつぶす！」

高校の黒板への貼り紙とインターネットの掲示板に書かれたこの言葉が意味するものは？　地方の名門校で予告された入試妨害。右往左往する教師たちを尻目に次々に情報がネットに流れ、現場ではトラブルが続出する。人生における高校入試とは？　を問う問題作。


湊かなえが連続テレビドラマのシナリオに初挑戦。全一〇話のシナリオをもとに、新たに小説として書いたのがこの作品だ。シナリオは映像化が前提のため、予算上の理由からワンシチュエーションでという縛りがあった。小説でもこの設定が生かされ、出入りが禁じられた高校の閉塞感と、この中の誰がトラブルに加担しているのかという疑心暗鬼がいや増してくる。

高校入試の当日を中心にしたわずか数日が舞台であることと、何が起きるかが予測できないスピーディーな展開。次々に起きるハプニングと、その対応にあたふたする教師たちの言動に引き寄せられる。教師と保護者の間の丁々発止のやりとりもあり、笑ってしまう場面もしばしば。ミステリ、サスペンスの要素だけでなく、ブラックユーモアのあるコメディにもなっている。

　高校入試はたった一日。生徒の立場に立てば人生を狂わせるかもしれない一日だが、教師たちにとっては例年通りの行事の一つにすぎない。このギャップ。高校入試を生徒と教師、双方から描くことでその落差が見えてくる。

　高校入試が人生を狂わせるとは大げさ、とは思うかもしれない。しかし狭いコミュニティでは出身高校が意味を持つ場合がある。私も『高校入試』同様、地方出身だが、作中で書かれている、地方ではどこの大学を出たかよりも、どの高校を出たかが重視されるという話は聞いたことがある。狭いコミュニティの中での権威づけが、ある人にとっては誇りになり、またある人には一生背負うレッテルになりかねない。

『高校入試』の舞台は、古い価値観が「伝統」の名の下に残っている地方の名門高校だ。主人公は地元にしがらみのない帰国子女の杏子（きょうこ）先生。彼女は古い価値観に対して違和感を持つ人物である。彼女以外の教師たちは地元出身者、それもこの高校の卒業生が多く、教員室で校歌を歌ったりする。ＰＴＡ会長や県会議員の妻が出しゃばり、その対応に苦慮することには同情するけれど、肝心の「入試をぶっつぶす！」というメッセージにはたかをくくって真剣に対応しようとはしない。読者から見ればダメな大人たちだが、案外、こんなものかもしれないというリアリティがある。

それというのも、本作でも湊かなえが得意とするモノローグ形式が採用されており、教師たちが代わる代わる物語の語り手をリレーし、本音を漏らしているからだ。その合間に挿入されるインターネットの掲示板に上がった言葉が、学校の外から本音をぶつけてくる。もちろん掲示板の文言もフィクションなのだが、リアルの上にもう一枚レイヤーが重ねられたような新鮮な感覚を得られるのがこの作品の特色だ。

小説版はドラマ化されてから約半年後に刊行された。シナリオというベースがあるため、小説にするのは簡単かと言えばそうではなかったらしい。刊行当時のインタビューで湊は、シナリオは会話で物語を進めたが、小説では語り手の内面を言語化したと述べている。ラストをドラマとは変えたのも、ドラマとはまた別の世界をつくったということだろう。シナリオも刊行されているので読み比べてみるのもおすすめだ。

この作品は、高校入試を経験してきた人にとっては、その経験が自分の人生にどんな影響があったのか（なかったのか）を考えてみる機会になる。そして、これから高校入試に挑戦する人には、客観的に高校入試を見ることで、入試ってこんなもの、と緊張を和らげる効果があると思う。人生は入試のあとのほうがずっと長いのだから。

『豆の上で眠る』

新潮社
単行本：2014年3月
文庫：2017年7月

病弱だがよくできた姉と何かにつけて比較され「私はうちの子ではないのでは」と空想する妹。だが二人は仲が良かった。そんなある日、姉が誘拐される。その後、大人になった妹は姉に対し密かな疑惑を抱いていた。誘拐された姉と帰ってきた姉は同じ人物なのか。おとぎ話から始まる疑惑の行方は？

タイトルの『豆の上で眠る』はアンデルセン童話の「えんどうまめの上にねたおひめさま」より採られている。

どんなお話かというと——「本当のお姫さま」を探している王子さまがいた。その条件が、ベッドの上に一粒のえんどう豆を置き、その上に羽根布団を何枚も敷いた上に寝かせて、えんどう豆に気づくかどうかというもの。ほんのわずかな違和感を覚えることができる繊細さを持つ女性、彼女こそが本物のお姫さまだ——というものだ。

幼い頃、姉の万佑子（まゆこ）からこの絵本を読んでもらった結衣子（ゆいこ）は、本当に小さなえんどう豆を布団ごしに感じられるのかと疑問に思う。そして、同じように思った万佑子と、実際にビー玉の上に布団を何枚も重ね、その上に寝てみるのだ。

おとぎ話に疑問に持つのはいかにも子ども時代のエピソードである。何事もなければ姉と共有する少女時代の思い出話として、家族の間で笑い話になっただろう。しかし、この絵本を読んでもらった数日後、万佑子は結衣子たち家族の前から姿を消す。

物語は故郷を離れて神戸で暮らす大学生の結衣子が、故郷へ帰る道すがら、万佑子とすごした少女時代を思い起こすところから始まる。入院している母の見舞いのため故郷に帰ってきた結衣子はバス乗り場で「姉」を見かける。しかしここで読者は小さな違和感を覚えるはずだ。少女時代の回想では「万佑子ちゃん」だったのに、現代のパートでは「姉」と呼んでいる。ほかに姉はいない。大人になったから「姉」なのか。それとも別の理由があるのだろうか。

少女時代の回想は、やがて万佑子が行方不明になった事件へと進んでいく。結衣子の語り口から感じられる不穏な空気がここではっきりと姿を現す。万佑子は無事に帰ってきたのだろうか。帰ってきた「万佑子ちゃん」は「姉」なのか。

万佑子の失踪は結衣子に二重の苦しみを与える。仲が良かった姉がいなくなってしまった寂しさと、母から「姉を探す」というミッションを背負わされたこと。万佑子がいなくなったのは、姉妹で神社で遊んでいたときに、先に帰るという万佑子を一人で帰してしまったからかもしれない。結衣子はそのことに後ろめたさを感じていた。事件の被害者と、被害者にならなかった私。このモティーフは『贖罪』でも描かれていたが、姉妹という関係の近さがさらに結衣子を追い詰めている。

しかし、現在のパートで「姉」が存在することからもわかるように、万佑子は帰ってくる。しかし、その万佑子が本当の万佑子なのかを結衣子は疑うのである。重ねた羽根布団の上からえんどう豆の違和を感じ取った「本当のお姫さま」のように、結衣子は小さな違和感を覚えずにはいられなかった。

人物がすり替わっているかもしれないという想像は一度疑い始めると、黒いしみのようにぬぐえなくなる。ミステリでは『犬神家の一族』の犬神佐清（すけきよ）、『シンデレラの罠（わな）』のミのように、顔を失うという特殊な事情が設定されることが多いが（湊かなえの某短編にも出てくる）、『豆の上で眠る』の万佑子はそうではない。二年ぶりに帰ってきたとはいえ、両親と祖父母は彼女をすんなり受け入れるのかも気になる。

家族とは、姉妹とはというテーマはこれまでも湊作品に登場したが、ここではその絆に新たな問いが突きつけられる。本物と偽物というテーマが迷宮のように入り組んで読者を誘い込むのだ。すべての真相が明らかになったとき、結衣子は何を思うのか。読者に投げかけられた問いは重い。

『山女日記』

幻冬舎
単行本：2014年7月
文庫：2016年8月

彼からのプロポーズに迷いを感じている若い女性。婚活で知り合った男性と山に登るバブル期をすごした女性。山に登り本音をぶつけ合う対照的な生活を送る姉妹。安定を捨てて帽子づくりの道を選んだ女性。それぞれの理由で山に登り、「何か」を見つけた人々の物語がゆるく繋がる連作長編小説。

律子（りつこ）は丸福デパートに勤める二九歳。山に登ったことはないが、アウトドアアフェアでひとめ惚（ぼ）れしたダナーの登山靴を手に入れた。せっかく買ったのだから、と同じフロアの同期二人を誘って山に登ることに。しかし、当日、仲の良い舞子（まいこ）がドタキャンし、職場の上司と不倫していると知って嫌悪感を抱いている由美（ゆみ）と二人で登ることになる。さて、初心者二人の登山はどのようなものになるのだろうか。

『山女日記』は最初の「妙高山（みょうこうさん）」をはじめとして七章が山の名前になっている。

律子と由美は妙高山から火打山へと縦走する計画を立てており、続く「火打山」の章では彼女たちは背景の登山者たちの一組になり、別の女性が主人公になる。四〇代になった美津子は婚活で出会った男性と山に登っている。その後、槍ヶ岳、利尻山、白馬岳、金時山、トンガリロと舞台が変わり、主人公も変わっていく。共通点は全員女性であること。彼女たちを繋ぐのは「山女日記」という登山愛好者が集うウェブサイトだということだ。律子と由美のような初心者もいれば、父親仕込みの登山をソロでやってきた強者もいる。『山女日記』の刊行当時は「山ガール」という言葉が流行っていて、おしゃれな女性登山者が注目を浴びていた。だが『山女日記』は「山ガール」ならぬ「山女」という言葉が象徴するように、本格的な登山小説として書かれている。

とくに人間ドラマとして濃厚なのは「利尻山」から「白馬岳」へと続く姉妹の物語だ。医師と結婚し小学生の娘がいる姉と、翻訳家をめざしているものの自活できずに父と実家に二人で暮らす妹。「利尻山」では妹の目から、「白馬岳」では姉の目からお互いの人生を振り返り、それぞれが直面している問題について思いをぶつけ合う。二人の人生や方向性の違いをまとめるなら、安定を求めるか夢を追いかけるか。このテーマは、続く「金時山」「トンガリロ」にも登場するから、『山女日記』全体に流れる問いでもある。考えてみれば「妙高山」と「火打山」で書かれている結婚と恋愛にもつきまとう問題だ。「トンガリロ」は『山女日記』のクライマックス。「山女日記」で人気の帽子デザイナー、柚月（ゆづき）の物語である。ニュージーランドのトンガリロ国立公園四日間のツアーに参加した彼女は、かつてここを恋人と旅したことを思い出す。アクシデントそのものを楽しむような無鉄砲さを持っていた若き日の自分たち。そして現在。自然の中を歩くことは、目の前の景色や自然のディテールを楽しむと同時に、過去の記憶と向き合う時間でもあるのだ。

『山女日記』が書かれた背景には、湊かなえ自身の登山体験があるのだろう。登山のディテールに経験や見聞の積み重ねが滲み出ている。

山に登るときにエンドレスで頭の中に流れる『太陽に吠えろ！』のテーマや「手のひらを太陽に」。山で飲む珈琲（コーヒー）の美味しいこと。がちょうのパテ、トリュフバターとフランスパン、ゴディバのチョコ、いちご大福などのおやつ。装備は新しいものほど軽くて丈夫で進化していることや、ストックの使い方などの装備についての言及もある。小説を通して、幅広い層に登山の楽しみを知ってほしいという思いが感じられる。

文庫版の最後にある「カラフェスに行こう」も短いながら新しい登山の楽しみを描いた作品。山友達を求めてやってきた主人公の目を通して、安曇野（あずみの）のヤマケイ涸沢（からさわ）フェスティバルが描かれる。あなたも山に登ってみませんか。そんな作者の声が聞こえてきそうだ。

『物語のおわり』

それぞれの理由で北海道を旅する人たち。その手から手へ未完の小説原稿がリレーされる。まるで「あなたならこれにどんな結末を用意しますか?」と問うかのように。そして小説に自分の人生を重ね、自分の選択は正しいのかと省みる。物語を書く、読むことの意味をあらためて考えさせてくれる作品。

朝日新聞出版
単行本：2014年10月
文庫：2018年1月

小説は「続き」を知りたくてその先へとページをめくっていく。しかしその物語が途中で終わっていたらどうだろう。続きを想像したくならないだろうか。そして、自分以外の人たちがどんな続きを考えたか知りたくならないだろうか。

「空の彼方」という小説原稿がある。おそらくは昭和中期が舞台。パン屋の娘に生まれた絵美(えみ)は、中学生のとき、高校生のハムさんに交際を申し込まれ、遠距離恋愛を経て婚約する。しかし小説家になる夢を持っていた絵美は、かつての友人から有名作家の弟子にならないかと誘いを受ける。そのためには彼と故郷を捨てて上京しなければならない。旅立つことを決めて駅に向かった絵美の前にハムさんが現れる——ここで原稿は終わっていた。

この未完の小説が北海道を旅する人たちにリレーされていく。ガンを宣告され、お腹の子と夢だった旅をするために北海道行きのフェリーに乗った智子。父親の死を機にプロカメラマンになる夢をあきらめようとしている拓真。自転車で北海道を旅しながら、別れた恋人から言われた言葉を反芻している綾子。娘と進路をめぐってケンカになり、かつて旅した北海道へやってきたライダーの木水。若き日に恋人の夢を否定してしまったことを心の傷にしているキャリアウーマンのあかね。

小説が面白いのは人の数だけ解釈や、想像が許されていることだろう。読者はしぜんと自分に引きつけて解釈し、経験に基づいて想像を膨らませる。ときには作家が書いていない場面や描写までねつ造し記憶することさえある。自分だったらどうするのか。自分だったらどういう結末であってほしいか。自分の願望や人生観、こうあるべきだという価値観を通して私たちは小説を読んでいる。

『物語のおわり』で物語の続きを想像するのは、年齢も性別も立場も違う人たちだ。ただ一つ共通しているのは住んでいる場所を離れ、北海道を旅していることである。

湊かなえの小説には二種類ある。舞台となる場所が架空か実在かだ。架空の場合は、読者が自分の住んでいる地域の近くかもしれないと身近に感じられるようにという理由と、殺人事件などのネガティブなできごとが描かれることへの配慮だと思われる。一方、『山女日記』やこの『物語のおわり』には具体的な地名が登場する。その場合は、その地域と場所、それにまつわる記憶を重ねて読んでほしいということだろう。

たとえば『物語のおわり』には美瑛町の「拓真館」が登場する。写真家の前田真三の作品を中心にした写真ギャラリーだ。北海道の風景の美しさを広めたこの写真家の作品を見るために、風景写真家を志していた若者が訪れる。たしかに自分の夢と現実との折り合いをどうつけるかを悩む若者にふさわしい場所だ。しかもそこに謎めいた未完の小説が加わり、これからの人生に影響を与えるのである。

人は旅をする。そのときに見た風景、出会った人々が気づきをもたらし、人生を豊かなものにする。「空の彼方」を手にした人々が素直に読んでみようと思うのも、旅の途上にいるからだろう。移動中はどこにも根がない状態。明日はどちらへでも行けるという自由がある。それは人生の選択をするために最適の状況なのかもしれない。

湊かなえは最後にこの物語の続き、つまり「物語のおわり」を明らかにして筆を置く。しかし登場人物たちが想像したことや、読者の想像が無駄だったわけではない。作家がなぜこの結末を選んだのかを考える楽しみがそこに加わったのである。

『絶唱』

震災で大切な人を失った四人の女性は、それぞれの理由でトンガに向かった。楽園を求めた人、日本から逃げだそうとした人、会いたい人を探しにきた人、罪悪感を忘れようとした人。彼女たちは求めたものに出合えるのだろうか。阪神淡路大震災から二〇年後に書かれた鎮魂と未来への物語。

新潮社
単行本：2015年1月
文庫：2019年7月

小説はパーソナルなものである。書かれていることがフィクションであっても、作家が人生で経験し、見聞したことが必ずどこかに入っている。作家にとって経験は材料のようなもので、それをどう料理するかが腕の見せ所なのだ。私たち読者はその材料が本物だからこそ、書かれたことにリアリティを感じ、共感したり、反発したり、感動したり、心を揺さぶられる。作品と作家が切り離せないのはまさにそれが理由だ。

湊かなえの引き出しは多く作品の幅は広い。ミステリ、サスペンス、人間の善と悪、ダークな結末があるかと思えば、心温まるエピソードもある。しかし、発表順に読んでいくと、繰り返し書いているモチーフがあることに気づく。たとえばそれは「告白」であり「贖罪」である。キャリア初期に早くもこの二つをタイトルにした作品を書いているが、しばしばこのモチーフが変奏されてきた。『絶唱』にもこの二つの要素が読み取れるが、もう一つ注目すべき要素がある。それは「救済」だと私は思う。

『絶唱』は四つの物語がゆるやかにつらなる連作形式をとっている。「楽園」は二〇歳の誕生日を迎えた大学生の雪絵（ゆきえ）が主人公。彼女は一人でトンガにやってきて、マリエと名乗る。マリエ（毬絵）は一五年前に阪神淡路大震災で亡くなった双子の妹の名前だ。彼女にはどうしても毬絵として「楽園」を訪れなければならない理由があった。

　マリエがトンガで出会うゲストハウスを営む尚美（なおみ）という女性がいる。彼女はこの小説全体の港のような存在である。ここにやってきて心身を休め、また旅立って行ける場所だ。

「約束」はマリエの高校時代の恩師であり、トンガで尚美と親しくしていた理恵子（りえこ）の物語。理恵子は国際ボランティア隊の家政隊員としてトンガの女子校に赴任していた。彼女は日本から自分を訪ねてきた婚約者に、婚約解消を申し出ようと思っている。その理由は何なのか。

「太陽」は、「楽園」に登場した子連れの旅行者、杏子（きょうこ）が主人公。彼女はマリエに五歳の花恋を押しつけ、現地で知り合った男と別の島へ行ってしまうような困った親だった。しかし彼女の視点で描かれた「太陽」を読むと印象が変わる。シングルマザーになったいきさつや、日本での生活が語られ、なぜトンガに来たのかが明かされる。

どの物語にも共通するのは阪神淡路大震災で大切な人を失ったことである。トンガが舞台だが、その背景に震災があるのだ。トンガと被災地。「太陽」でかけ離れた二つの場所がとある人物によって結びつけられるとき、大きな感動が訪れる。

だがこの小説はそれで終わりではない。その後にもう一度大きなうねりが待っている。最後の「絶唱」は、三つ目までの物語が、もしかするとこの一編のために書かれたのではないかと思うほど重く切実だ。かつてトンガで暮らし、いまは小説家になった千晴が尚美に宛てた手紙である。

千晴は大学のミュージカル同好会で出会った友人二人と小さな浜辺で歌った夜を、もっとも幸せな思い出として回想する。しかし、音楽によって結ばれた友情は一九九五年一月一七日の震災によって破壊されてしまう。千晴に強い罪悪感を残して。

告白と贖罪。そのどちらもが簡単なことではない。湊の作品ではむしろそれらが不可能であることを描いているのではないかとさえ思うことがある。しかしこの作品ではあえて背負った罪が救済される可能性を描いたのではないだろうか。それが難しいことだとしても、それでもなお生きるための希望として。

『リバース』

講談社
単行本：2015年5月
文庫：2017年3月

「広沢由樹がどんな人生を送ってきたのか、遡っていきたい」

親友の死に関わった大学時代の同級生たちに届いた脅迫状。過去に向き合おうと決めた深瀬は、亡くなった広沢を知るための旅に出る。脅迫者の正体と動機、そして事故の真相とは？


結末でそれまで見てきた風景が一変する。それはミステリの大きな魅力である。そして、もう一度読み直してみようと思えれば最高だ。それがこの『リバース』である。

主人公は東京の私鉄沿線に住み、小さな事務用品販売会社に勤めて三年目になる深瀬（ふかせ）和久（かずひさ）。パッとしない毎日を送っていた彼に初めて恋人と呼べる存在ができた。行きつけのコーヒー店で知り合った美穂子（みほこ）だ。しかしある雨の晩、美穂子が勤め先に届いたという手紙を持ってくる。そこには「深瀬和久は人殺しだ」と書かれていた。

深瀬には一つだけ心当たりがあった。大学時代に親友の広沢を事故で亡くしたのだが、その事故に深瀬も関わり、誰にも言えなかったことがあったのだ。

事故当時の宿泊場所とBBQをセッティングした村井、お調子者の谷原、教師になりたいといっていた浅見。事故から時間が経ち、ある者は何事もなかったように、またある者は自分を律して暮らしている。だが、深瀬だけでなくメンバー全員に脅迫状が届いていた。ついにはそのうちの一人が駅のホームから転落するという事故が起きてしまう。

湊作品では珍しい男性主人公の作品である。三人称で書かれてはいるが視点は深瀬に置かれている。彼は自分のことを「色を持たない空気人間」だと感じている。とくに親しい友人もなく、しばしば集団の中で無視される存在。しかし、大学に入って広沢と出会い、初めて親しくつきあうことができた。それだけに広沢の死後は、ひっそりと冴えない毎日を罪悪感とともに生きてきたのである。

脅迫者は誰なのか？　メンバーの中に裏切り者はいないのか？　事故の真相は？　深瀬はいくつもの謎を抱えたまま、亡くなった親友の人生を遡っていくことで謎の解明に近づいていく。それは同時に広沢という人間を知る旅でもあった。

『贖罪』、『絶唱』でも描かれていた、生き残った者が感じる喪失感、無力感がここでも描かれている。そのうえ『リバース』には、亡くなった広沢を親友だと思っていたのは自分だけだったのではないか？　という疑惑が加わる。広沢は誰にでも優しく、包容力のある男だったからだ。

深瀬が広沢の高校時代の「親友」古川(ふるかわ)と対面する場面はこの作品のクライマックスの一つである。鏡のように自分と似た男との対面。古川と広沢の関係はそっくりそのまま深瀬と広沢との関係に重なる。広沢にとって俺は何だったのか。いや、その逆を考えてみたらどうだろう。広沢は深瀬が、古川が、自分をどう思っていると考えていたのか。深瀬は古川との対面を通して、広沢自身の心のうちを垣間見ることになる。

この作品は最後の一行を編集者から提案されて考えたものだという。リバースは逆戻り、巻き戻しという意味だが、この作品は作者が終わりから逆算して考えたという意味でも「リバース」なのだ。

その一行にたどり着くために仕掛けられたさまざまなエピソード、小道具、ディテール、登場人物の言葉。そして、最後の一行にたどり着いたとき、読者はきっとこう思うだろう。私たちの人生にはこの最後の一行に気づかないまま通り過ぎていることがあるのではないだろうか、と。

『ユートピア』

集英社
単行本：2015年11月
文庫：2018年6月

海に面した地方都市で、車いす利用者を支援するブランド「クララの翼」を立ち上げた三人の女性たち。善意で始まった活動は共感を呼んだが、注目を集めるうちに不穏な噂が流れ始める。地元民、転勤族、移住者、それぞれが夢見るユートピアとは。第二九回山本周五郎賞受賞作。

かつて「地方の時代」という言葉があった。私が子どもの頃だから、もう四、五〇年前に流行った言葉だ。都市を中心に発展してきた高度経済成長が終わり、これからは都市ではなく地方こそが主役になる――そんな意味で使われていた。その頃、地方に住んでいた私は、人が多く空気が悪い、住宅事情も悪く住みづらい、と都会に良いイメージを持っていなかった。それでも結局は都会に出たのだが。

「地方の時代」というかけ声はなくなったが、都市部から地方に移住するケースは確実に増えている。地方自治体も移住者誘致に力を入れ、古民家を再生したおしゃれな店や、自然環境を生かしたビジネスが盛んだ。インターネットのおかげで格差はもはや解消したようにさえ思える。しかし、地元の人たちは移住者をどう見ているだろう。移住者は地元の人たちをどう思っているのだろう。

『ユートピア』は太平洋に面した人口約七千人の港町、鼻崎町(はなさきちょう)が舞台だ。この町で「車いす利用者に快適な町づくりを」という願いを込めたブランド「クララの翼」を立ち上げた三人の女性が主人公である。

一人目は地元の女性、菜々子(ななこ)。仏具店に嫁ぎ、夫は大手食品加工会社、八海水産（通称ハッスイ）の工場に勤務するサラリーマンだ。二人目は光稀(みつき)。ハッスイに勤務する夫の転勤で別の地方から移り住み、女性たちと雑貨と子供服のリサイクル販売をする店を運営している。三人目はすみれ。陶芸家だ。東京の美大で同級だった健吾(けんご)の誘いで鼻崎町に移住し、芸術村をつくりたいとアーティストの移住者たちとカフェと工房を開いた。「クララの翼」は彼女がつくる天使の翼のストラップがメインの商品である。

菜々子の娘、小学一年の久美香(くみか)は交通事故がきっかけで立てなくなり、車いすを使っていた。光稀の娘、小学四年の彩也子(さやこ)は久美香を誘い、祭りに出かけたときに火事に巻き込まれてしまう。だが、それがきっかけで「クララの翼」が立ち上がり、三人の交流が始まる。女性誌に記事が出て注目されるとすみれのテンションは上がる。しかし、周囲から騒がれることで三人の間に温度差が出始める。しかも久美香が実は歩けるのではないかという噂が広まるのだ。

都会と地方のギャップと女性の生き方。それだけでも十分に興味を引くが、『ユートピア』にはさらにきな臭い事件が絡んでくる。いまは芸術村になっている住宅地で、五年前に殺人事件が起きていたのである。犯人はいまだに捕まっておらず『おまえ、芝田か？』というインパクトのあるキャッチコピーの手配ポスターが貼られている。その事件で盗まれた金のプレートがどこかに隠されているという噂があり、芸術村に整形した芝田がいるらしいとさえささやかれていた。

菜々子の夫が口にする「出る杭は打たれる。これ、田舎の常識」といった言葉や、菜々子自身がこの町から出られないことへの怨念を花のモチーフに込めて編んで編んで編みまくったりするなど、『ユートピア』には地方の閉塞感が赤裸々に描かれている。

その一方で、鼻崎町の芸術村を盛り上げようと意気込むすみれは「自分たちがどんなところに住んでいるのか気付いていないこの町の人たちに、わたしたちのアートを通じて知らしめてやるのだ」と上から目線だ。そのどちらの気持ちもわかると思ってしまうのは、私自身が地方出身で都会に住んでいるからか。それともまだユートピアがどこかにあると信じているからだろうか。

『ポイズンドーター・ホーリーマザー』

「私の母親こそが『毒親』です……」被害を訴えた女優の母は本当に毒親だったのか？　それとも彼女は「聖母」だったのか。殺人などの大事件に、報道では伝えられていない証言があったとしたら？　一方的な情報を鵜呑みにしてしまう私たちに向けた、アナザー・ストーリーズ。

光文社
単行本：2016年5月
文庫：2018年8月

短編小説の楽しみは「入って」「出る」ことにあると思っている。長編小説ではどっぷりと「入りっぱなし」になる。その快感もあるのだが、数時間、ひょっとすると数日入りっぱなしになるのは、ときにしんどいと思うことがある。一方、優れた短編小説はほんの数行でその世界に入り、読み終えたらすっとその世界から出ることができる。出入りしやすい世界に、ひねりの効いた結末と、印象に残る登場人物や台詞、描写があればば完璧だ。そして、この『ポイズンドーター・ホーリーマザー』に収録された短編はその条件をすべて満たしている。

「マイディアレスト」は、六歳下の妹、有紗（ありさ）について問われた女性が、立て板に水のごとく語り出す。自分に対して厳しかった母が妹には甘かったこと。まじめな自分と自堕落な妹。話は脱線し、妹のことを語っているのか、自分のことを語っているのか、その境界が曖昧になる。しかし、「あなた方は有紗の事件について調べているのだから。最初からそう訊けばよかったんです」という発言に、にわかに緊張が高まる。事件とは何か。有紗は妊娠しており、自宅に帰ってきていたらしい。近くで連続妊婦暴行事件が起きていたようだ。姉の言葉の端々から感じられる妹への悪意と嫉妬、自分自身の人生を肯定しようとしてもしきれずにこぼれ落ちる現実を垣間見せる筆致は強烈である。猫の蚤取り（のみとり）のたびに思い出しそうな作品でもあるので、蚤取りがお好きな方はご注意を。

「ベストフレンド」はシナリオライター志望の女性が主人公。成功するのは自分かライバルか。最初は語り手のほうが成功しそうに思える。世間知があり業界通。プロデューサーのウケもいい。しかし徐々に雲行きが怪しくなってくる。成功と失敗は紙一重。しかも視点が変われば違う世界が見えてくる。表現者としてどうあるべきかの心得を学べる物語として、創作を志望する人にはとくにおすすめしたい。

「罪深き女」と「優しい人」はともにある事件をめぐる証言の食い違いが読みどころ。

「罪深き女」は失うもののない、いわゆる「無敵の人」の通り魔事件に「すべての罪は私のせい」と名乗りを挙げる女性が主人公。「優しい人」は女性が男性を刺し殺した事件。周囲からどちらも「優しい人」と思われていた被害者と加害者。その「優しさ」の実態とは。優しさの暴力性、優しさの空虚さを描いて秀逸である。

「ポイズンドーター」と「ホーリーマザー」は本書のタイトルにもなっている、二編で一つの作品。女優として成功した弓香は、故郷で開かれる同窓会の誘いを断る。毒親と会いたくなかったからだ。彼女は毒親から受けた被害を知ってもらうため、テレビで毒親体験を告発し、『支配される娘』という本を書いた。「毒親」告発は世間を騒がせるが、弓香の母親は本当に毒親だったのか。毒親という言葉がはらむ「毒」を鋭く突いている。

　私たちは現実を飲み込むためにわかりやすいストーリーをいつも求めている。しかし、そのストーリーにはつねに視点が存在する。神様ではない私たちは、地上の一点からものを見ることしかできないのだ。真摯な書き手は複数の視点を持とうとするが、多くの報道は一点からしかものごとを見ていない。そして受け取る側もそのほうが納得しやすいから始末に悪い。私たちはそれが誰の目で見た報道なのかを考えるべきなのだ。

『ポイズンドーター・ホーリーマザー』に収録された作品に共通するのは、わかりやすいストーリーを信じることへの警鐘だ。大声で語られるストーリーを信じることの危うさは現代社会の歪みの象徴でもある。私たちの思い込みにナイフで切り込むような鋭さを持った短編集である。

『未来』

双葉社
単行本：2018年5月
文庫：2021年8月

父を病気で失い、母と二人きりの生活が始まった小学校四年生の章子。彼女のもとに、二〇年後の自分を名乗る人物から手紙が届く。章子は半信半疑のまま、未来の自分に向けた返信を書き始める。いつしか手紙を書くことが彼女の救いになっていたが、現実はさらに過酷な試練を彼女にあたえる。

一〇歳の章子（あきこ）が二〇年後の自分からの手紙を信じられると思ったのは、東京ドリームマウンテンの三〇周年記念のしおりが同封されていたからだ。彼女が生まれた年にオープンした東京ドリームマウンテンは、先にオープンしていた東京ドリームランドとともに子どもたちのあこがれの場所、夢の国だった。

いつか行きたいと願っているけれど、なかなか行けない場所。東京ドリームランドは『望郷』の「夢の国」にもあこがれのテーマパークとして登場する。「夢の国」の主人公が行きたくても行けなかったのは距離的な遠さと、古い伝統に生きる家族という壁があったから。一方、『未来』の章子にとっては深夜バスに乗れば行ける距離だけれど、経済的にも家庭環境的にも行く余裕がない場所だ。それだけに三〇周年の東京ドリームマウンテンに未来の自分が行ったという証拠は希望の光になった。

精神的な病を抱え、時々「人形」になって何もできなくなる母の世話をしながら暮らす章子は、いわゆるヤングケアラーである。本来は大人が子どもの面倒を見るべきなのに、子どもが大人をケアせざるをえない状況にいる。そしてそのことに周りの大人は気づけない。あるいは見て見ぬ振りをしている。だが、子どもたちはもっと敏感だ。「普通」の家庭ではないことを察知して章子を排除しようとする。いじめというかたちで。

章子は強い。未来の自分に向けてつづる手紙の中で、ときには弱音を吐きながらも、母を助け、いじめに負けず生きていこうとする。母が実の父と兄を殺したという話を聞いて衝撃を受けながらも、母の味方は自分しかいないと離れずにいるほどに。

一〇歳から書き始められた未来の自分への手紙は、章子の成長とともに変化していく。漢字が増え、言い回しも大人びてくる。彼女が手紙を書き続けるのは、未来の自分からの手紙にあったこんな一節が支えになっているからだ。

「言葉には人をなぐさめる力がある。心を強くする力がある。勇気をあたえる力がある」

『未来』には章子以外にも困難を抱えた子どもたちが登場する。子どもたちを取り巻く周囲の大人たちもまた、加害者であるだけでなく、子どもだったときに何かが損なわれていたことが想像できる。このような現実を、私たちは「虐待の連鎖」「貧困の連鎖」とまとめてしまうが、当事者たちはそれぞれ別の人生を生きる個別の「人」だ。章子が過酷な毎日を文章につづることをやめないのは、それが自分だけのものだからである。

湊かなえは小説の巻末に「あとがき」を書かない作家である。しかしこの『未来』の文庫版には例外的にあとがきを寄せている。その中にこんな一節がある。

「他人に目を向ける余裕などないかもしれない。手を差し伸べるゆとりなどないかもしれない。だけど、同じ社会を生きている、割と近いところに、助けを必要としている子どもが存在するということを、知ってほしい」

湊の作品はどれも特定の主張やメッセージのために書かれたものではない。小説は新聞記事でも論文でもないから、結論は必要ない。読者一人ひとりが自由に解釈していい。しかし、それでもなお、こう書かなければならなかったのは、この『未来』が湊にとって特別な作品であるからだろう。その理由は『未来』を読めばわかると思う。

フィクションに触れることで私たちは現実の見方を変えることがある。湊かなえは小説の持つ力、フィクションの持つ力を信じ、この作品を書いたのだろう。

『ブロードキャスト』

「町田、一緒に放送部に入ろう!」
陸上部に入る夢が絶たれた町田圭祐は、脚本家志望の宮本正也に誘われ放送部に入り、ラジオドラマづくりに参加する。圭祐たちがめざすのは、「Jコン」。未知の世界に飛び込んだ圭祐の目を通して、放送部の青春を描く。

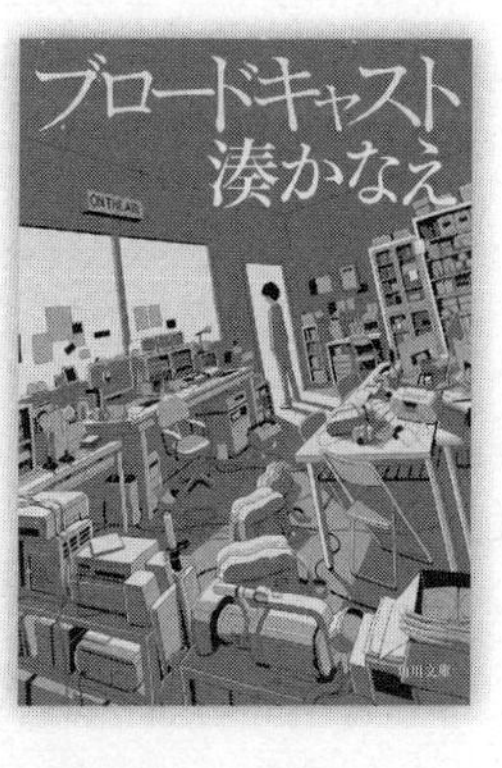

KADOKAWA
単行本：2018年8月
文庫：2021年1月

湊かなえ初の本格青春小説。続編が書かれたのも初めてだ。文化系部活の新たな世界に読者を誘う「青海学院高校放送部シリーズ」第一作である。

町田圭祐は中学で陸上部だった。親友の山岸良太とともに高校でも陸上部に入るつもりだったが、高校の合格発表の日に交通事故に遭ってしまう。せっかく第一志望の青海学院高校に合格したにもかかわらず、陸上部に入ることは断念せざるをえなかった。そんなとき、同じ新入生の宮本正也から放送部に入らないかと誘われる。正也は脚本家志望。それもラジオドラマをつくりたいのだという。圭祐の声を褒め、「俺の作るドラマには、おまえの声が必要なんだ」とまで言い切る。

放送部はJBK杯全国高校放送コンテスト、略して、「Jコン」をめざしていた。とくに作品制作部門のテレビドラマ、ラジオドラマ、テレビドキュメント、ラジオドキュメントの四部門には力を入れ、全国大会に行くと張り切っていた。正也に連れられて放送部に行った圭祐は、そこでいきなりテレビドラマへの出演を頼まれる。

流れに乗るかたちで放送部に入った圭祐に対し、正也はもっと積極的で、ラジオドラマの作り手がいないと知って一年生ながら手を挙げる。そして「ケンガイ」というラジオドラマの脚本を書き、放送部で制作することになるのである。

九分間のラジオドラマ「ケンガイ」の脚本をまるごと掲載し、ブラッシュアップして完成するまでを丁寧に書いているのはこの作品の大きな魅力だ。湊かなえは小説家としてデビューする前に、ラジオドラマの公募賞を受賞し、ラジオドラマ化されている。そのキャリアが生かされていると言えよう。

しかもコンテストで発表されたライバル校の作品の内容まで紹介している。SFあり、青春あり、恋愛あり。面白いアイディアもあれば、ありふれているかなと思うものもあり、圭祐たち高校生が率直な感想、意見を言い合う。読者もまたどのラジオドラマが聴いてみたいかなど、一緒に大会に参加しているような気持ちになると思う。

Jコンは大人の選考委員が順位を決める。それが高校生たちの評価と一致せず、不満を持つのも面白い。大人と高校生のギャップは大人になると忘れてしまうものだから。『ブロードキャスト』では、放送部で一緒になったクラスメート、久米咲楽（くめさくら）のいじめ問題も描かれている。圭祐は咲楽をいじめている女子たちをその場でいさめるのだが、その一歩を踏み出すとき、「ケンガイ」を思い出し、自分にこう発破を掛けるのだ。

「ドラマは理想の世界でしかないのか？　じゃあ、ドラマ作りに何の意味がある。あの世界を現実に持ち込め、圭祐」

物語を物語に終わらせたくない。この思いは『未来』のあとがきに湊かなえが書いていたこととも重なる。物語には人に影響を与える力がある。物語から勇気をもらい、背中を押してもらったという経験はきっと誰でもあるはずだ。その力を他者に向けて発揮してほしいというメッセージがこの作品にも込められている。

文庫版、電子書籍版収録の「ラジオドラマ」も湊ファンは必読だ。正也が「師匠」と呼ぶ「パンダパン」のおばさん、実は脚本家でもあり小説家でもある椿（つばき）じゅんが登場し、正也に脚本の手ほどきをする一編だ。内容も実に実践的で脚本ワークショップのようだ。高校生たちを見守る立場として、椿じゅん先生の再登場を期待したい。

『落日』

角川春樹事務所
単行本：2019年9月
文庫：2022年8月

真っ赤な太陽が海に沈む町、笹塚町。新進気鋭の映画監督・長谷部香は、一五年前にこの町で起きた一家殺害事件を映画化しようと考えていた。脚本に指名したのはこの町出身の脚本家、甲斐真尋。創作に対する考え方が対照的な二人は、それぞれのやり方で事件の真相に迫っていく。

親からベランダに出された少女が、戸境壁の下からのぞいた小さな手を見つける。そして言葉を交わさないまま指で壁をタップし、コンクリートに指で描いた絵を交わし合う。そのイメージがこの『落日』全編を通してトーチカのように物語を照らしている。しかし、その思い出を疑うような事実が出てきたとしたら？

甲斐真尋（かいまひろ）は二九歳の脚本家。といってもこれまでに二時間ドラマを一本書いたことがあるだけだ。ふだんは恋愛ドラマの巨匠脚本家の事務所で働いている。三〇を前に脚本家をあきらめようかと迷う崖っぷちの毎日だ。そんなある日、面識のない長谷部香から、新作の脚本について相談したいというメールが届く。

長谷部香は三三歳の映画監督。冒頭に書いたベランダの記憶を持つのはこの女性である。自殺直前の人たちをドキュメンタリータッチで描いた映画『一時間前』が海外の映画賞を受賞し、次作が注目されていた。香はベランダの少女が殺人事件の被害者になったと知り、その真相を探り、次の映画にしようと考えていた。香は真尋を幼稚園で同級だった真尋の姉と勘違いし、事件のことを聞けると期待して連絡してきたのである。

真尋と香は創作において対照的な存在だ。真尋が脚本家として脱皮できないのは、似たような主人公ばかりだから。それも世界的に活躍するピアニストの姉をなぞったキャラになってしまう。真尋は自分が「見たい」世界をつくりたいのである。しかし、香は事件の真相を「知りたい」から、自分で調査し、疑問を突き詰めて映画をつくる。「見たい」VS.「知りたい」。二人の出会いから『落日』は動き始める。

香が映画化したい事件とは、山と海に挟まれた小さな町で起きた「笹塚町一家殺害事件」。引きこもりだった二一歳の立石力輝斗が、高校三年生の妹・沙良を刺し殺し、家に火をつけて両親まで焼け死んだという事件だ。しかしすでに裁判は終了し、力輝斗の死刑判決が確定していた。そこに疑問を差し挟む余地はないように思われた。

しかし香は知りたかった。なぜ沙良は殺されなければならなかったのか。沙良の周囲を調べていくと、甘やかされて育った虚言癖の少女、才能ある人を引きずり下ろす天才的クラッシャーだったという証言が出てくる。香は混乱する。記憶の中の少女と沙良が重ならないのである。

湊はこの作品について、出版社から投げかけられた二つのキーワード「裁判」と「映画」から出発したと語っている。そこからこの二人の主人公を生み出し、ミステリとしての面白さだけでなく、創作論にまで発展させているところにこの作品の魅力がある。「見たい」か「知りたい」か。香は「知る」ことは「救い」に繋がると考えている。しかし、真尋は自分の体験から「知る」ことよりも「知らない」ことが「救い」になると思っている。「救い」になるのはむしろ「見たい」ものを見せることではないかと。現実はつらすぎるから、夢の世界を見たいということだろう。真尋がそう思うようになった理由が明かされる場面はこの作品の白眉である。そこに悲しみと苦しみと、それでもなお、見なければならない現実があるからだ。

タイトルの『落日』から、終わりのイメージを連想する方も多いと思う。しかし事件の舞台となった笹塚町は太陽が海に沈む落日が美しい町だ。香は父が落日を見せたいと言っていたことを覚えている。そしてその言葉の意味が、新たな事実を知ることによって別の意味を帯びるのだ。まるで事件の真相のように。

『カケラ』

集英社
単行本：2020年5月
文庫：2023年1月

一人の少女が自殺した。大量のドーナツに囲まれて。彼女は美人だったとも、太っていたとも言われている。彼女の死はその外見と関わりがあるのか、それとも別の理由があったのか。マスコミにも登場する美容外科医の久乃は、少女とその母の関係者に会い、証言を集めていくのだが……。

美とは何だろうか。この問いにすんなり答えられる人はいないだろう。しかし定義はできなくても、私たちは日頃から美と醜を区別している。厳密に言えば基準は微妙に違うかもしれないが、ざっくりした合意はある。美しい風景、美しい建築、美しい人。言葉にできないまでもイメージするものは似通っている。その基準がどんなに曖昧なものだとわかっていても、美に心地よさを感じ、価値を見いだすのが人間のようだ。

『カケラ』は美にまつわる物語である。

美容外科医の橘久乃は深夜の討論番組で、整形手術を受けることで前向きに生きられるならしてもいいではないか、と美容整形肯定論を語り物議をかもす。その久乃がとある少女の自殺事件の真相を知るために関係者に面会し、その証言に耳を傾ける。四〇を過ぎて若い頃から体重が二〇キロ以上増えてしまった女性。タレントとして成功するために鼻を高くしたいという少女。筋トレにハマった中年男性とウエイトリフティング部だったその息子。教育現場の平等主義を愚痴る中学教師。「体の声に耳を傾ける」ことにこだわる高校教師。彼女、彼らが語る言葉を通して、亡くなった少女、有羽とその母、横網八重子の像が徐々に結ばれていく。

聞き手の久乃の言葉は省かれ、モノローグだけで構成されている。面白いのは証言者たちが亡くなった少女とその親のことなどそっちのけで自分の話をし始めることだ。堰を切ったようにあふれ出る言葉からは、聞いてくれる人を激しく求める飢餓感が伝わってくる。同時に証言者たちの言葉から、聞き手の久乃がどう思われていたか、どんな半生を送ってきたかが少しずつ見えてくる。

母の八重子は「横網」とあだ名されいじめを受けたせいか「根暗、被害者意識が強い、ひがみっぽい」性格だと思われていた。しかし、娘の有羽は太ってはいたが運動神経がよく明るい性格だったという。母と娘は体型こそ似ていたが、性格は正反対だった。ではなぜ学校生活を楽しんでいた有羽が自殺しなければならなかったのか。有羽の苦しみが徐々にわかってくると、胸に重しが載るような苦しさが伝わってきた。

　太っているよりは痩せていたほうがいい。一重まぶたより二重まぶたのほうがいい。鼻が低いより高いほうがいい。そのほかにも「〜のほうがいい」という美の価値観が私たちの社会全体にすり込まれているようだ。冷静に考えれば何の根拠もない。南太平洋やインドのようにふくよかなほうがよしとされる文化はあるし、一重まぶたはアジアン・ビューティーの象徴だ。美の基準は、ある時代の、ある文化圏の価値観にすぎない。時代と地域が変われば美の基準もまた変わって当然だ。この国に限っても平安時代の絵巻物、江戸時代の浮世絵、明治・大正・昭和・平成の「美男美女」の写真を見れば一目瞭然だ。

　そんなことは重々承知。それでもなおこだわってしまう。この時代にこの場所に生きているのだから逃げられない——という反論にも一理ある。だが、それが生きづらさに繋がるとしたら、そんな狭い価値観は必要だろうか。

　有羽は八重子のつくるドーナツが好きだった。幸せの味がしたからだ。その理由がわかったときに、しみじみと、私たちがこだわっていること、とらわれていることの虚しさを感じずにはいられなかった。この小説のタイトルは『カケラ』。何のカケラだろう。ドーナツのカケラか、それとも別の何かなのか。そのカケラの意味が明かされたとき、この小説が書かれた意味が伝わるはずだ。

『ドキュメント』

『ブロードキャスト』に続く青海学院高校放送部シリーズ第二作。テレビドキュメントのために陸上部の取材を始めた圭祐。だが、陸上部員の喫煙疑惑が持ち上がり、制作が暗礁に乗り上げる。「高校生らしい」テレビドキュメントとは何かを模索しながら、喫煙疑惑の真相に迫る放送部員たちを描く。

KADOKAWA
単行本：2021年3月

前作の『ブロードキャスト』で、主人公の町田圭祐はラジオドラマ「ケンガイ」に出演し、放送部に居場所を見つけた。今回はテレビドキュメントの制作に挑戦する。三年生が部活から引退し、放送部は二年の白井(しらい)部長による新体制となった。最初の活動は地元のマラソン大会に出て賞品をゲットしようというもの。足りない予算を少しでも補うためだ。そして、見事に一年の久米咲楽がドローンを手に入れる。放送部に強力なツールが加わり、さっそくテスト撮影を繰り返すようになる。

放送部はこのマラソン大会を映像で記録していた。大会に貢献するという理由もあるが、白井部長にはもう一つの狙いがあった。大会に参加した陸上部の一年生、山岸良太の活躍を追う企画を温めていたのだ。

新体制の放送部は「ＪＢＫ杯全国高校放送コンテスト（Ｊコン）」の六部門すべてにエントリーするという方針を立て、中でも時間がかかるテレビドキュメントから取りかかることになっていた。

そこで企画会議である。部員それぞれがテレビドキュメントでやりたい企画を提案する。『ブロードキャスト』でも「Ｊコン」エントリー作品の内容が具体的に紹介され、どれも興味を引いたが、ここでも企画ひとつひとつを丁寧に紹介し議論していく。テレビドキュメントとは？　「Ｊコン」における「高校生らしさ」とは？　など意見を言い合うことで、どんな作品をめざすべきかが見えてくる。

白井部長の企画は単に陸上部の一年生部員を追うものではなかった。良太は一年生で高校駅伝の全国大会出場メンバーに選ばれる可能性があり、しかも青海学院で過去にそれを成し遂げた第一号が良太の中学時代の恩師、村岡（むらおか）先生だったのである。

部長は圭祐に、良太と村岡の取材をしないかと持ちかける。圭祐と良太はともに村岡先生の指導を受けていたからだ。圭祐はこの大役を引き受ける決心をする。

しかしそこで大きな事件が起きる。たまたまドローンで撮影した映像に、煙草（タバコ）を手にした良太が映っていたのだ。これが公になれば陸上部はもちろん、放送部の作品制作も不可能になる。しかし良太は本当に煙草を吸っていたのだろうか？

ここから物語はミステリの様相を呈してくる。この映像をどうするか結論が出ないうちに、陸上部の顧問に同様の画像が送りつけられるのだ。誰が何のためにこんなことをしたのか。犯人は放送部員か、陸上部員か、それともまったく別の誰かなのか。『ドキュメント』にはライブ感がある。テレビドキュメントの制作から煙草事件へとスライドしていく流れもそうだし、はっきりとは書かれていないが、新型コロナのパンデミックが小説の中でも起こっている。おそらくこの『ドキュメント』は、「いま」高校生がどう感じるかにフォーカスしている。まるでテレビドキュメントのように。それゆえ、急流を下るような展開に、現実が侵入してくるライブ感、リアリティがあるのだ。

湊がこのシリーズに放送部を選んだのは、「伝える」ことの大切さを若い読者たちに届けたいからではないだろうか。前回はラジオドラマ、今回はテレビドキュメントとジャンルを変えてきたのも「伝える」難しさを多角的に問いかけたかったからだろう。そこには読者も登場人物たちと一緒に考え、成長してほしいという願いがある。「青海学院高校放送部シリーズ」はまさしく若い世代のために書かれた作品なのである。

『残照の頂　続・山女日記』

亡き夫の夢を後押しできなかった後悔。三角関係のバランスが崩れ、山に二人で登ることになった音大生たち。娘に話してこなかった夫の若き日。遠く離れた場所でそれぞれ三〇年ぶりに登山を再開した二人の女性。『山女日記』に続き、さらに深く山に分け入り人生のドラマを描く。

幻冬舎
単行本：2021年11月

副題に「続・山女日記」とあるが、『山女日記』とは直接関係はない。共通するのは山に登ることが主題だということだ。『山女日記』を読んで面白いと感じた人なら、間違いなくこの『残照の頂』に満足がいくはずだし、各短編はそれぞれ独立しているので、こちらから先に読んでも問題はない。

「後立山連峰（うしろたてやま）」は登山初心者の六〇代半ばの綾子（あやこ）と、大学で山岳部だった麻実子（まみこ）の二人が、山岳写真家でもある山岳ガイドの山根岳人（やまねがくと）と山に登る物語。綾子は一〇年前から

「GORYU」という喫茶店を開いていて、その名前の由来になった五竜岳に登ってみたかった。喫茶店は夫の夢だったが、実現する直前で亡くなってしまい、綾子はそのことを悔いていたのだ。なぜもっと早く夫の夢を後押しできなかったのかと。麻実子にも綾子と重なる経験があり、物語後半に意外な展開を見せる。

「北アルプス表銀座」は異色作。若い三人の瑞々しく切ない恋と友情を幻想的に描いている。音楽大学の声楽科のユイは、ピアノ科のユウに誘われて、バイオリン科のサキと三人で山に登るようになる。『絶唱』でも歌うことの輝きを描いた湊が、ここでは山で歌う喜びを表現している。「山へ行くごとに、頭の蓋は開いていった。声が外へ、高く、遠くへ飛んでいく。私の思いを乗せて」という一節が印象に残る。

「立山・剱岳」は母と娘の山行を描いた作品。消防士だった父を早くに亡くし、手を取り合って生きてきた母と娘。娘が東京の大学に入り、山岳部に入ると言ったときに反対したのはなぜなのか。そして山岳ガイドになると言い出した娘とともに立山連峰に登ることにしたのはどういう理由なのか。登山は命の危険のある場所——その視点が加わることで、山に登ることへの見方が深みを増す。

「武奈ヶ岳・安達太良山」は手紙だからこそ感じられる感情の流れが丁寧に描かれた作品。武奈ヶ岳は滋賀、安達太良山は福島。二つの離れた山が手紙で結ばれる。

武奈ヶ岳に登るのは京都の老舗和菓子店を継いだエーコ。大学時代に登山のパートナーだったイーちゃんに、大学卒業後に疎遠になった理由とその後の自分の半生をつづる。女性が和菓子職人になることが珍しかった時代に意地を通した若き日のこと。バブル崩壊の経済的苦境とそこから見いだした活路。そしてパンデミックのいま。大学在学中からつきあっていた山岳部の先輩と結婚をした彼女の半生もまた、エーコが想像するほど平坦なものではなかった。

エーコからの手紙に、イーちゃんは安達太良山に登ってから返信する。

二人の手紙には、この三〇年ほどにこの国で起きたことが凝縮されている。彼女たちは再び山に登り、険しい道を歩くことで、人生を振り返る。そしてこれからの人生をどう生きるかまでが生き生きと書かれている。

こうして四編の作品を読むと、山と人との間に生まれるドラマのなんと豊かなことか。火山帯に属する日本列島には数え切れないほどの個性的な山があり、愛好家たちによって登山文化がつくられてきた。山に登る理由には「そこに山があるからだ」という定番の答えがあるが、湊の作品を読んでいると「そこに人がいるからだ」なのではないかと思えてくる。下界を離れ、登山によって解放された人々の魂のドラマが存分に描かれているからだ。山にまつわる湊かなえの小説をもっと読みたい――そう思える作品集である。

『人間標本』

KADOKAWA
単行本：2023年12月

高名な蝶の研究者の手記。そこには六人の少年たちを殺害し、蝶の標本に見立てた「アート作品」をつくるという狂気のプロセスが淡々と書かれていた。しかもその六人の中には自分の息子も含まれていたのだ。前代未聞の猟奇殺人に世間は騒然とする。しかしそれですべてが終わったわけではなかった。

湊かなえ一年間の休筆後の第一作である。蝶の研究者による『人間標本』という手記から始まるのだ。しかも〈標本作製に至るまでの覚書〉で始まり、〈前日譚（ぜんじつたん）〉〈準備〉と進み、〈ようこそ、美術館へ〉というセクションで「作品」が解説される。それが美しい蝶の標本、あるいはアート作品ならばいい。しかし書かれているのは、書き手がいかにして六人の少年を「人間標本」にしたかということなのである。

書き手は榊史朗。蝶研究に長年取り組んできた五〇歳の大学教授だ。妻を亡くし、中学二年生の息子と二人暮らし。手記では少年時代の逸話から書き起こしている。父が中央画壇を追われた画家だったこと。父と蝶の標本づくりに親しんだこと。父が藝大時代の同級生だという美しい女性の絵を描いていたこと。その女性の娘、留美との出会い。そして蝶の目で見た世界を絵に描き、蝶の標本が舞う「作品」をつくったこと。

榊が蝶に魅入られ、標本づくりに熱中し、人間の標本というアイディアを得るまでが克明に描かれている。その描写は迫真的だ。

「少年たち全員の顔がこちらを向いていた。しかし、その姿は人間ではない。それぞれが違う種類の蝶の化身だった。背景も蝶の色覚のままだった」

ぞっとするイメージだ。蝶の収集と犯罪とをからめた作品といえば一九六五年の映画『コレクター』が有名だ。原作はジョン・ファウルズの小説。蝶をコレクションする青年が女性を誘拐し監禁するというスリラーである。ここでは蝶のコレクションが男性の支配欲を象徴している。しかし、『人間標本』では蝶は美の化身であり、自然がつくった芸術である。ゆえに蝶は永遠のあこがれなのだ。しかし榊の父は勲章を授与された晴れの場で「人間の標本を作りたい」とスピーチし画壇を追放されたのだった。

「人間標本」の手記は息が詰まるほど緻密に作り上げられている。しかしこの手記が終わったところから、この作品の本当の物語が動き始める。

『人間標本』は湊かなえの原点回帰にして新たな挑戦である。

まず原点回帰。ブレイク前に書かれた『告白』『少女』『贖罪』には世間の反響を気にすることなく、職業作家としての「常識」にとらわれずに書いた奔放さがあった。その後の作品では構成、描写、人物造形が洗練され、作品の幅が広がっていったのはこれまでのブックガイドで紹介してきた通り。初期三作の「ここまで書いていいのか」というドライブ感よりも、制限速度内でいかに上手く運転するかに重点が置かれてきたように思う。しかし『人間標本』には制限速度への忖度がない。アウトバーンをぶっ飛ばしているような迫力がある。しかも筆致はあくまでも冷静で、人間の心の底にある欲望を観察するように表現している。その容赦なさが原点回帰だと思うのである。

そしてもう一つは新たな挑戦。それはミステリとしての面白さを追求することと、人間ドラマを深く掘り下げることだ。ちりばめられた謎に解が与えられたときに得る快感はミステリを読む喜びである。しかしこの作品はそれで終わらず、その解がわかったときに登場人物の感情があふれ出す。その複雑な感情は一言では言い表せない。

小説ってなんて面白いんだろう。

作家・湊かなえの再スタートにふさわしい傑作である。

ロングインタビュー

「未来の小説家たちへ」

構成／タカザワケンジ

小説家になって経験した変化

——作家デビューしてからの一五年間、湊さんは濃密な時間を過ごされてきたと思います。小説を二六冊出されたほか、連続テレビドラマのシナリオ、エッセイ、ラジオ番組のパーソナリティ。全国四七都道府県の書店をめぐり、サイン会を行いました。アメリカのエドガー・アラン・ポー賞に作品がノミネートされ、海外のブックフェアにも参加されています。小説を書くという作家としての仕事を全力でされながら、作家として社会から求められる仕事にも応じて来られた。今日はその一五年を振り返ってお話をうかがいたいと思います。

湊　そうですね。いろんな経験をさせてもらいました。コアなところでは、城崎温泉の町おこし企画で、そこでしか買えないという地域限定小説を書かせていただきました。作家にならなければできないことばかりでしたね。

——湊さんにとって、なる前となったあとで「小説家」のイメージが変わった部分はありましたか。

湊　書くまでが小説家の仕事だと思っていたんですが、なってみると書いてからもやることがいろいろあるんだなと。

原稿に校正が入って修正しますし、カバーデザインの相談を受けて、イラストレーターの方や写真の選びにも意見を求められます。細かいところでは本の見返しの紙の色はこんな色でどうでしょうかとか、帯にどんな言葉を入れましょうとか。書店でこういう販促活動をしますという報告も事前に受けます。本が読者のみなさんの手に届くまで、いろんな人の手が関わっているんだなと思いましたね。

それに、本ができたら終わりではなくて、書店を回ってサイン会をさせてもらったり、取材を受けたり。本が出てからのほうが忙しいと感じるときもあります。

——相手の都合に合わせなくてはいけないところもあるから、忙しさの質が違いますね。

湊　そうですね。でも、それが楽しくもあります。書店に行くと、こんなふうに新刊を売ってくれているんだとわかって嬉しいですし、書店員の方々から新刊の感想を聞いて元気をいただいたり。それがあったから、一五年間続けてこられたのかなと思います。

——書くことそのものは変化しましたか。

湊　書くことはあまり変わりません。子どもの頃から想像するのが好きだったので、物語を書くのは今も昔もすごく楽しいんです。でもプロになってからは、書く以前に、編集の方と「こういう題材はどうですか」とアイデアを話し合ったり、作品に必要な取材をしたりするようになりました。作家にならなかったら出会えなかった人たちとたくさん出会えたので、作家になってから出会った人の人数は、それまでの人生に比べて何倍にもなるでしょう。それがぜんぶ私の財産になっていると思います。

サイン会で読者の方とお話しすると、作家にならなければ行くことがなかった町にも作品の読者がいることに感動します。一度でも行ったことがある町は、天気予報が気になるんです。雪がいっぱい降っているけど大丈夫かなと思ったり、台風の被害が少ないといいなと思ったり。世界が広がったと思いますね。

サイン会で全国行脚をした理由

――作家生活一〇周年を記念して、四七都道府県でサイン会をされました『10社合同企画 湊かなえデビュー10周年47都道府県サイン会ツアー「よんでミル？ いってミル？」』。前代未聞だと思うのですが、やろうと思った理由は何だったのでしょうか。

湊 私自身が地方に住んでいるので地方の読者に会いたいということもありましたし、一人で書いていると読者の顔が見えないので、直接話したいなというのもありました。出版社一〇社に協力してもらったら、その恩を返さないと、と自分を奮い立たせることにもなるかなと。でも、実はその時に言えなかったことがあったんです。一〇年たって、もう小説もいっぱい書いたし、作家としてのモチベーションが下がっていたんです。

――湊さんはデビュー当時のスタートダッシュがすごかったですよね。デビュー作の

『告白』、『少女』『贖罪』が立て続けに出て。その後も快調なペースで書かれて、『告白』からちょうど一〇年後の同じ月に出た『ブロードキャスト』まで、小説だけで一〇年で二二冊お出しになっています。

湊　デビューして一カ月後に、各出版社の方々と双葉社の会議室で二日かけてお会いしたんです。一時間ごとに一社ずつお話しさせてもらって、その二日間で、五年後ぐらいまでのスケジュールが決まりました。

約束したものは果たさなきゃと思いましたし、子どもがまだ小学校一年生だったので、仕事と生活で目の前にあることをやるだけで精いっぱいみたいな毎日でした。そうやって走り続けて、気がついたらもうすぐ一〇年。そこでガクっとモチベーションが落ちたんです。子どもも中学生になって、だんだん手も離れてきて気が抜けたというか。

一回足が止まったら次の一歩が踏み出せないという感じでした。次の一歩の踏み出し方がわからなくなって「これはよほど楽しいことを考えないと次はがんばれないな。自分は何がしたいんだろう?」と思ったときに、地方を回ってサイン会をしてみたいと思ったんです。

――それまでもサイン会は新刊が出るたびにやってきていますよね。

湊　そうなんですけど、サイン会は都会が多いので、もっと地方を回りたいと思っていました。デビュー二年目ぐらいのときに忘れられないことがあったんです。とある地方の書店からサイン会の依頼があったんですが、「地方は人が集まらないので断りました」と出版社から事後報告を受けたんです。そのときに「なぜやるかやらないかを私に聞いてくれなかったんだろう」って思いました。

実際、のちにその書店でサイン会をやったら、読者のみなさんがたくさん来てくださったんです。でも、たまたま私の故郷から近い街だったので、出版社の人に「お知り合いがたくさん来てくれてよかったですね」と言われてまたカチンと来て（笑）。実際は一般の読者の方がたくさん来てくれて、私の友人や知人はむしろ遠慮してサインの列に並ばなかったんですよ。地方にだってサイン会に行ってみたい人はたくさんいるんです。都会にいるとそれがわからないんですね。

そんな感じで、ちょっとずつ仙台とか福岡とか、サイン会をする地域を広げました。そうすると、仙台でサイン会をやると山形や岩手から来てくれたり、福岡では長崎や大分から来てくれて、帰りの電車を気にしながら列に並んでくれたりしている。仙台でやったからといって東北でやったことにはならないし、福岡に行ったからって九州でやりましたというのは違うなと思いました。

それで「全県回りたいです」という相談を双葉社の担当編集の方にしたら「なんとかしましょう」と言ってくださって、ほかの出版社の私の担当編集者に連絡を取ってくださったんです。私の担当編集の方は横のつながりが強いので、その後はみなさんで連絡を取り合ってプロジェクトが動き始めました。

――それで一〇社合同企画になったんですね。

湊　ブロック分けして、どの地域をどの出版社が担当するかもすんなり決まって。スケジュールを組んでくださったり、ホームページをつくってもらったり、どんどん進めていただいたんです。

サイン会で起きたドラマ

――二〇一七年一月に愛知県を皮切りに、二〇一九年九月に湊さんの出身県でもある広島まで、約二年半かけて回られました。ちなみにこの本の出版元の集英社の担当エリアはどこだったんですか。

湊　北九州です。長崎県と佐賀県のときは、ちょうど二〇一八年七月の西日本豪雨とぶつかってしまい大変だったんです。サイン会の前日、私がまず淡路島から出られるのかが問題で、大雨で明石海峡大橋が閉鎖されていて「どうしよう」と。徳島側に行って徳島空港からとか考えたんですけどだめで、鳴門海峡大橋も閉鎖になっていて。

ネット検索をしたらジェノバが動いているという書き込みを見つけました。淡路島の北側の岩屋港と明石港を約一五分間で結ぶ淡路ジェノバラインという高速船があるんです。

私、淡路島の北側にある高校で講師をしていたことがあったので、ジェノバのことは知っていました。でも、大雨警報が出て明石海峡大橋が閉鎖されているのにジェノバが動いているのかなと思って、半信半疑で行ってみたら本当に動いてました。私が乗った便の次ぐらいには止まったんですけど。

――それでなんとか本州に。

湊　はい。ＪＲは新快速は止まっていたんですが、各駅停車は動いていたので三宮に行き、そこからバスで伊丹空港へ。欠航している便が多くて、いきなり行き先が変更になる便もあったりしたんですけど、私が乗った便は、ちょうど長崎から雨雲が移動したタイミングで飛んだので、なんとか長崎に着きました。着陸と同時に乗客から拍手が起こったんですよ。

次の日、長崎はいい天気だったんですけど、ＪＲ九州は全線止まっていて、高速道路も一時通行止めになっている区間がたくさんありました。サイン会に来られない人が多いんじゃないか、もう一回長崎に来たほうがいいかなと思っていたんですけど、蓋を開ければサイン会に申し込んだ一〇〇人中九六人が来てくださったんです。中には天気が悪いので、島原から前乗りで来てくださっていた方もいて。私が来られなくて、せっかく島原から前日に来たのに中止になっていたら申し訳なさ過ぎる。来られてよかったと思いました。そもそも地方は交通機関の関係で、その日のその時間に行くまでが大変なんです。

──そうやってハラハラすることもあったけど、四七都道府県ぜんぶ予定通りに回れたんですね。

湊　はい。長崎の前年に行った鹿児島も台風で大変でした。幻冬舎の担当エリアだったのですが、飛行機が心配で、私は九州新幹線で行ったんです。東京から空路で来るはずの編集者の方たちが飛行機が着陸できずに来られなくて、待ち合わせ場所の駅に行ったら、前日入りしていた営業の方がぽつんと一人で立っていらっしゃって。「二人でがんばりましょう。書店にご協力いただいたら大丈夫ですよ」と。そうしたら、その書店はサイン会そのものが初めてで。

──なんと。

湊　時間ぎりぎりで着いたので、書店員のみなさんともゆっくり挨拶する余裕もなく作業をお願いして、どこまでが書店員の方々かわからない感じでサイン会が始まったんです。

　端のほうにかわいい女の子が一人で立っていて、あの子は一体誰だろうと。サインした本を持って帰っていく人たちに深々と頭を下げていたから、書店の関係者なのかなと思っていました。

サイン会が終わったあとに書店員の方に聞くと「彼女、整理券が取れなかったんですよ。サイン会を近いところで見たいというんで、それくらいならと許可したんです」と言っていて。お客さんを丁寧に見送ってくれていたんです。

――各書店限定一〇〇名だから整理券がないとサインしてあげられなかったんですね。

湊　当日来られなかった人がいたので、キャンセル分ということでその子にもサインをすることができました。

――よかったですね。四七都道府県、それぞれのストーリーがありそうですね。しかもサインしてもらった人は一生の思い出になると思います。

湊　サインしながらついおしゃべりしてしまうので、一〇〇人サインするのに四時間くらいかかってしまって電車の時間ぎりぎりになったり。でも、各出版社が細かい情報を申し送りしてくださって、後半にいくほどスムーズになりました。あと、やっぱりご当地、お人柄が出たのも面白かった。

大阪あたりだとサイン会に慣れていらっしゃる方が多いので、サインをしているときに本の感想を話しかけてきてくれたりするんですけど、北陸のほうに行くと、書いているときに話しかけたら失礼だと思うのか、ずっと黙って見守ってくださって。「サイン会をどちらで知ってくださったんですか」とこちらから話しかけると、しゃべっていいんだ、とわーっと作品への熱い思いを語ってくださいました。

――読者の方にとっては作者に話しかけられるなんて滅多にないですものね。湊さんにとっても読者の方との交流は力になりましたか。

湊　もちろんです。夜中に書いていると、こうしてがんばったところで誰が読んでくれているんだろうとか、だんだん気持ちがささくれ立ってくるんですよ。

　でも、こうやって読んでくれている人がたくさんいるんだと実感できると、今やっていることは誰かに待ってもらえているんだと思えるようになります。四七都道府県回らせてもらって本当によかったと思います。

――湊さん本人がその場にいる。それって「ライブ」ですよね。お話をうかがっていると、サイン会も読書を楽しむ文化の一つなんだと感じます。

湊　私の本を読むのは初めてだけど、サイン会というものに行ってみたくて来ました、これから読みますと言ってくれる人もいました。

　整理券を取るときに並び順が前後だったのがきっかけで、違う高校の女の子たちが仲よくなって「サイン会のあとに一緒に映画を見るんです」とか。これまで周りに本を読む友だちがいなかったけど、サイン会に並んでいるときに「どの作品が好きなんですか」という話題で盛り上がって、同じ趣味の友だちと出会えたとか。サイン会は出会いの場にもなるんだなって思いましたね。

　出版不況と言われて、読書好きの人が減って作家が少ない椅子を取り合っているみたいなイメージがありますが、椅子はもっと増やせるぞ、って勇気をもらいました。

エドガー賞

――これからの小説を考えていくと、サイン会のような場をつくったり、小説の面白さを伝えることに作家が積極的に関わっていくことも大事ですね。二〇一八年に湊さんは『贖罪（Penance）』がアメリカの権威あるミステリ文学賞、エドガー・アラン・ポー賞（アメリカ探偵作家クラブ主催）の最優秀ペーパーバック・オリジナル部門にノミネートされて、授賞式に出席されましたよね。受賞は残念ながら逃しましたが（受賞作はAnna Mazzolaの『The Unseeing』）授賞式に感動されたそうですね。

湊　日本の文学賞は作家それぞれが編集者たちと喫茶店などで「待ち会」と呼ばれる会をしたりしながらひっそりと選考結果を待ちます。でも、エドガー賞はノミネートされた作家が会場に集まり、出版社ごとのテーブルに座って賞の発表を待つんですよ。ノミネートされたことがすでに喜ばしいことで栄誉なんです。

司会の方から「次は何々部門の発表です」とアナウンスがあって、「候補作はこちら」と、大スクリーンに書影がどーんと出る。そのたびにノミネートされた出版社のテーブルから歓声が上がる。最優秀賞が発表されたら、みんなで「わあ、おめでとう！」

と祝福する感じです。本のイベントって楽しいなって感激しました。

——アカデミー賞みたいですね。候補になった人を含め、その会場にいる人たちみんなが楽しんでいる。

湊　エドガー賞の授賞パーティーに参加できたことを誇りに感じました。ノミネートされた作家同士もライバルなんだけど仲間というか。

授賞パーティーが始まる前に部門ごとの候補者を集めて記念撮影をするんですが、ライバルだからピリピリするのかなと思ったら「どんなポーズにする？」って意見を聞かれたり、「一枚は真面目に撮って、もう一枚はみんなで腕組もうか」とか、そんな感じで楽しいんです。そしてそれぞれ散っていくときに「グッドラック」と言い合う。選考委員に会うと、とにかく私の作品を褒めてくれて。いっぱい褒められたから、私、受賞したんじゃないかと思ったくらいで（笑）。

——ノミネートされるということはすでに選ばれてここにいるということだから、作品のよさを認めるところから始まるんですね。

湊　席にトートバッグが置いてあって、何だろうと思ったら、パーティー終了後、ロビーに机があって候補作やその作家の新刊、各社の今年の目玉作品がだーっと並んでいて、どれでも好きな本をバッグに詰められるだけ詰めて帰っていいんですよ。「あなたの本も入れて帰るね」と声をかけてもらって。なんていい場なんだろうって思いました。

海外ブックフェア

――湊さんはエドガー賞にノミネートされる以前に、『告白』の英訳本が二〇一四年、アメリカのウォール・ストリート・ジャーナルの「ミステリベスト10」に選ばれていますよね。英語だけではなく、フランス語、中国語、韓国語、スペイン語、ポルトガル語、トルコ語、など一〇カ国以上に翻訳され、世界的にも知られています。海外のブックフェアにも参加されてますよね。海外の読者との交流はどうですか。

湊　そもそも私は、翻訳版が出ますといわれても、本当に読んでいる人がいるのかな、と疑ってたんです。ちゃんと書店に並ぶのかなとか、よほど日本に興味がある人しか読まないんじゃないかなとか。

でも、実際に現地に行くとそんなことないんですよね。最初にそう思ったのは台湾で、高雄と台中にある紀伊国屋書店でサイン会をしたんです、台湾在住の日本人がきてくれるのかなと思ったら、ほとんどが台湾の人でした。

サイン会の前にトークイベントがあって、質疑応答で台湾の男性から「うちの家族は『母性』の家族と同じ家族構成だから、ああいうことが起こらないために、私は夫の立場としてどのようなことを気をつけたらいいですか」と聞かれたんですよ。私、質問されるとしても好きなおすしのネタは何ですかとか、日本のおすすめの食べ物は何ですか、とかそんなゆるい感じかと思ったらぜんぜん違って。

――作品を読み込んで質問をしてくれたんですね。

湊　『告白』は台湾でもヒットしましたが、いじめはよくないことだとみんなわかっているのに、なぜいじめはなくならないのでしょうか」とか。

すしネタとか軽く考えていて、本当に申し訳なかったなと。そういう質問を何人もの人にされて、物語は国や文化の違いを超えて伝わるものなんだなと思いました。

――湊さんが書かれている作品は、テーマが家族だったり、母親と娘だったり、若者の成長だったり、普遍性がありますよね。

湊　人間にきちんと向き合って書いた小説は、文化や宗教の違いを超えて届くんですよね。それからは、今度どこどこの国から翻訳のオファーが来ましたと連絡が来ると、その国の人はどう読んでくれるかなと楽しみになりました。その後、海外のブックフェアからもちょこちょこ声がかかるようになって、できるだけ行くようにしています。

アラブ首長国連邦（UAE）のシャルージャ国際ブックフェア（二〇一八年）はゲスト国が日本で、私以外に、柴崎友香（しばさきともか）さん、中村文則（なかむらふみのり）さん、宮下奈都（みやしたなつ）さん、中島京子（なかじまきょうこ）さん、桜庭一樹（さくらばかずき）さん、西加奈子（にしかなこ）さん、翻訳家の柴田元幸（しばたもとゆき）さんなど大勢の作家が、約一〇日間のうちに三日間ずつぐらいみんなでずれて行ったんです。衝撃を受けたのが、シャルージャの人たちに「日本にもミステリ小説があるんですね」と言われたこと。「すごい作品がたくさんあるよ！」と叫びそうになって。

海外のブックフェアに招待される作家は純文学の方が多くて、日本にエンターテインメント系の作品がたくさんあることがあまり知られていないみたいなんです。私でなくてもいいので、日本のミステリ作家が海外のブックフェアから招待される機会が増えるといいのにと思います。

――シャルージャでは中村文則さんと現地アラブの人気作家の方（Abdul Wahhab Al-Rifa'i）とトークショーをされたそうですね。日本では中村さんは純文学、湊さんはエンターテインメント、とジャンルが違うように思いますけど、よく考えてみるとお二人とも犯罪や悪について書かれている。トークを聞いてみたかったです。

湊　海外では中村さんと同ジャンルになるんだなと、初めてご一緒したので新鮮でした。シャルージャに行ってからは、呼ばれたらあの人来るよ、みたいな感じで海外のブックフェアから声がかかるようになって、とくに印象的だったのがブラジルのリオデジャネイロです。治安が悪いので断った方もいたみたいで、本当に湊さんが来てくれてよかったよと。

――偏見かもしれませんが、ブラジルは治安が悪いというイメージがありますね。

湊　外務省からの注意書きに流れ弾に注意って書いてあって、どう注意すればいいの。

あと、連れ去られたときの注意といって、目が合うと顔を覚えられたと思って殺されるので絶対に目を合わせるなとか。高級そうな服は着ていかない。腕時計はしない。iPhoneが狙われやすいので、写真を撮るときは一人が撮っている間はほかの人は見張りをして交代で撮る。「今何時？」と聞かれて時計やスマホは確認しない。「わかりません」と言う。

――万全の対策ですね（笑）。ブックフェアは出版社や書店がブースを出して、作家がトークショーやサイン会をやるんですが、リオデジャネイロは規模が桁違いに大きく、会場は東京ドーム四個分だったとか。

湊　オリンピック体育館でした。六四万人が集まる大イベントで、『告白』と『贖罪』の巨大パネルをつくってもらって、サイン会には、ポルトガル語版の『告白』の表紙をプリントしたTシャツを着た男性が来てくれて嬉しかったですね。

プロデューサーからのキツい一言

――湊さんは小説を書くだけでなく脚本もエッセイも書かれていますし、マンガやアニメ、映画、演劇などのエンタメも愛されています。ジャンルについてはどうお考えですか。

湊　物語に貴賤なしですよね。小説だから高貴だということではなく、面白いものは何でも面白い。だから、私も面白いものをつくりたいと思っています。

——物語ということでは小説よりも先に脚本をお書きになっていますが、それはなぜだったんでしょうか。

湊　物語を想像するときはいつも頭の中に映像があったんです。だったら、脚本として表現したらいいのかなと。

二〇〇四年の秋に何かしたいと思って「公募ガイド」を買ったら、柱を立てる、場面を書く（ト書き）、台詞と、脚本の書き方が簡単に説明してあって「へえー、脚本ってこうやって書くんだ」と思って書いたのと、あと、これは単純な発想ですが、脚本は賞金がよかったんですよ。

当時、テレビ朝日21世紀新人シナリオ大賞の賞金が八〇〇万。フジテレビヤングシナリオ大賞が五〇〇万。しかも一時間ドラマなので四〇〇字詰め原稿用紙で五〇枚から六〇枚と少ない。最初にテレビ朝日に送ったら三次選考まで残ったので「いけるんじゃないか」と。

年明けが締切のBS－i新人脚本賞は三〇分ドラマだったのでなお短い。でも、それは賞金がないんですよ。映像化がプレゼント。私は佳作だったので何にもなかったんですけど。でも、選ばれるのが嬉しいし、挑むのが楽しい。佳作に入って電話がかかってきたときは、旦那が取って賞金詐欺かと疑って。

――応募していたのをご存じなかったんですね。

湊　そこで初めて書いていることを打ち明けたんです。半年黙って書き続けていたと。テレビ朝日の脚本賞は、最終候補に残ると一年間、企画ゼミという勉強会に三週間に一回参加させてもらえるんです。

お題が出て書いたものに対してプロデューサーが意見を言ってくれるというもので、『相棒』の一話分のプロットや、土曜ワイド劇場用に松本清張の「一年半待て」を現代版に書き換えたプロットを事前に提出して、一緒に参加した最終候補に残った人たちと作品講評を受けたりしていたんです。

その時のプロデューサーに、日本は一億二千万から三千万人人口がいる中で、東京の人口は一千万人で、一〇人に一人は東京に住んでいるんだから、ヒット作をつくろうと思ったら、東京の人に受けるものを書いていたらいいんだよと言われて、すごいストレートな発想だなと思ったんです。

――東京が舞台のドラマが多いわけですね。

湊　淡路島の祭りの話なんか書いても誰も読みませんって。私、そもそも淡路島の祭りは書いてないし、応募作も地方を限定した話じゃないしと思って腹が立ったんです。

――ＢＳ－ｉ新人脚本賞の佳作を受賞されたときにも別のプロデューサーに言われてシ

ヨックだったことがあったんですよね。

湊　何遍も話してきたことなんですが、地方に住んでいると脚本家になるのは難しい、呼んで一時間で直しに来られる人じゃないとね、と言われて。それで悔しくて、じゃあ、小説なのかなと思って小説を書くことにしたんです。

東京の人たちだって、地方から出てきている人が多いし、都心を離れれば郊外だし、その先は地方だし。大阪や神戸に住んでいても、東京の人から見たら地方だし。国道沿いなんて全国どこに行ったって似たような店が並んでいる。

地方に住んでいる人が、うちの近所で起こったことかもしれない、自分が住んでいる場所の半径一キロ以内で起きていることかもしれない、という話を書こうと決めて書くようになりました。テレビ局のプロデューサーに対する反骨心があったのは、今となってはよかったなと思いますね。絶対東京限定の物語にするもんかと思っていました（笑）。

――悔しさをバネにされたんですね。

湊　そうですね。反骨心ということで言えば、複数の脚本の教本に書いてあったことですけど、三行以上の台詞は書かないほうがいい、と。じゃあ、小説ならずーっとしゃべり続けてもいいんじゃないか、と。

――それがモノローグだけの「聖職者」になり小説推理新人賞を受賞された。同じ時期にＮＨＫの創作ラジオドラマ大賞を「答えは、昼間の月」で受賞されていますよね。

湊　二〇〇七年の三月に創作ラジオドラマ大賞、四月に小説推理新人賞が発表だったので、ほぼ同時期に結果が出ました。先に書いたのは「聖職者」。十一月に締切に間に合わせ、できばえにも満足したので、今年もいい公募生活ができたなと思ったんです。

――自信はあったんですか。

湊　これはいけるんじゃないかと思いましたね。いつも書き終わったらこれはいけるんじゃないかと思うんですけど（笑）。

でも、年末まであと一カ月あったので、これで終わっていいのかなと思って、感動系の話を一本書いて一年を締めくくることにしたんです。それが「答えは、昼間の月」で、年明けが締切の創作ラジオドラマ大賞に応募しました。なので「聖職者」があってからのラジオドラマだったんです。

――「答えは、昼間の月」は二〇〇七年の七月にＮＨＫのＦＭシアターでラジオドラマとして放送されました。若いカップルが主人公の、命をめぐる祈りと希望の物語です。「聖職者」を第一章とした『告白』はイヤミス・ブームの元祖的存在だとされていますが、実はそのとき、すでにその後の湊さんのもう一方の作品群、ハート・ウォーミングな人間ドラマが生まれていたんですね。

編集者から聞かれた「問い」

かったんですか。

――「聖職者」をお書きになったとき、もしかすると長編小説に、と思われたりはしなかったんですか。

湊　ぜんぜん考えなかったですね。

――出版社から、続きを書きませんか、と言われたことはどうお感じになったんですか。

湊　「聖職者」はひとつの物語を書ききったという思いがあったので、「続編を書きましょう」とストレートに言われたら「いまさら何を」って反発したかも知れません。

でも、担当編集者の方とご飯を食べているときに「あの教室ってあのあとどうなるんですか」と聞かれて、「新学期が始まって、Bは不登校になっているけど、Aは何食わぬ顔して学校に来ています」と答えたんです。そうしたら「それを書いてみませんか」と。

――なるほど。うまく湊さんの想像に火を点けたんですね。

湊　新学期が始まった教室がわーっと頭に浮かんできて、二話目はすぐ書けたんです。でも、三話目ぐらいからだんだん悩むようになってきたんです。

――それはなぜですか。

湊　正月に実家に帰ったら、「聖職者」が載った「小説推理」があったんです。ご近所の人たちが回し読みをしたみたいで、そっと手紙が挟まれているのを見つけてしまって。中を見たら、私も知っている方がうちの母親宛てに書いた手紙で「おとなしそうな娘さんが、こんなに怖い話を書くなんて。悩み事があったら、遠慮なく相談してくださいね」とあって（笑）。

――心配されたんですね。こんな怖い話を書いたから、何かあるんじゃないかと（笑）。

湊　今は笑い話ですけど、そのときは「ああ、そうか、身内がこんなふうに思われるんだ」と心配になってきて。子どももまだ小さかったですし。それで、第三章で少年Aが改心する話を書いて送ったら、担当編集者から「こういう話は別の作家が書けばいいんだから」と言われたんです。「すでにたくさんあるような小説と同じ展開をいまさら書かなくていい。ましてや新人が書く必要なんてない」と言われて、そこでさらに「本当はどうなるんですか」と聞かれて（笑）。

――いい質問ですね。

湊　思わず「Bの家はこうなるかなあって、Aはこうなるかなあと思っています」と言ったら、「それが書けたらいいんですけどね」って。そう言われると、負けず嫌いなので「だったら書いてやる！」と書いて送ったら「読んでて頭痛と立ちくらみがしました」と。「よっしゃ」と思って。そこからは迷わずに結末まで書きました。

——使わなかった原稿はまだ残っているんですか。

湊　ゲラまで出ているんですよ。この間、部屋を片づけたら出てきたんです。捨てていないので、私が死んだあとに発表されたりして。幻の『告白』ハッピーエンドバージョン（笑）。

——湊さんが答えた「本当はどうなの？」という問いは、読者が湊さんの作品に惹かれる理由なんじゃないかと思いました。建前じゃなくて本音。湊さんの作品づくりの原点という気がしますね。

湊　『告白』は、一五周年記念の特装版が出るときに、修正したい部分はありますか、と聞かれたんですけどしなかったんですよ。今読み直したら文章に手を入れたくなるところが出てくるかもしれないんですが、このときしか書けなかった文章だと思うんです。何者でもない自分だから書けたような気がします。

デビュー作は作家にとって、誰のことも何のことも考えなくていい、ただ自分が読みたいものだけを書くことが許される一度きりのチャンスだと思うんです。誰の助言が入ることもなく。

作家志望の方に言いたいのはそのことなんです。新人賞の選考委員をやっていると、応募作を読んで、本当に一回しかないチャンスがこれでいいの？　って思うことがあるんです。まだ何者でもないのに気を遣ったり忖度したり。

――炎上しないように、誰も傷つけないように。

湊　これでデビューしたら、これがデビュー作になってしまうんだよ、と言いたくなることがありますね。

連続ドラマのシナリオ執筆

――湊さんの作品は『告白』をはじめとして数多く映像化されています。最初に書かれた「聖職者」は映像ではできないことを小説でやろうと思ったそうですが。

湊　でも、書くとき、頭の中には映像がありました。「聖職者」のときも、先生が今ここに立っていて、こういう景色が見えていてって。

――俳優さんは思い浮かべないそうですね。

湊　はい。そうすると、その人の代表作に引きずられてしまうんですよ。堺雅人さんが浮かんだ日には、半沢直樹になってしまう（笑）。前に見た作品のイメージだけで書いてしまうと新しいものができないので、絶対に俳優の顔は思い浮かべません。

――どういう顔が浮かんでいるんですか。

湊　知り合いでもないし、どういう顔なのか……。案外顔が見えてないのはその人の中に入っていることが多いからかな。だけど、少年Aの視点になったときに、森口先生はこんな感じとかあったはずなんですけど、映画で松たか子さんが演じているのを見たら「あれっ、私、どんな顔を思い浮かべてたんだっけ」。忘れましたね、完全に。上書きされました。

――『高校入試』は先にシナリオを書いていますよね。連続ドラマシリーズ全一〇話。キャスティングは決まっていなかったんですか。

湊　決まっていなかったですね。最初に全話書いたんです。『高校入試』は、デビューして二、三年目、『Nのために』が出たぐらいのときにフジテレビのプロデューサーが声をかけてくださったんです。連ドラを書いてみませんかと。ただ、その時はCSで放送する予定でした。

――なるほど。CSの企画だったので学校内で展開されるワンシチュエーションのドラマだったんですね。

湊　そうなんです。地上波に比べてCSは予算が少ないので、ワンシチュエーションで、同じ衣装で一〇話撮れる話を、と。

――ほとんど高校の中だけで完結する話でしたね。

湊　そうです。登場人物も限られていて、エキストラもそんなに要らない。それまでCSでやっていたドラマも、テレビの制作局が舞台で緊急速報に誤報を出してしまってどうする、みたいなものだったり（『ニュース速報は流れた』）、のちにゴールデンタイムで続編がつくられた空港の交通管制部の中の話（『TOKYO コントロール』）とか、閉ざされた空間の話でした。

閉鎖空間で一〇話を書いてみませんかと言われて、私が書くなら学校かなと。学校が閉鎖空間になるのはいつだろう。入試の日が面白いんじゃないかなと思って『高校入試』になったんです。

――原作つきならともかく、オリジナルだとキャスティングありきのドラマが多いような気がしますが。

湊　地上波のゴールデンタイムに放送されるドラマだと、キャスティング先行でクランク・インのときには三話ぐらいしかできていないこともあるそうなんですけど、CSだし、ワンシチュエーションものなので、とにかく一〇話できてから役者を探すとプロデューサーに言われたんです。

ただ、主演をしてほしい女優の方がいて、ビッグな方なので、CSのドラマに出てもらえるように手紙を書いてくださいと言われて、手紙を書いたんですよ。

――プロデューサーではなく、シナリオを書いた湊さんがですか？

湊　しかも、誰か教えてくれないんですよ。もしもその人がスケジュールが合わないといった理由で受けられなかったら、湊さんの別の作品で影響が出るといけないからと。

私、一度ご縁がなかったからといって、この人とは縁がないのかも、なんて絶対に思わないですけどね（笑）。でも、言えないと言われたので、とにかく作品に込めた思いが伝わるようにがんばって一生懸命書いたんです。手書きで。

――心を込めて。

湊 「はじめまして、小説家の湊かなえです。このたび、初めてテレビで連続ドラマを書かせていただくことになりました。舞台は学校で、高校入試の一日を描いた作品です。入試の採点現場など、多くの方が見たことがないと思いますので、興味を持ってもらえるのではないかと思いますし、誰も見たことがない作品になると自負しております。どうか、この作品を世に出すためにお力添えくださいませ」みたいな感じで。

――すごいですね。完璧な手紙……。その宛先が――

湊 長澤（ながさわ）まさみさんだったんです。ありがたいことに受けてくださって。長澤さんって聞いてたら、長澤さんのこれまでの作品のことも書けたのにとちょっと悔しかった（笑）。

――でも、よかったですね。ハマっていたのでアテ書きかなと思ったんです。帰国子女で元旅行代理店勤務だった英語教師。伝統校の文化に違和感を持っている、視聴者が共感できる主人公です。

湊 長澤まさみさんが主役に決まり、ほかにも山本圭（やまもとけい）さんとか高橋（たかはし）ひとみさんとか有名な方もいましたし、新人や、主に劇団などで活躍されている、まだそれほど有名ではない方もキャスティングされていました。

第一回の読み合わせの直前に、プロデューサーから「朗報です」と電話がかかってきて、土曜の夜に地上波でやることになりましたと。とんでもないことになったと驚きました。私なんかの脚本で視聴率大丈夫？　役者の方々に迷惑をおかけするんじゃないかと不安にも。冗談じゃなくプレッシャーで吐きそうにもなりました。でも『高校入試』に出てくださった方たちはその後、みなさん大活躍されているんですよね。

脚本家として、小説家として

――毎週楽しみに見てました。そういう背景があったんですね。脚本家として俳優さんたちの読み合わせに参加したんですよね。また、それも小説家としてとは違う面白さがあったんじゃないでしょうか。

湊　違いましたね。原作者としては、ちょうど同じタイミングで『夜行観覧車』のドラマ化が決まっていて、『高校入試』の三カ月後に『夜行観覧車』のオンエアだったんです。ただ、ちょっと困ったのが『夜行観覧車』は「湊かなえ地上波初連続テレビドラマ」になる予定だったんですよ。

――『高校入試』のほうが先に地上波で放送されてしまう。

湊　『高校入試』はCSだから別枠、みたいな感じだったのに、地上波になったので、急遽プロデューサーに交渉してもらって、『夜行観覧車』は「湊かなえ地上波〝ゴールデンタイム初〟連続テレビドラマ」になりました（笑）。

――『高校入試』は深夜に近いところでしたものね。

湊　二三時十分からだったので、ナイトドラマ枠でした。

――ドラマ『夜行観覧車』の公式サイトを見ると「氏の作品が地上波で連続ドラマ化されるのは初」とありますね。ベストセラーの原作をドラマ化、という。『高校入試』はドラマを小説化したという順序だから、小説のドラマ化はたしかに「初」。

湊　『夜行観覧車』の脚本も確認させてもらっていて、それはプロの脚色（奥寺佐渡子さん、清水友佳子さん）なので「へえー、ここはこんなふうになったんだ。ここは本と同じ台詞だな。楽しみだなあ」と、自分の作品ではあるけれど、また別物というイメージでとらえていたんです。

でも『高校入試』は脚本を書いているので、読み合わせのときに俳優の方がちょっと詰まったりとかすると「こんな言いにくい、かしこまった表現をして申し訳ありません、変えましょうか」みたいな気持ちになって。

――謙虚……。テレビドラマの脚本家は一言一句直させない方もいると聞きますよね。湊さんの場合は脚本だけじゃなく、シナリオをもとに小説も書いているから威張っていいと思いますけど。

湊　脚本を書かれた『告白』の湊かなえさんです、とプロデューサーが紹介してくれたら、みんながわーって拍手してくれてこそばゆかったです（笑）。

――読み合わせの時に注文とかつけなかったんですか。「その言い方は違います」とか。

湊　しなかったですね。「（読みにくそうなので）言いまわしを変えたほうがいいですか」「いや、大丈夫です」みたいな感じでした。その場でCSから地上波にオンエアが変わると発表されたこともあり、俳優の方たちの士気が上がっているように感じました。

演技プランの相談もされて「私なんかに聞かないで、監督に聞いてください」って思ってしまいました（笑）。

――俳優さんたちも湊さんのイメージを知りたかったんでしょうね。

湊　一〇話分先にお渡しししているので、校長先生役をやってくださった山本圭さんが「撮影が始まる前に脚本がぜんぶそろっているのは珍しい。役づくりもしっかりできました」と言ってくださったのはとても嬉しかったです。

役者の方お一人お一人が、すごく演技とか個性のある方たちで、放送が地上波になったからといって別に書き換えたりもしなかったんです。派手な場面もないワンシチュエーションドラマのまま。

――放送をリアルタイムで見ていたときに思ったのが、毎回次への引っ張りがすごかっ

たこと。次どうなるんだろうって。

湊　それは絶対やらないといけないと思っていました。連ドラ一〇回なので、毎回この引っ張りを最後に持ってこようというのは勝負所で。

――小説とはまた違うリズムですよね。一〇話分、どう視聴者を引きつけるか。

湊　そうですね。でも、縛りがあったぶん、学校で次は何をしよう、このときには何ができるだろうという感じで、楽しかったし、いい経験になったなと思いますね。こうやってワンシチュエーションでも、見せ方次第で引きつけられるんだなということもわかりました。

それでも放送までは心配だったんですが、蓋を開けてみればたくさんの人に見てもらえて。今も毎年一月、二月になると、どこかの局で『高校入試』を再放送してくれるんですよ。入試もののドラマってほかにないんですよね。

――シーズンものですね。入試は毎年ありますから。しかも『高校入試』は地方あるあるが満載なんですよね。どこの大学を出たかよりも地元のどこの高校だったかのほうが重要視されるとか、私が育った地方でも同じようなことを言われていたので、ドラマを見てびっくりしました。地方で育つと、自分の地域だけだと思っていたことが、意外と全国共通だったりするんだなあ、と。

湊　入試ってちょっとアンタッチャブルなところもありますよね。私も自分が高校の講師をやっていた経験があるのでそこの学校がモデルになったと思われないように、普段以上に取材をしました。

——でも、よく引き受けましたよね。連載をいくつも抱えているベストセラー作家が並行して連続ドラマのシナリオを書くってすごいと思います。花登筐、平岩弓枝くらいまでさかのぼらないと例が思い浮かびません。

湊　大変でした。当時の記憶はあまりないんですよ。脚本コンクールに出していたときから自分の脚本が映像化されるのは夢だったし、さっきも話しましたけど、テレビドラマのプロデューサーに、地方に住んでいるとプロの脚本家は難しいと言われたから「東京に住んでいなくても、オファー来ましたよ。見てますか！」と（笑）。そのときのプロデューサーに向けて書いた、というのも少しはありますね。

——リベンジですね。

湊　地方に住んでいたら難しいと言うけど、結局はそれは言い訳で、目先の仕事をらくにやりこなすことにとらわれていい脚本家を発掘しようとしていないだけでは？と言いたいです。

どこに住んでいても小説家になれる

——地方に住んでいるということがハンデになって、創作をあきらめる人もいるかもしれない。湊さんが『物語のおわり』で書いていたテーマとも関わってきますね。田舎を出て都会に行って夢をかなえるのか、都会に行かずに田舎でおだやかに暮らすのか、それとも……という。

湊　BS－i新人脚本賞で佳作をもらったのは、私がまだ高校で講師をしていたときで、すごく張り切って、脚本を書いていることも生徒に話したし、授賞式に行ってくるという話もしたんですよ。

　高校にお願いして時間割も変えてもらって、東京に行って授賞式に出て。当然、生徒たちは聞きますよね。どうだった？　いつオンエアされるの？　何か仕事の話あったの？　そう聞かれて、地方に住んでいると脚本家になるのは難しいですねって言われました、なんて絶対言えないと思いました。

　私も因島に住んでいるときに、島外の尾道（おのみち）の高校に行きたかったけど、経済的な理由で高校までは島内にしろと言われて反発した時期もあったし、淡路島の子だって、神戸の高校に行きたかったけど島内の高校に通っている子がいるはずだから、地方だからだめって言われたとは言えなかったんです。

私の作品は佳作で一番じゃなかったから映像化はできない。「やっぱり最優秀賞を取らなあかんねん」って言いました。生まれた場所がマイナスになると、ここで生まれた子たちに思わせたくなかったし、今の時代にまだそんなことで就けない職業があるのかとも思わせたくなかったんです。

——世界を見ると、必ずしも都会の物語ばかりが人気ではないですよね。韓国ドラマの『海街チャチャチャ』とか『私たちのブルース』とか田舎が舞台になっているけれど、ネットフリックスで海外でも人気があるし、ロケ地が聖地巡礼の対象になっている。日本はまだ都会偏重ですね。物語の舞台に多様性があったほうが、海外の人も興味を持ってくれると思います。

湊　日本でもアニメでは聖地巡礼が人気ですよね。『君の名は。』の飛驒(ひだ)とか。『千(せん)と千(ち)尋(ひろ)の神隠し』のモデルになった旅館とか。

この前、沖縄県の宮古島(みやこじま)に行って高校でワークショップをしたときも、宮古島に住んでいて小説家にもなれるし、むしろ東京を経由せずに世界に出て行けるので、なりたいものになってくださいと話したんです。

あとで生徒からの感想をもらったんですけど、私が淡路島に住んでいるとは知りませんでしたとか、宮古島にいても小説家になれるという言葉が刺さったという感想が多かったですね。

――勇気づけられたでしょうね。

湊　今はネットも発達しているので、どこにいてもできることが増えましたよね。コロナを経て、打ち合わせもオンラインでもできるようになりましたし、どこに住んでいるかなんて関係なく、面白い物語を考えたり、すごいトリックを考えたり、人間に向き合って書けたら日本中に伝わるし、どこの国の人にも伝わります、そのことをたくさんの人たちに知ってもらえたらいいなと思いますね。

10社合同企画

湊かなえ　デビュー10周年

47都道府県サイン会ツアー

よんでミル？　いってミル？

2017年１月～2019年９月

https://fr.futabasha.co.jp/special/minatokanae/10th/

（サイン会レポートアーカイブ）

集英社担当編集者レポート

熊本、福岡、長崎、佐賀の様子をお届けします。

紀伊國屋書店熊本はません店（熊本）

◆6月29日（2018年）

九州サイン会ツアー後半戦は熊本からスタート！

湊さん、集英社チーム共に前日から現地入りです。

湊さんを熊本駅でお迎えし、ホテルに荷物を置いて「割烹・松扇」にて、夕食。

熊本名物「ひともじのぐるぐる」。

茹でた細ネギをぐるぐる巻いたものに、酢味噌を掛けていただきます。

他にも馬刺しをはじめ辛子れんこんなど、郷土の美味を堪能しました。

最新刊『未来』の創作秘話も聞かせていただきましたが、驚きと発見に満ちていて、焼酎のペースも次第にあがります（笑）。楽しいひと時を過ごし、店を後にしようと振り返ると、偶然にも「未来」の暖簾が！　下のお店が「未ら来る」と書いて〝みらく

る〃と読む和食居酒屋でした。まさにミラクル！

◆**6月30日**

朝から幸運にも快晴です！

タクシーで熊本城へ。親切な運転手さんの案内で、お城を見て回ります。崩れたままの石垣、工事中の本丸など、地震被害の甚大さを目の当たりに。

熊本城内の加藤清正公を祀(まつ)る加藤神社で、湊さんが引いた武将おみくじは……なんと、1番「特吉」！　「勝負事：向かうところ敵なし」絶好調です！

その後、水前寺成趣園(すいぜんじじょうじゅえん)へ。美しいお庭を堪能します。公園を出てすぐの「はやし」さんで、郷土菓子「いきなり団子」をいただきます。

アツアツで美味しい！　さつまいもとあんこの素朴な甘さに癒やされました。

熊本県のポスターにも起用されているおかあさんと一緒に。

昼食は「紅蘭亭(こうらんてい)」で熊本名物、太平燕(タイピーエン)を。野菜たっぷり、優し

い滋味溢(あふ)れるおいしさ。

13時から、いよいよ「紀伊國屋書店熊本はません店」でサイン会です。

開始前から長蛇の列。皆さんのはやる気持ちが伝わってきます。

お待ちいただく間にお渡しする湊さんお手製のアナログブログには、初めて熊本を訪れた学生時代のエピソードも！

熊本の皆さんとの距離もグッと近づきます。

中には「まだ間に合いますか!?」と汗をかきながら自転車で駆けつけてくれた女子大生や、鹿児島からわざわざ足を運んでくれた方もいて、どれだけこの日を心待ちにしていただいていたのかを実感しました。

短い時間ではありますが、ひとりひとりとお話をしながら心を込めてサインをする湊さんに一同感動。

ご参加の皆様、紀伊國屋書店熊本はません店の皆様、ありがとうございました！

終了後はタクシーで熊本駅へ。

ビールで乾杯。昨日食べておいしかった馬肉が忘れられず、馬肉コロッケをつまみに。新幹線で博多に向かいます。

　あいにくの小雨が降る中、「水たき長野」へ。前菜から鶏づくし！可愛い瓶の葡萄酒と一緒にいただく鶏料理に舌鼓を打ちます。

　さすが博多、水炊きという食べ物の概念が変わります！　話は次第に湊さん、編集者たちのそれぞれの家庭の味に。出身地が違うと食文化も違うことを再認識。

　食後は、珈琲焼酎オンリーのバーにお邪魔しました。

娘さんが湊さんの大ファンだというマスターがお出迎え。マスター、娘さんの話なんて初めて聞きましたよ（笑）。

　お店を出る頃にはしっかり雨も上がっていました。

白石書店本店（福岡）

◆7月1日

朝から快晴！

ちょうどこの日から山笠がお披露目ということだったのですが、時間が早くて残念ながら見ることはできず。博多駅から、特急で会場のある折尾（おりお）駅へ向かいます。

会場の白石書店さんでは、堂々たる「湊かなえサイン会」の文字がお出迎え。なんと社長の直筆でした！　会場の飾り付けも心がこもっています。控え室にも歓迎のPOPが……！

西日本新聞の取材後、名物の「かしわめし」で昼食。デザートには社長の奥様手作りの牛乳かんをいただきました。これも格別に美味しい！

13時から、いよいよサイン会がスタート。

熊本同様、すごい人の数。書店の駐車場はあっという間に満車になってしまいました。駅前店で告知を見かけて参加してくださった方、青年海外協力隊に行かれていた方、家族総出でいらした方など、皆さん、とにかく〝生・湊かなえ〟に大興奮です。

中学生の息子さんが、湊さんファンのお母さんのために本と整理券をプレゼントしたエピソードには、息子を持つ編集者が「うちの子もこんな風に成長してほしい！」と感涙。

終始和やかな会でした。

ご参加の皆様、白石書店本店の皆様、ありがとうございました！

終了後は小倉(こくら)駅へ移動し、鉄板餃子(ギョーザ)とビール！

たくさんの方にお越しいただき、天候にも恵まれた3日間でした！

メトロ書店本店（長崎）

◆7月6日

長崎でのサイン会は、全国に甚大な被害を及ぼした7月の豪雨の真っただ中に開催されました。サイン会前日は、長崎県に大雨特別警報が出た日。翌日にサイン会を控え、前日入りする予定だった湊さんとスタッフの足にも大きな影響が出ました。特に大変だったのは、湊さん。当日淡路島を出て新幹線に乗る予定だったのですが、なんと明石海峡大橋が通行止め。山陽新幹線もストップ。正直、関係者全員が「サイン会中止」を覚悟しました。

それでもあきらめずに策を練っていたところ、淡路島と明石を結ぶジェノバラインという高速船が動いていることを、湊さんが発見。早速船で明石へ、新幹線が動いていないので大阪伊丹空港に向かい空の便で長崎入りすることに。空港での長い待ち時間、長崎空港に無事着陸するかの心配、長崎県内の高速道路通行止めの情報……多くの困難がありましたが、何とか、本当に何とか前日の夜に長崎に到着することができました。

到着後の湊さんの「楽しみに待ってくださっている長崎の皆さんの強い思いがあったから」という言葉が忘れられません。

実はこの日、長崎発祥の卓袱(しっぽく)料理を楽しむ予定でしたが、湊さんが到着されたのは閉店ギリギリ。

ほとんど食事を召し上がる時間はありませんでしたが、芸妓(げいこ)さんと写真を撮ったり、月琴(げっきん)という楽器を触らせてもらいながら、皆で長崎到着を祝いました。

◆7月7日

翌日は間違いなく大雨……と思っていたら、意外にも青空が。この日の朝、特別警報が解除されたようです。湊さんが一番心配していたのが、サイン会にいらっしゃるお客さんたちの交通事情でしたが、バスやJR、高速道路も少しずつ復旧しているとの情報が。やはり「みんなの強い思い」のお陰でしょうか。

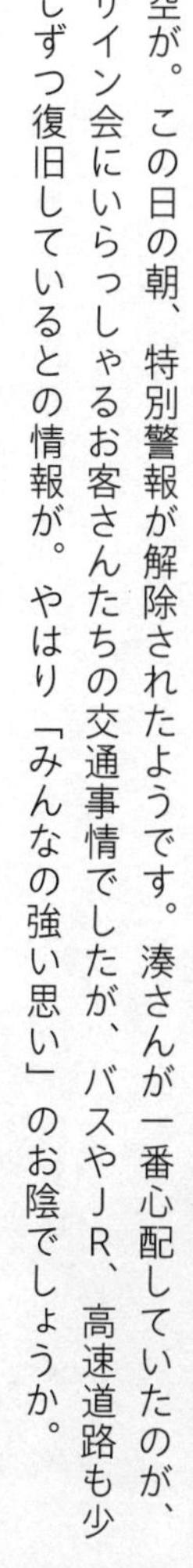

サイン会まで少し時間があるので、青空に背中を押されるようにホテルの外へ。世界

文化遺産に登録された長崎と天草地方の潜伏キリシタン関連遺産を見て回りました。
ランチはもちろん中華街のちゃんぽん。

正午にメトロ書店本店へ。到着できなかったスタッフもいる中、今いるスタッフで精一杯頑張ろうと準備を始めていると、まだまだ時間前だというのにお客様の列が！　始まったサイン会でも「この天候の中、長崎に来てくれて本当にありがとうございます」「どうしても参加したくて、私も昨日長崎市内に着いて一泊しました」「中止になるかもと書店にお電話したら、今ちょうど湊さんが淡路島を出たそうです、こちらに向かっていますと聞いて、本当にうれしくて」と、皆様の熱い思いをひしひしと感じることができました。

悪天候の中、無事にサイン会を終えることができ本当にホッとしました。足元の悪い

中お越しいただいたお客様、支えてくださった書店の皆様に心から感謝いたします。

サイン会終了後は、ジャンボタクシーで佐賀県へ移動。雨のため長崎のサイン会に参加できなかったスタッフも無事合流し、美味しい佐賀牛をいただきました。

＊この度の豪雨では全国で甚大な被害が発生しました。
お亡くなりになられた方のご冥福をお祈りするとともに、
被災された皆様におかれましては、すみやかな復興を衷心より祈念申し上げます。

TSUTAYA積文館書店佐大通り店（佐賀県）

◆7月8日

いよいよ九州最後、佐賀県です。「肥前さが幕末維新博覧会」が開催中とのことなので、佐賀ゆかりの偉人モニュメントと記念撮影後、幕末維新記念館やリアル弘道館を見学。体感シアターやからくり劇場など、楽しく佐賀の歴史を学ぶことができました。

今日の会場TSUTAYA積文館書店佐大通り店は、DVD販売（レンタル）が併設された店舗なので、売り場では本と一緒に湊作品の映画DVDも展開。

また、お店入口のボードにはお客様が書いた「私の好きな湊かなえ作品」のコメントが掲示されており、湊さんも熱心にご覧になっていました。

佐大通り店というだけあって、佐賀大学の学生さんがいらっしゃ

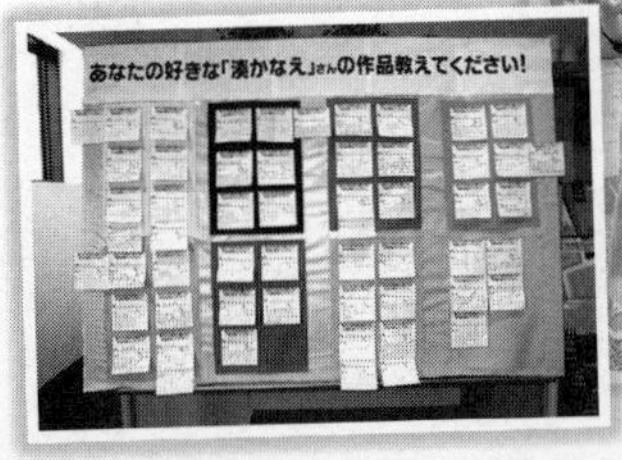

るなど、若いお客様が多い会場でした。サインの列に並んでいる間に友達になったという女性お二人もいて、本が繋ぐ人の和にほっこり。

こうして、九州最後の佐賀県サイン会も大盛況のうちに終了。佐賀県の皆様、書店の皆様、本当にありがとうございました。

まだ遅延はあるものの、何とかＪＲも復旧。特急「ハウステンボス」にて、博多へ。乗ってみると、ひとつひとつ柄の違う椅子や重厚なカーテン、木目調のひじ置きなど、車内がとても豪華で一同びっくり。思わず記念写真を撮ってしまいました。

これにて九州のサイン会ツアーも終了いたしました。

改めまして、書店の皆様、会場に足をお運びいただいた読者の皆様、そして湊さん、ありがとうございました！

※アーカイブより一部抜粋。他県の様子は前出サイトをご覧ください。

次ページからサイン会で配られたアナログブログを全都道府県分収録！

愛知県・三重県

湊かなえのアナログブログ

47都道府県サイン会ツアー　愛知県・三重県 編

本日はサイン会にお越しいただきありがとうございます。

サイン会は東京や大阪でばかり開かれるけれど、本好きな人は全国各地にたくさんいるんだ！　と淡路島（兵庫県です・四国だとよく勘違いされます）在住のわたしは常々不満を抱いておりました。ならば、自分が会いに行ってみたい、と出版社 10 社の担当の方々にお願いし、デビュー10 周年（2007年小説推理新人賞受賞）の年に、47 都道府県サイン会ツアーを開催することになりました。今回はその記念すべき第一弾となります。

ぜひ、本の話をたくさんしましょう。本以外の話もたくさんしましょう。お勧めスポットやおいしいものなども、教えてください。限られた時間となりますが、皆さんに楽しんでいただけることが、次へのエネルギーとなります！！　どうぞ、よろしくお願いいたします。

愛知県とわたし

この人と結婚するかもしれないな、と、けっこう本気で考えていた人が、愛知県の人でした。教員採用試験も、愛知県で受けたことがあります。しかし、人生はなかなか思い通りにいかないもの。パステルのプリンが挟まった苺ケーキとか、なぜか、コーヒーにあられとピーナッツが付いてくる喫茶店などが、ほろにがスポットです・・・。

三重県とわたし

伊勢神宮や赤目四十八滝に行ったことがあります。三重県といえばやはり「忍者」だと思うのですが、うちの旦那さんは忍者が大好きで、手裏剣などのグッズをそろえるだけでなく、子どもの名前まで忍者っぽいものにするという、筋金入りです。期待通り？　子どもは体操教室に通い、学校のお楽しみ会などで宙返りなどの技を披露できるようになりました。もうすぐ入試、お伊勢さんにお参りしなければ・・・。

作品紹介

ミルのおすすめ♥

「告白」　すっかりイヤミスとして定着してしまいましたが、読後感を決めるのは、読者の特権！　大学の教育学部の授業でも用いられているそうなので、ぜひ、親子で読んでください。

「少女」　映画いまいちヒットせず。テーマは因果応報。キーワードは夜の綱渡り。この結末はハッピーエンドかバッドエンドか。読む人それぞれが、違う感想を持っていただける作品です。

それでは、今しばらくおまちくださいませ。

2017.1.28

愛知県とわたし

この人と結婚するかもしれないな、と、けっこう本気で考えていた人が、愛知県の人でした。教員採用試験も、愛知県で受けたことがあります。しかし、人生はなかなか思い通りにいかないもの。パステルのプリンが挟まった苺(いちご)ケーキとか、なぜか、コーヒーにあられとピーナッツが付いてくる喫茶店などが、ほろにがスポットです・・・。

2017.1.29

三重県とわたし

伊勢神宮や赤目(あかめ)四十八滝に行ったことがあります。三重県といえばやはり「忍者」だと思うのですが、うちの旦那さんは忍者が大好きで、手裏剣などのグッズをそろえるだけでなく、子どもの名前まで忍者っぽいものにするという、筋金入りです。期待通り？　子どもは体操教室に通い、学校のお楽しみ会などで宙返りなどの技を披露できるようになりました。もうすぐ入試、お伊勢さんにお参りしなければ・・・。

滋賀県・京都府・大阪府

湊かなえのアナログブログ

47都道府県サイン会ツアー　滋賀県・大阪府・京都府 編

本日はサイン会にお越しいただきまして、ありがとうございます。

サイン会は都市部でばかり開かれるけれど、本好きな人は全国各地にたくさんいるんだ！　と淡路島（兵庫県です・四国だとよく勘違いされます）在住の私は常々不満を抱いておりました。ならば、自分から会いに行ってみたい、と出版社 10 社の担当の方々にお願いし、デビュー10 周年（2007年小説推理新人賞受賞）の年から 2 年かけて、47 都道府県サイン会ツアーを開催することになりました。今回は地元・関西で、となります。

ぜひ、本の話をたくさんしましょう。本以外の話もたくさんしましょう。お勧めスポットやおいしいものなども、教えてください。限られた時間となりますが、皆さんに楽しんでいただけることが、次へのエネルギーとなります！！　どうぞ、よろしくお願いいたします。

滋賀県とわたし

一昨年の夏の家族旅行で訪れました。長浜でまち歩きをしたり、佐川美術館でキースヘリング展を見たりしました。大津 SA でブラックバスのバーガーを食べたかったのですが、あいにく売り切れ。食べたことがある方、どんな味か教えてください。

京都府とわたし

1995 年の 3 月から一年半、阪急大宮駅周辺に住んでいました。京都近鉄百貨店の婦人服コーナーに勤務していたので、古い京都駅前の屋台や、少し足をのばしたところにある新福菜館、第一旭は思い出のラーメン店です。

大阪府とわたし

大学受験の際、父親から「JR 大阪駅で梅田はどこですか、と絶対に聞くな」と言われて、早くも四半世紀経ちますが、私にとっての都会はやはり大阪のような気がします。ビッグマン前で待ち合わせ、などと言われると、相手が仕事の関係者であっても、ドキドキします。

作品紹介

ドラマ「リバース」が 4 月 14 日（金）から始まります。主演は藤原竜也さん。恋人役は戸田恵梨香さん。男性同士の友情を描いた作品なので、イケメンが勢ぞろいです。プロデューサー、監督、脚本等のスタッフは「夜行観覧車」「N のために」を手掛けてくれた方々なので、おもしろいこと間違いなし。小説の続きも見せてもらえるので、私もドキドキしています。ぜひ、ご覧ください。

それでは、今しばらくおまちくださいませ。

2017.3.25

滋賀県とわたし

一昨年の夏の家族旅行で訪れました。長浜でまち歩きをしたり、佐川美術館でキースヘリング展を見たりしました。大津SAでブラックバスのバーガーを食べたかったのですが、あいにく売り切れ。食べたことがある方、どんな味か教えてください。

2017.3.26

京都府とわたし

1995年の3月から一年半、阪急大宮駅周辺に住んでいました。京都近鉄百貨店の婦人服コーナーに勤務していたので、古い京都駅前の屋台や、少し足をのばしたところにある新福菜館、第一旭は思い出のラーメン店です。

2017.3.25

大阪府とわたし

大学受験の際、父親から「JR大阪駅で梅田はどこですか、と絶対に聞くな」と言われて、早くも四半世紀経ちますが、私にとっての都会はやはり大阪のような気がします。ビッグマン前で待ち合わせ、などと言われると、相手が仕事の関係者であっても、ドキドキします。

奈良県・兵庫県・和歌山県

湊かなえのアナログブログ

47 都道府県サイン会ツアー　奈良県・兵庫県・和歌山県 編

本日はサイン会にお越しいただきまして、ありがとうございます。
サイン会は都市部でばかり開かれるけれど、本好きな人は全国各地にたくさんいるんだ！　と淡路島在住の私は常々不満を抱いておりました。ならば、自分から会いに行ってみたい、と出版社 10 社の担当の方々にお願いし、デビュー10 周年(2007年小説推理新人賞受賞)の年から 2 年かけて、47 都道府県サイン会ツアーを開催することになりました。今回は「地元・関西・第 2 弾」となります。第一弾の、滋賀県、大阪府、京都府、大盛況で、元気をいただきました。

ぜひ、本の話をたくさんしましょう。本以外の話もたくさんしましょう。お勧めスポットやおいしいものなども、教えてください。限られた時間となりますが、皆さんに楽しんでいただけることが、次へのエネルギーとなります！！　どうぞ、よろしくお願いいたします。

奈良県とわたし

大学生の頃に、当時付き合っていた人と「鹿の角切」を見に訪れて以来なので、約25年ぶり、と思っていたのですが、2 年前に、体操を習っている子どもと一緒に、奈良の教室に来させてもらったことを思い出しました。淡路島から車で 2 時間弱、近いですよね。

兵庫県とわたし、というか、兵庫県民です。

武庫川女子大学に通っていた頃は、甲子園球場の真裏に住んでいました。高校野球、阪神戦、TUBE のライブ、音を聴くだけならどれもタダ！　楽しかったな～。淡路島はこれから新玉ねぎ、生シラスのシーズンです。ぜひ、遊びに来てください！

和歌山県とわたし

先々週、地元のママ友たちと子連れで 1 泊 2 日の白浜旅行に行ってきました。アドベンチャーワールドのパンダの子ども、かわいかった～！！でも、何が楽しいかって、ママ友同士、ランチ会では飲めないお酒を片手に、夜通しおしゃべりするのが一番です。中高生の子どもたちは別部屋で、さらに夜更かしトランプ。旦那さんには、解体ショーで張り切って購入したマグロがお土産です。

作品紹介

マロンのおすすめ

ドラマ「リバース」が 4 月 14 日(金)から始まりました！　主演は藤原竜也さん。恋人役は戸田恵梨香さん。男性同士の友情を描いた作品なので、イケメンが勢ぞろいです。スタッフは「夜行観覧車」「N のために」を手掛けてくれた方々で、小説の続きも見せてもらえるので、私もドキドキしています。
文芸誌「オール讀物」4 月号に、ミルのグラビアと短編「マロンの話」が載っています。写真のマロンがいるのはどこなのか？　よろしければ、ぜひ！

それでは、今しばらく、お待ちくださいませ。

2017.4.15

奈良県とわたし

大学生の頃に、当時付き合っていた人と「鹿の角切」を見に訪れて以来なので、約25年ぶり、と思っていたのですが、2年前に、体操を習っている子どもと一緒に、奈良の教室に来させてもらったことを思い出しました。淡路島から車で2時間弱、近いですよね。

2017.4.15

兵庫県とわたし

というか、兵庫県民です。武庫川(むこがわ)女子大学に通っていた頃は、甲子園球場の真裏に住んでいました。高校野球、阪神戦、TUBEのライブ、音を聴くだけならどれもタダ！　楽しかったな～。淡路島はこれから新玉ねぎ、生シラスのシーズンです。ぜひ、遊びに来てください！

2017.4.16

和歌山県とわたし

先々週、地元のママ友たちと子連れで1泊2日の白浜(しらはま)旅行に行ってきました。アドベンチャーワールドのパンダの子ども、かわいかった～!!　でも、何が楽しいかって、ママ友同士、ランチ会では飲めないお酒を片手に、夜通しおしゃべりするのが一番です。中高生の子どもたちは別部屋で、さらに夜更かしトランプ。旦那さんには、解体ショーで張り切って購入したマグロがお土産です。

湊かなえのアナログブログ

47 都道府県サイン会ツアー 石川県・福井県 編

本日はサイン会にお越しいただきまして、ありがとうございます。
サイン会は都市部でばかり開かれるけれど、本好きな人は全国各地にたくさんいるんだ！ と淡路島在住の私は常々不満を抱いておりました。ならば、自分から会いに行ってみたい、と出版社 10 社の担当の方々にお願いし、デビュー10 周年(2007年小説推理新人賞受賞)の年から 2 年かけて、47 都道府県サイン会ツアーを開催することになりました。7 月は北陸地方となります。はじめまして、の方が大半だと思います。どうか、素敵な出会いとなりますように。
　ぜひ、本の話をたくさんしましょう。本以外の話もたくさんしましょう。お勧めスポットやおいしいものなども、教えてください。限られた時間となりますが、皆さんに楽しんでいただけることが、次へのエネルギーとなります！！ どうぞ、よろしくお願いいたします。

石川県とわたし
　というよりは、デビュー直後からお世話になっている新潮社の担当0さんが学生時代をすごした思い出深い地であります。サイン会前の昼食に餃子を提案したら、会社の人たちに却下されたらしく、サイン会後に行く予定ですが、B 級グルメファンの私は、サイン会中ずっと、餃子に思いを馳せているかもしれません。他にも、金沢おでんなど、時間が許す限り名物をいただこうと欲張っていますので、おすすめがあればぜひ、教えてください！

福井県とわたし
　青年海外協力隊でトンガ王国に行く前(約 20 年前)に、温泉とおいしい海鮮料理を求めて、中学時代の友人と、あわら温泉と東尋坊を訪れたことがあります。手すき和紙体験などもして、これで日本に思い残すことなし、とトンガに行くと、隊員の中に鯖江市出身の方がいらっしゃり、トンガの子どもたちが鯖江音頭を踊るイベントを見せてもらったり、福井県のカレンダーをもらって自分の勤務先に飾ったりと、南の島でもいろいろお世話になりました。

作品紹介

「母性」「豆の上で眠る」「絶唱」、この 3 作品のカバーイラストはすべて、チカツタケオさんに描いていただきました。これらの作品をお持ちの方の中には「これ、写真じゃなくて絵だったの？」と驚かれた方がいらっしゃるかもしれません。毎作、どんなカバーを巻いてもらえるのかも、楽しみの一つです。
短編アンソロジー「猫が見ていた」(文春文庫)に「マロンの話」が載っています。写真のマロンがいるのはどこなのか？ 息子のミルが、マロンとおばやん一家の出会いを語ります。よろしければ、こちらもぜひ！

それでは、今しばらく、お待ちくださいませ。

2017.7.8

石川県とわたし

というよりは、デビュー直後からお世話になっている新潮社の担当Oさんが学生時代をすごした思い出深い地であります。サイン会前の昼食に餃子を提案したら、会社の人たちに却下されたらしく、サイン会後に行く予定ですが、B級グルメファンの私は、サイン会中ずっと、餃子に思いを馳せているかもしれません。他にも、金沢おでんなど、時間が許す限り名物をいただこうと欲張っていますので、おすすめがあればぜひ、教えてください！

2017.7.9

福井県とわたし

青年海外協力隊でトンガ王国に行く前（約20年前）に、温泉とおいしい海鮮料理を求めて、中学時代の友人と、あわら温泉と東尋坊を訪れたことがあります。手すき和紙体験などもして、これで日本に思い残すことなし、とトンガに行くと、隊員の中に鯖江市出身の方がいらっしゃり、トンガの子どもたちが鯖江音頭を踊るイベントを見せてもらったり、福井県のカレンダーをもらって自分の勤務先に飾ったりと、南の島でもいろいろお世話になりました。

湊かなえのアナログブログ

47都道府県サイン会ツアー　新潟県・長野県・富山県 編

本日はサイン会にお越しいただきまして、ありがとうございます。

サイン会は都市部でばかり開かれるけれど、本好きな人は全国各地にたくさんいるんだ！　と因島出身・淡路島在住の私は常々不満を抱いておりました。ならば、自分から会いに行ってみたい、と出版社10社にお願いし、デビュー10周年（2007年小説推理新人賞受賞）の年から2年かけて、47都道府県サイン会ツアーを開催することになりました。7月は北陸地方となります。先週の石川・福井では、皆さんと時間いっぱい（オーバー？）楽しくお話させていただきました。

ぜひ、本の話をしましょう。本以外の話もしましょう。お勧めスポットやおいしいものなども教えてください。小説家になりたい方へのアドバイスも少しくらいなら・・・。皆さんに楽しんでいただけることが、次へのエネルギーとなります！！　どうぞ、よろしくお願いいたします。

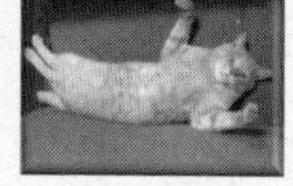

新潟県とわたし

一般的に海のイメージが強そうですが、私は山です。初の本格登山は妙高山・火打山でした。昨年、ドラマ「山女日記」の白馬岳ロケ見学も、糸魚川に前泊し、蓮華温泉から入山しました。20年以上前に新潟の友人に勧められた長岡花火大会を、いつか必ず見に行きたいと思っています。

長野県とわたし

登山でここ数年、毎年訪れています。それ以外にも、大学3年生の夏休みに上田のユースホステルでヘルパーをさせてもらったり、青年海外協力隊派遣前、3カ月間、駒ケ根の訓練所で研修を受けたりと、たいへん思い出深い地であります。19日に伊那入りし、20日に仙丈ケ岳に登ります！

富山県とわたし

大学時代のサイクリング同好会の友人が富山出身で、実家に遊びに行かせてもらったことがあります。とにかく、海の幸がおいしかった！　お土産にいただいた鱒寿司も最高でした。数年前に、ご当地ラーメンフェスティバルで富山ブラックラーメンを食べて以来、大ファンになりました。いつか立ちたい剱岳山頂。きっと、その時も下山したら何を食べよう、と考えているのではないかと思います・・・。

作品紹介

マロンのおすすめ

「母性」「豆の上で眠る」「絶唱」、この3作品のカバーイラストはすべて、千カツタケオさんに描いていただきました。これらの作品をお持ちの方の中には「これ、写真じゃなくて絵だったの？」と驚かれた方がいらっしゃるかもしれません。毎作、どんなカバーを巻いてもらえるのかも、楽しみの一つです。

短編アンソロジー「猫が見ていた」（文春文庫）に「マロンの話」が載っています。写真のマロンがいるのはどこなのか？　息子のミルが、マロンとおばやん一家の出会いを語ります。よろしければ、こちらもぜひ！

それでは、今しばらく、お待ちくださいませ。

2017.7.15

新潟県とわたし

一般的に海のイメージが強そうですが、私は山です。初の本格登山は妙高山・火打山でした。昨年、ドラマ『山女日記』の白馬岳ロケ見学も、糸魚川に前泊し、蓮華温泉から入山しました。20年以上前に新潟の友人に勧められた長岡花火大会を、いつか必ず見に行きたいと思っています。

2017.7.16

長野県とわたし

登山でここ数年、毎年訪れています。それ以外にも、大学3年生の夏休みに上田のユースホステルでヘルパーをさせてもらったり、青年海外協力隊派遣前、3カ月間、駒ケ根の訓練所で研修を受けたりと、たいへん思い出深い地であります。19日に伊那入りし、20日に仙丈ケ岳に登ります！

2017.7.17

富山県とわたし

大学時代のサイクリング同好会の友人が富山出身で、実家に遊びに行かせてもらったことがあります。とにかく、海の幸がおいしかった！　お土産にいただいた鱒寿司も最高でした。数年前に、ご当地ラーメンフェスティバルで富山ブラックラーメンを食べて以来、大ファンになりました。いつか立ちたい剱岳山頂。きっと、その時も下山したら何を食べよう、と考えているのではないかと思います・・・。

大分県・宮崎県

湊かなえのアナログブログ

47都道府県サイン会ツアー　大分県・宮崎県 編

本日はサイン会にお越しいただきまして、ありがとうございます。

サイン会は都市部でばかり開かれるけれど、本好きな人は全国各地にたくさんいるんだ！　と淡路島在住の私は常々不満を抱いておりました。ならば、自分から会いに行ってみたい、と出版社 10 社の担当の方々にお願いし、デビュー10 周年(2007年小説推理新人賞受賞)の年から 2 年かけて、47 都道府県サイン会ツアーを開催することになりました。10月は南九州です。はじめまして、の方が大半だと思います。どうか、素敵な出会いとなりますように。

ぜひ、本の話をたくさんしましょう。本以外の話もたくさんしましょう。何でも質問してください。地元のお勧めスポットやおいしいものなども、教えてください。限られた時間となりますが、皆さんに楽しんでいただけることが、次へのエネルギーとなります！！　どうぞ、よろしくお願いいたします。

大分県とわたし

大学生の頃、ユースサイクリング同好会に入っており、春合宿の場所が南九州でした。鹿児島県・桜島集合の前に、合宿で訪れないところを走ってみようと、フェリーで大分県入りし、湯布院に行きました。東京エレキテルのコントが流行る 20 年も前のことです。だんご汁がおいしかったです。

LINEスタンプあるよ♥

われを あがめよ もっとや

宮崎県とわたし

自分が雨女なのか、1 週間にわたる合宿のうち、晴れたのはたった1日。それが宮崎県で、青島は楽園のような印象が残っています。実は今回、サイン会後、高千穂峰に登る予定でしたが、新燃岳噴火のため、延期することになりました。中止とは書きません。またいつか、宮崎を訪れる日まで、楽しみにしておきたいと思います。

今回お越しくださった方の中には、ご自身や親しい方を含め、水害や地震、噴火などの災害を受けた方がいらっしゃるのではないかと思います。私の住む淡路島・洲本市も、ここ１０数年のあいだに、台風による水害や震度６の地震に遭いました。その時は大変でしたが、復興後は、災害前よりも、災害に強く住みやすい街になったと感じます。皆様の暮らしが、１日も早く平穏なものに戻りますよう、心よりお祈りいたします。

作品紹介

マロミルのおすすめ

昨年秋に NHKBS プレミアムでドラマ化された「山女日記」が、好評を受け、続編が放送されることになりました。文庫版「山女日記」収録のフェスの話を元にした、笑いあり、涙ありの物語になっています。舞台は、常念岳～大天井岳～燕岳、パノラマ銀座と呼ばれるコースです。10月29日(日)、11月5日(日)の、いずれも夜10時から。ぜひ、ご覧になってください。

それでは、今しばらく、お待ちくださいませ。

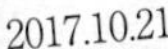
2017.10.21

大分県とわたし

大学生の頃、ユースサイクリング同好会に入っており、春合宿の場所が南九州でした。鹿児島県・桜島集合の前に、合宿で訪れないところを走ってみようと、フェリーで大分県入りし、湯布院に行きました。東京エレキテルのコントが流行る20年も前のことです。だんご汁がおいしかったです。

2017.10.22

宮崎県とわたし

自分が雨女なのか、1週間にわたる合宿のうち、晴れたのはたった1日。それが宮崎県で、青島は楽園のような印象が残っています。実は今回、サイン会後、高千穂峰に登る予定でしたが、新燃岳噴火のため、延期することになりました。中止とは書きません。またいつか、宮崎を訪れる日まで、楽しみにしておきたいと思います。

鹿児島県・沖縄県

湊かなえのアナログブログ

47都道府県サイン会ツアー　鹿児島県・沖縄県 編

本日はサイン会にお越しいただきまして、ありがとうございます。

サイン会は都市部でばかり開かれるけれど、本好きな人は全国各地にたくさんいるんだ！　と淡路島在住の私は常々不満を抱いておりました。ならば、自分から会いに行ってみたい、と出版社10社の担当の方々にお願いし、デビュー10周年（2007年小説推理新人賞受賞）の年から2年かけて、47都道府県サイン会ツアーを開催することになりました。

10月は南九州です。先週は台風接近中にもかかわらず、大分、宮崎、両県とも、たくさんの方々にお越しいただき、幸せな時間を過ごすことができました。九州の皆さん、明るくパワフルです。「本友（ほんとも）」という素敵な言葉が飛び交いました。

ぜひ、本の話をたくさんしましょう。本以外の話もたくさんしましょう。何でも質問してください。地元のお勧めスポットやおいしいものなども、教えてください。限られた時間となりますが、皆さんに楽しんでいただけることが、次へのエネルギーとなります！！　どうぞ、よろしくお願いいたします。

鹿児島県とわたし

大学生の頃、ユースサイクリング同好会に入っており、春合宿が南九州で、現地集合の場所が、桜島でした。フェリーで大分入りして、熊本経由で到着したので、初日からへとへとだったのですが、指宿の砂蒸し風呂で復活しました。「かすたどん」というお菓子がおいしくて、ばら売りを買い込み、合宿の間中食べていました。今度、ゆっくり訪れることができたら、開聞岳に登ってみたいです。

沖縄県とわたし

大学3年生の夏、友人（女）と二人、自転車にテントを積んで、3週間の旅をしました。宮古島→石垣島→西表島→本島→久米島→本島、といったルートで、スキューバダイビングのライセンスも取りました。宮古島で漁師のおじさんに食べさせてもらった「もずくの天ぷら」が本当においしかった！　雨風をしのげる場所で熟睡できることが、一番の幸せなのかもしれない、と感じる旅でした。たくさんの大切なことを教えてくださった沖縄の方々には、今でも感謝の気持ちが尽きません。小説家になって一番苦しかった時も、家族で石垣島を訪れました。

作品紹介

昨年秋にNHKBSプレミアムでドラマ化された『山女日記』が、好評を受け、続編が放送されることになりました。文庫版『山女日記』収録のフェスの話を元にした、笑いあり、涙ありの物語になっています。舞台は、常念岳～大天井岳～燕岳、パノラマ銀座と呼ばれるコースです。10月29日（日）、11月5日（日）の、いずれも夜10時から。ぜひ、ご覧になってください。

それでは、今しばらく、お待ちくださいませ。

2017.10.28

鹿児島県とわたし

大学生の頃、ユースサイクリング同好会に入っており、春合宿が南九州で、現地集合の場所が、桜島でした。フェリーで大分入りして、熊本経由で到着したので、初日からへとへとだったのですが、指宿（いぶすき）の砂蒸し風呂で復活しました。「かすたどん」というお菓子がおいしくて、ばら売りを買い込み、合宿の間中食べていました。今度、ゆっくり訪れることができたら、開聞岳（かいもんだけ）に登ってみたいです。

2017.10.29

沖縄県とわたし

大学3年生の夏、友人（女）と二人、自転車にテントを積んで、3週間の旅をしました。宮古島→石垣島（いしがきじま）→西表島（いりおもてじま）→本島→久米島（くめじま）→本島、といったルートで、スキューバダイビングのライセンスも取りました。宮古島で漁師のおじさんに食べさせてもらった「もずくの天ぷら」が本当においしかった！　雨風をしのげる場所で熟睡できることが、一番の幸せなのかもしれない、と感じる旅でした。たくさんの大切なことを教えてくださった沖縄の方々には、今でも感謝の気持ちが尽きません。小説家になって一番苦しかった時も、家族で石垣島を訪れました。

香川県・愛媛県

湊かなえのアナログブログ

47都道府県サイン会ツアー　香川県・愛媛県 編

本日はサイン会にお越しいただきまして、ありがとうございます。
サイン会は都市部でばかり開かれるけれど、本好きな人は全国各地にたくさんいるんだ！　と淡路島在住の私は常々不満を抱いておりました。ならば、自分から会いに行ってみたい、と出版社10社の担当の方々にお願いし、デビュー10周年（2007年小説推理新人賞受賞）の年から2年かけて、47都道府県サイン会ツアーを開催することになりました。11月は四国地方です。はじめまして、の方が大半だと思います。どうか、素敵な出会いとなりますように。

ぜひ、本の話をたくさんしましょう。本以外の話もたくさんしましょう。お勧めスポットやおいしいものなども、教えてください。限られた時間となりますが、皆さんに楽しんでいただけることが、次へのエネルギーとなります！！　どうぞ、よろしくお願いいたします。

香川県とわたし

大学時代、ユースサイクリング同好会に入り、新入生歓迎会となる最初の合宿の行き先が、香川県でした。甲子園からフェリーで高松へ。そこから、こんぴら参りをし、おいしいうどんを食べました。自転車でこんな旅ができるのか、とすっかり夢中になれたのは、最初の旅が素晴らしかったからだと思います。香川在住の友だちもいます。「望郷」の初代担当編集者も香川出身です。のんびりしていて、やさしい、そんな香川の人たちが、とても好きです。

LINEスタンプあるよ

愛媛県とわたし

対岸の島は愛媛県。愛媛と広島の県境にある因島で生まれ育った私は、半分は愛媛県人だと思っています。実家は柑橘農家を営んでいるので、そのあたりも、愛媛の多くの人と共通する景色を見たことがあるのではないでしょうか。それでも驚いたのが、喫茶店のモーニング、パンのセットにも味噌汁が付いていたこと。どこの店の看板にも「味噌汁付き」と書いていたので、あえて、書いていないところを探して入ったのに、普通に味噌汁をつけてくれました。しかし、我が家も味噌汁を飲むのは「朝」と決まっていたので、やはり、瀬戸内の風習なのでしょうか。

作品紹介

映画「望郷」、見ていただけましたか？　元は、レンタルDVD用に撮られた作品なので、ご家庭のテレビでも十分に楽しんでもらえるのではないかと思います。役者さんの演技も、景色も素晴らしいので、ぜひご覧ください。
短編アンソロジー「猫が見ていた」（文春文庫）に「マロンの話」が載っています。写真のマロンがいるのはどこなのか？　息子のミルが、マロンとおばやん一家の出会いを語ります。　よろしければ、こちらもぜひ！

それでは、今しばらく、お待ちくださいませ。

2017.11.11

香川県とわたし

大学時代、ユースサイクリング同好会に入り、新入生歓迎会となる最初の合宿の行き先が、香川県でした。甲子園からフェリーで高松（たかまつ）へ。そこから、こんぴら参りをし、おいしいうどんを食べました。自転車でこんな旅ができるのか、とすっかり夢中になれたのは、最初の旅が素晴らしかったからだと思います。香川在住の友だちもいます。『望郷』の初代担当編集者も香川出身です。のんびりしていて、やさしい、そんな香川の人たちが、とても好きです。

2017.11.12

愛媛県とわたし

対岸の島は愛媛県。愛媛と広島の県境にある因島で生まれ育った私は、半分は愛媛県人だと思っています。実家は柑橘（かんきつ）農家を営んでいるので、そのあたりも、愛媛の多くの人と共通する景色を見たことがあるのではないでしょうか。それでも驚いたのが、喫茶店のモーニング、パンのセットにも味噌汁が付いていたこと。どこの店の看板にも「味噌汁付き」と書いていたので、あえて、書いていないところを探して入ったのに、普通に味噌汁をつけてくれました。しかし、我が家も味噌汁を飲むのは「朝」と決まっていたので、やはり、瀬戸内の風習なのでしょうか。

高知県・徳島県

湊かなえのアナログブログ

47都道府県サイン会ツアー　高知県・徳島県　編

本日はサイン会にお越しいただきまして、ありがとうございます。
サイン会は都市部でばかり開かれるけれど、本好きな人は全国各地にたくさんいるんだ！　と淡路島在住の私は常々不満を抱いておりました。ならば、自分から会いに行ってみたい、と出版社10社の担当の方々にお願いし、デビュー10周年（2007年小説推理新人賞受賞）の年から2年かけて、47都道府県サイン会ツアーを開催することになりました。11月は四国地方です。先週の香川・愛媛は大盛り上がりでした。皆さん、優しく、温かいです。

ぜひ、本の話をたくさんしましょう。本以外の話もたくさんしましょう。お勧めスポットやおいしいものなども、教えてください。限られた時間となりますが、皆さんに楽しんでいただけることが、次へのエネルギーとなります！！　どうぞ、よろしくお願いいたします。

高知県とわたし

大学時代、ユースサイクリング同好会に入り、5月の連休に、足摺岬から室戸岬まで走ったことがあります。旬のカツオを刺身でいただきました。家族旅行で訪れたこともあります。四万十川で川遊び、本当にきれいでした。今、興味があるのは洞窟探検。龍河洞が気になっているので、お近くにお住まいの方、行ったことがある方は、いろいろ教えてください。友人の有川浩さんも、高知出身。カラッと気持ちのいい方がたくさんいらっしゃるんでしょうね。

徳島県とわたし

鳴門海峡大橋をはさんだお隣さん徳島は、我が家から神戸に行くよりも近く、映画は北島のフジグランで見ています。うちの家族はラーメン好きで、「ふく利」や「丸福」によく行きますが、他にもおすすめのところがあれば教えてください。昨年の夏は、吉野川でラフティングをしました。楽しかった！　大歩危、小歩危、祖谷渓は日本有数の絶景を誇る場所だと思います。祖谷そばもおいしいですよね。淡路島、もう徳島県でいいんじゃない？　実際にそう思われている方はたくさんいらっしゃるようなので。なんて思うくらい、徳島はホームタウンなのです。

作品紹介

「望郷」は映画だけでなく、dTVの配信、ゲオのレンタルでも、見ていただくことができます。大東駿介さんと貫地谷しほりさんのW主演。役者さんたちの演技も、ロケ地となった因島の景色も素晴らしいので、ぜひ！！

短編アンソロジー「猫が見ていた」（文春文庫）に「マロンの話」が載っています。写真のマロンがいるのはどこなのか？　息子のミルが、マロンとおばやん一家の出会いを語ります。よろしければ、こちらもぜひ！

それでは、今しばらく、お待ちくださいませ。

2017.11.18

高知県とわたし

大学時代、ユースサイクリング同好会に入り、5月の連休に、足摺岬から室戸岬まで走ったことがあります。旬のカツオを刺身でいただきました。家族旅行で訪れたこともあります。四万十川で川遊び、本当にきれいでした。今、興味があるのは洞窟探検。龍河洞が気になっているので、お近くにお住まいの方、行ったことがある方は、いろいろ教えてください。友人の有川浩（現・有川ひろ）さんも、高知出身。カラッと気持ちのいい方がたくさんいらっしゃるんでしょうね。

2017.11.19

徳島県とわたし

鳴門海峡大橋をはさんだお隣さん徳島は、我が家から神戸に行くよりも近く、映画は北島のフジグランで見ています。うちの家族はラーメン好きで、「ふく利」や「丸福」によく行きますが、他にもおすすめのところがあれば教えてください。昨年の夏は、吉野川でラフティングをしました。楽しかった！　大歩危、小歩危、祖谷渓は日本有数の絶景を誇る場所だと思います。祖谷そばもおいしいですよね。淡路島、もう徳島県でいいんじゃない？　実際にそう思われている方はたくさんいらっしゃるようなので。なんて思うくらい、徳島はホームタウンなのです。

北海道・青森県

湊かなえのアナログブログ

47 都道府県サイン会ツアー　北海道・青森県 編

新年、あけましておめでとうございます。サイン会は都市部でばかり開かれるけれど、本好きな人は全国各地にたくさんいるんだ！ と淡路島在住の私は常々不満を抱いておりました。ならば、自分から会いに行こう、と出版社 10 社にお願いし、デビュー10 周年（2007年小説推理新人賞受賞）の年から 2 年かけて、47 都道府県サイン会ツアーを開催することになりました。昨年は 21 か所、行ってきました。各地で笑いあり、感動の涙あり。出版社の方々が乗った飛行機が到着しないというハプニングも、どうにか乗り切ることができました。

さて、今年はどんな出会いが待っているのか。ぜひ、本の話をしましょう。本以外の話もしましょう。お勧めスポットやおいしいものなども、教えてください。限られた時間となりますが、皆さんに楽しんでいただけることが、次へのエネルギーとなります！！ どうぞ、よろしくお願いいたします。

北海道とわたし

LINE スタンプあるよ

大学時代、サイクリング同好会に入り、2 年生の夏に北海道を一周しました。友人と 2 人、フェリーで出発したのですが、北海道上陸 2 日目に友人が骨折し、帰ることに。人生初の一人旅。不安しかありませんでした。しかし、行く先々で温かい出会いがあり、楽しい思い出を詰め込んで、旅を終えることができました。

青森県とわたし

サイクリング同好会、1 年生の夏合宿が東北でした。修学旅行以外、旅行らしきものをしたことがなかったのに、なんと、青森駅に現地集合。無事到着して、最初にしたのは、りんごジュースを飲むこと。家が柑橘農家なので、りんごを買ってもらえるのは、風邪をひいた時くらいだったのですが、いかんせん体が丈夫なもので。りんごは今でも憧れの果物なのです。冬の奥入瀬は、私に人生について考えさせてくれた、とても大切な場所です。

本日は、お越しいただきましてありがとうございます。今回、天候が気になりながらも、寒さ厳しい季節に開催させていただきました。映画監督であり、名キャメラマンの木村大作さんは、「極寒の中に美しさあり」とおっしゃっていました。それは、景色のことだけでなく、寒い地方に住む方々たちの心をも表しているのではないかと思います。普段、目にすることのない雪景色の中で、たくさんのことを吸収して帰ることができれば、幸いに思います。

マロンのおすすめ

『物語のおわり』は北海道が舞台になっています。
物語に出てくる場所は、すべて、自転車でまわったところです。他にも、浜頓別での砂金堀、礼文島の「愛とロマンの 8 時間コース」、サロマ湖の日の出、釧路のツーリングトレインと和商市場のぜいたく丼、帯広の豚丼とスイーツめぐり、などなど、書きたかった場所はたくさんあります。

それでは、今しばらく、お待ちくださいませ。

2018.1.13

北海道とわたし

大学時代、サイクリング同好会に入り、2年生の夏に北海道を一周しました。友人と2人、フェリーで出発したのですが、北海道上陸2日目に友人が骨折し、帰ることに。人生初の一人旅。不安しかありませんでした。しかし、行く先々で温かい出会いがあり、楽しい思い出を詰め込んで、旅を終えることができました。

2018.1.14

青森県とわたし

サイクリング同好会、1年生の夏合宿が東北でした。修学旅行以外、旅行らしきものをしたことがなかったのに、なんと、青森駅に現地集合。無事到着して、最初にしたのは、りんごジュースを飲むこと。家が柑橘農家なので、りんごを買ってもらえるのは、風邪をひいた時くらいだったのですが、いかんせん体が丈夫なもので。りんごは今でも憧れの果物なのです。冬の奥入瀬(おいらせ)は、私に人生について考えさせてくれた、とても大切な場所です。

湊かなえのアナログブログ

47 都道府県サイン会ツアー　**秋田県・山形県** 編

本日は、お越しいただきましてありがとうございます。サイン会は都市部でばかり開かれるけれど、本好きな人は全国各地にたくさんいるんだ！　と淡路島（兵庫県）在住の私は常々不満を抱いておりました。ならば、自分から会いに行こう、と出版社 10 社にお願いし、デビュー10 周年（2007年小説推理新人賞受賞）の年から 2 年かけて、47 都道府県サイン会ツアーを行うことになりました。昨年は 21 か所、行ってきました。各地で笑いあり、感動の涙あり。出版社の方々が乗った飛行機が到着しないというハプニングも！

今年はどんな出会いが待っているのか。今回で、折り返し、そして、後半戦の始まりとなります。ぜひ、本の話をしましょう。本以外の話もしましょう。お勧めスポットやおいしいものなども、教えてください。限られた時間となりますが、皆さんに楽しんでいただけることが、次へのエネルギーとなります！！

どうぞ、よろしくお願いいたします。

秋田県とわたし

大学時代、サイクリング同好会に入り、1 年生の夏合宿が東北でした。奥入瀬から十和田湖までの景色が印象的で、卒業旅行でも、雪景色の同ルートを訪れました。夏の田沢湖畔はただ楽しく、十代最後の、青春の思い出の場所となっています。秋田魁新報での連載「ブロードキャスト」は、お楽しみいただけたでしょうか。夏頃、刊行予定です。

山形県とわたし

旅行経験のあまりない母が、数年前から近所の友人と介護の息抜きとして年に1、2度、出かけているのですが、行ってよかった場所No.1が「蔵王」だそうです。ところで「蔵王」という地名、地元、広島県福山市にもあるのですが、母はそれを知らず、私の本を買いに行った際、書店の方に在庫を尋ねたところ、「当店は品切れですが、蔵王店にはまだあります」と言われ、「もう、山形にしかないみたい」と電話で報告してくれたことがあります。

今回、天候が気になりながらも、寒さ厳しい季節に開催させていただきました。映画監督であり、名キャメラマンの木村大作さんは、「極寒の中に美しさあり」とおっしゃっていました。それは、景色のことだけでなく、寒い地方に住む方々たちの心をも表しているのではないかと思います。普段、目にすることのない雪景色の中で、たくさんのことを吸収して帰ることができれば、幸いに思います。

「物語のおわり」文庫版には、メッセージカードが、1冊につき1枚、挟まっています。実はこのカード、全部で 4 種類あります。湊かなえからのメッセージが 2 種、我が家の猫、マロンとミルからのメッセージが各 1 種となっています。マロンからのメッセージは、左の写真がヒントになっています。

それでは、今しばらく、お待ちくださいませ。

2018.1.20

秋田県とわたし

大学時代、サイクリング同好会に入り、1年生の夏合宿が東北でした。奥入瀬から十和田湖までの景色が印象的で、卒業旅行でも、雪景色の同ルートを訪れました。夏の田沢湖畔はただ楽しく、十代最後の、青春の思い出の場所となっています。秋田魁新報での連載『ブロードキャスト』は、お楽しみいただけたでしょうか。夏頃、刊行予定です。

2018.1.21

山形県とわたし

旅行経験のあまりない母が、数年前から近所の友人と介護の息抜きとして年に1、2度、出かけているのですが、行ってよかった場所No.1が「蔵王」だそうです。ところで「蔵王」という地名、地元、広島県福山市にもあるのですが、母はそれを知らず、私の本を買いに行った際、書店の方に在庫を尋ねたところ、「当店は品切れですが、蔵王店にはまだあります」と言われ、「もう、山形にしかないみたい」と電話で報告してくれたことがあります。

岐阜県・静岡県

湊かなえのアナログブログ

47都道府県サイン会ツアー　岐阜県・静岡県 編

本日は、お越しいただきましてありがとうございます。サイン会は都市部でばかり開かれるけれど、本好きな人は全国各地にたくさんいるんだ！　と淡路島（兵庫県）在住の私は常々不満を抱いておりました。ならば、自分から会いに行こう、と出版社10社にお願いし、デビュー10周年（2007年小説推理新人賞受賞）の年から2年かけて、47都道府県サイン会ツアーを行うことになりました。これまでに、23か所、行ってきました。各地で笑いあり、感動の涙あり。出版社の方々が乗った飛行機が到着しないというハプニングも！

後半戦はどんな出会いが待っているのか。10周年記念作品となる単行本「未来」もようやく刊行することができました。ぜひ、本の話をしましょう。本以外の話もしましょう。お勧めスポットやおいしいものなども、教えてください。限られた時間となりますが、皆さんに楽しんでいただけることが、次へのエネルギーとなります！！

どうぞ、よろしくお願いいたします。

LINEスタンプあるよ

岐阜県とわたし

大学4年生の夏休み、友人と二人で小笠原に行きました。東京からの帰り、青春18きっぷを使って大垣夜行に乗ることにしたのですが、体力が有り余っていた年ごろだったので、このまま帰るのはもったいないと、下呂温泉に寄ることにしました。温泉、牛乳、そして、ヌード写真をすすめる自称カメラマンのおじさん。笑いっぱなしの一日で、その後も、小笠原よりも下呂温泉の話ばかりしていました。

静岡県とわたし

大学時代、サイクリング同好会に所属しており、4年生の秋に、富士五湖を周る旅で訪れました。富士山の5合目までも自転車でガシガシと登り、一気に下る。元気だったんですね、あの頃は。最終地点は熱海で、「熱海で2番目に安い店」という看板を出したお寿司屋さんで打ち上げをしました。また、昨年、作家生活10周年記念に、有川浩さんが熱海旅行をプレゼントしてくれ、勝手に友情の地と認定しています。

マロンのおすすめ

小説をまとめて読む時間がないという方は、私の初エッセイ集「山猫珈琲」上・下巻がおすすめです。

山の話、コーヒーの話、少しばかりの猫の話といった日々の雑感だけでなく、同郷のポルノグラフィティが因島に実在する場所をモデルにして作った名曲「AoKage」のノベライズ、小説家デビューする前に応募した、シナリオコンクールの受賞作まで収録した、湊かなえがぎっしり詰まった作品となっています。

それでは、今しばらく、お待ちくださいませ。

2018.6.2

岐阜県とわたし

大学4年生の夏休み、友人と二人で小笠原に行きました。東京からの帰り、青春18きっぷを使って大垣夜行に乗ることにしたのですが、体力が有り余っていた年ごろだったので、このまま帰るのはもったいないと、下呂温泉に寄ることにしました。温泉、牛乳、そして、ヌード写真をすすめる自称カメラマンのおじさん。笑いっぱなしの一日で、その後も、小笠原よりも下呂温泉の話ばかりしていました。

2018.6.3

静岡県とわたし

大学時代、サイクリング同好会に所属しており、4年生の秋に、富士五湖を周る旅で訪れました。富士山の5合目までも自転車でガシガシと登り、一気に下る。元気だったんですね、あの頃は。最終地点は熱海で、「熱海で2番目に安い店」という看板を出したお寿司屋さんで打ち上げをしました。また、昨年、作家生活10周年記念に、有川浩（現・有川ひろ）さんが熱海旅行をプレゼントしてくれ、勝手に友情の地と認定しています。

湊かなえのアナログブログ

47 都道府県サイン会ツアー　熊本県・福岡県 編

本日は、お越しいただきましてありがとうございます。サイン会は都市部でばかり開かれるけれど、本好きな人は全国各地にたくさんいるんだ！ と淡路島（兵庫県）在住の私は常々不満を抱いておりました。ならば、自分から会いに行こう、と出版社 10 社にお願いし、デビュー10 周年（2007年小説推理新人賞受賞）の年から 2 年かけて、47 都道府県サイン会ツアーを行うことになりました。後半戦も順調に始まり、これまでに、27か所、行ってきました。各地で笑いあり、感動の涙あり。台風で編集部の方々が乗った飛行機が到着しないとか、開始 15 分前に記念グッズを前日の会場に忘れてきたことが発覚といった、ハプニングも！

北九州ではどんな出会いが待っているのか。単行本「未来」もようやく刊行できました。文庫の新作「ユートピア」は日本各地の方々に「あるある」と感じながら読んでいただきたい。ぜひ、本の話をしましょう。本以外の話もしましょう。お勧めスポットやおいしいものなども、教えてください。限られた時間となりますが、皆さんに楽しんでいただけることが、次へのエネルギーとなります！！

どうぞ、よろしくお願いいたします。

LINE スタンプあるよ

熊本県とわたし

中学の修学旅行と、大学のサイクリング同好会の春合宿で、二度訪れたことがあります。阿蘇山や熊本城、それぞれの場所に当時の友人たちとの楽しいエピソードが残っています。地震に遭われた方々の日常が、回復されていますように。そう願う気持ちとともに、淡路島で震度6の地震を経験した直後に感じた、元気なところも見てほしい！ という気持ちも蘇ります。ここに行ってみて！ これを食べてみて！ そんなワクワク情報も教えてくださいね。

福岡県とわたし

福岡市では、一昨年、サイン会をさせていただいたので、ここでは北九州市での思い出を。大学時代、友人と秋に福岡と長崎を訪れたことがあります。北九州ユースホステルに宿泊し、皿倉山の夜景ツアーに連れていってもらったのですが、それがもう素晴らしかった！ 神戸や横浜、札幌、函館など、夜景が有名なところにはほとんど足を運んでいますが、私の中では、この時の夜景が今でもNo.1です。北九州には他にも夜景スポットがあるとか。ぜひ、おすすめの場所を教えてください。

マロンのおすすめ

文庫「白ゆき姫殺人事件」は、もうお読みいただけましたか？ こちらは映画化（中村義洋監督）もされており、主演は井上真央さん、そして、殺害される悪女役を菜々緒さんが演じられています。今では、ドラマに映画に引っ張りだこの菜々緒さんですが、なんと、この役が映画初出演なのだとか。大変貴重な機会をいただけたこの作品、DVD などでぜひ！

それでは、今しばらく、お待ちくださいませ。

2018.6.30

熊本県とわたし

中学の修学旅行と、大学のサイクリング同好会の春合宿で、二度訪れたことがあります。阿蘇山（あそさん）や熊本城、それぞれの場所に当時の友人たちとの楽しいエピソードが残っています。地震に遭われた方々の日常が、回復されていますように。そう願う気持ちとともに、淡路島で震度6の地震を経験した直後に感じた、元気なところも見てほしい！　という気持ちも蘇（よみがえ）ります。ここに行ってみて！　これを食べてみて！　そんなワクワク情報も教えてくださいね。

2018.7.1

福岡県とわたし

福岡市では、一昨年、サイン会をさせていただいたので、ここでは北九州市での思い出を。大学時代、友人と秋に福岡と長崎を訪れたことがあります。北九州ユースホステルに宿泊し、皿倉山（さらくらやま）の夜景ツアーに連れていってもらったのですが、それがもう素晴らしかった！　神戸や横浜、札幌、函館など、夜景が有名なところにはほとんど足を運んでいますが、私の中では、この時の夜景が今でも№1です。北九州には他にも夜景スポットがあるとか。ぜひ、おすすめの場所を教えてください。

湊かなえのアナログブログ

47 都道府県サイン会ツアー　**長崎県・佐賀県** 編

本日は、お越しいただきましてありがとうございます。サイン会は都市部でばかり開かれるけれど、本好きな人は全国各地にたくさんいるんだ！　と淡路島(兵庫県)在住の私は常々不満を抱いておりました。ならば、自分から会いに行こう、と出版社 10 社にお願いし、デビュー10 周年(2007年小説推理新人賞受賞)の年から 2 年かけて、47 都道府県サイン会ツアーを行うことになりました。後半戦も順調に始まり、ついに 30 か所目を迎えることができました。各地で笑いあり、感動の涙あり。台風で編集部の方々が乗った飛行機が到着しないとか、開始 15 分前に記念グッズを前日の会場に忘れてきたことが発覚といった、ハプニングも！

九州のトリを飾る今回は、どんな出会いが待っているのか。単行本「未来」もようやく刊行できました。文庫の新作「ユートピア」は日本各地の方々に「あるある」と感じながら読んでいただきたい。ぜひ、本の話をしましょう。本以外の話もしましょう。お勧めスポットやおいしいものなども、教えてください。限られた時間となりますが、皆さんに楽しんでいただけることが、次へのエネルギーとなります！！

どうぞ、よろしくお願いいたします。

長崎県とわたし

「長崎と天草地方の潜伏キリシタン関連遺産」の世界遺産登録、おめでとうございます。関連場所としては、中学の修学旅行で大浦天主堂に行きました。ぜひ、他のところも訪れてみたいです。ハウステンボスになる前のオランダ村にも、大学生の時に行きました。クリームチーズに鰹節としょうゆをかけたもの(冷奴風)を試食したのが印象的で、今でも月に一度は我が家の食卓にそのメニューをあげています。他にも、おすすめ料理を教えてください！

佐賀県とわたし

実は、初めてなのです。石川県に続く 2 か所目で、石川は担当編集者の方が学生時代を過ごした場所だったのですが、佐賀県はゆかりのある友人も知人もいません。そのため、今回、まっさらな気持ちで佐賀を楽しみたいと思っています。私の佐賀情報はすべて、お越しいただいた皆様に作っていただくことになりますので、おすすめスポット、料理以外にも、佐賀あるある、県民気質、おもしろ方言など、じゃんじゃん教えてください！　もちろん、本の話もしましょう。

マロンのおすすめ

文庫『白ゆき姫殺人事件』は、もうお読みいただけましたか？　こちらは映画化(中村義洋監督)もされており、主演は井上真央さん、そして、殺害される悪女役を菜々緒さんが演じられています。今では、ドラマに映画に引っ張りだこの菜々緒さんですが、なんと、この役が映画初出演なのだとか。大変貴重な機会をいただけたこの作品、DVD などでぜひ！

それでは、今しばらく、お待ちくださいませ。

2018.7.7

長崎県とわたし

「長崎と天草地方の潜伏キリシタン関連遺産」の世界遺産登録、おめでとうございます。関連場所としては、中学の修学旅行で大浦天主堂に行きました。ぜひ、他のところも訪れてみたいです。ハウステンボスになる前のオランダ村にも、大学生の時に行きました。クリームチーズに鰹節としょうゆをかけたもの（冷奴風）を試食したのが印象的で、今でも月に一度は我が家の食卓にそのメニューをあげています。他にも、おすすめ料理を教えてください！

2018.7.8

佐賀県とわたし

実は、初めてなのです。石川県に続く2か所目で、石川は担当編集者の方が学生時代を過ごした場所だったのですが、佐賀県はゆかりのある友人も知人もいません。そのため、今回、まっさらな気持ちで佐賀を楽しみたいと思っています。私の佐賀情報はすべて、お越しいただいた皆様に作っていただくことになりますので、おすすめスポット、料理以外にも、佐賀あるある、県民気質、おもしろ方言など、じゃんじゃん教えてください！
もちろん、本の話もしましょう。

湊かなえのアナログブログ

47都道府県サイン会ツアー　栃木県・宮城県 編

本日は、お越しいただきましてありがとうございます。サイン会は都市部でばかり開かれるけれど、本好きな人は全国各地にたくさんいるんだ！ と淡路島（兵庫県）在住の私は常々不満を抱いておりました。ならば、自分から会いに行こう、と出版社10社にお願いし、デビュー10周年（2007年小説推理新人賞受賞）の年から2年かけて、47都道府県サイン会ツアーを行うことになりました。後半戦も無事進み、30か所を超えることができました。各地で笑いあり、感動の涙あり。悪天候の影響で編集部の方々が到着できないとか、開始15分前に記念グッズを前日の会場に忘れてきたことが発覚といった、ハプニングも・・・。

今回は、どんな出会いが待っているのか。文庫の新作「ポイズンドーター・ホーリーマザー」は、もしかすると自分の周辺にもありそうな話かも、と読んでいただきたい。ぜひ、本の話をしましょう。本以外の話もしましょう。お勧めスポットやおいしいものなども、教えてください。限られた時間となりますが、皆さんに楽しんでいただけることが、次へのエネルギーとなります！！

どうぞ、よろしくお願いいたします。

LINEスタンプあるよ

栃木県とわたし

実は、初訪問なのです。しかし、仲良しのママ友の一人が栃木出身で、カラッと明るいしっかり者なので、そういう方が多いのかなと、テンポの良い会話で盛り上がるサイン会をイメージして、楽しみにしています。ママ友おすすめのレモン牛乳を飲んで、宇都宮餃子を食べたいと思っているのですが、ほかにも名物料理やおすすめスポット等、じゃんじゃんご紹介ください！ 皆さまと過ごす時間すべてが、わたしにとっての栃木県になりますので。

宮城県とわたし

2度目の仙台サイン会となります。前回は2015年の2月で、寒い中で長時間お待ちいただいたのに、皆さん、温かいお言葉をかけてくださったことが、とても嬉しかったです。わたしの名字あるあるの一つは、「宮城県は「高」よりも「髙」の字が多い」なのですが、他にもこんな特徴があるよ！ といったことも教えてください。もちろん、グルメ情報なども。牛タン好きのわたしは、前回、昼も夜も牛タンを食べたので、今回は別のものをと思いつつ、また、牛タンを食べそうです。

マロンのおすすめ

「ポイズンドーター・ホーリーマザー」は文庫の帯にもあるように、ドラマ化されるので、どの俳優さんがこの役をやるのかな、と想像しながらお読みいただくのも、楽しいのではないかと思います。10周年記念作品となる単行本「未来」も、まだまだ多くの方に手に取っていただきたい作品です。欲張るときりがありませんが、よろしくお願いします。

それでは、今しばらく、お待ちくださいませ。

2018.8.18

栃木県とわたし

実は、初訪問なのです。しかし、仲良しのママ友の一人が栃木出身で、カラッと明るいしっかり者なので、そういう方が多いのかなと、テンポの良い会話で盛り上がるサイン会をイメージして、楽しみにしています。ママ友おすすめのレモン牛乳を飲んで、宇都宮（うつのみや）餃子を食べたいと思っているのですが、ほかにも名物料理やおすすめスポット等、じゃんじゃんご紹介ください！
皆さまと過ごす時間すべてが、わたしにとっての栃木県になりますので。

2018.8.19

宮城県とわたし

2度目の仙台サイン会となります。前回は2015年の2月で、寒い中で長時間お待ちいただいたのに、皆さん、温かいお言葉をかけてくださったことが、とても嬉しかったです。わたしの名字あるあるの一つは、『宮城県は「高」よりも「髙」の字が多い』なのですが、他にもこんな特徴があるよ！　といったことも教えてください。もちろん、グルメ情報なども。牛タン好きのわたしは、前回、昼も夜も牛タンを食べたので、今回は別のものをと思いつつ、また、牛タンを食べそうです。

湊かなえのアナログブログ

47 都道府県サイン会ツアー　**群馬県・埼玉県・山梨県** 編

本日は、お越しいただきましてありがとうございます。サイン会は都市部でばかり開かれるけれど、本好きな人は全国各地にたくさんいるんだ！　と淡路島（兵庫県）在住の私は常々不満を抱いておりました。ならば、自分から会いに行こう、と出版社 10 社にお願いし、デビュー10 周年（2007年小説推理新人賞受賞）の年から 2 年かけて、47 都道府県サイン会ツアーを行うことになりました。おかげさまで 30 か所を超えることができ、徐々にゴールが見えつつあります。各地で笑いあり、感動の涙あり。悪天候の影響で編集部の方々が到着できない、開始 15 分前に記念グッズを前日の会場に忘れてきたことが発覚、といったハプニングも・・・。

今回は、どんな出会いが待っているのか。新作「ブロードキャスト」は初の青春小説・部活モノです。学生の方はもちろん、かつて部活に燃えた方にも読んでいただきたい。ぜひ、本の話をしましょう。本以外の話もしましょう。お勧めスポットやおいしいものなども、教えてください。限られた時間となりますが、皆さんに楽しんでいただけることが、次へのエネルギーとなります！！

どうぞ、よろしくお願いいたします。

LINE スタンプあるよ

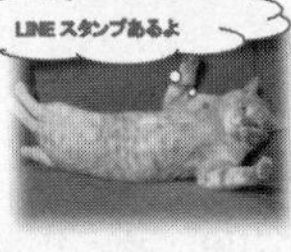

群馬県とわたし

初訪問となりますが、「ブロードキャスト」担当編集の方が館林出身で、群馬のことをいろいろ教えてもらおうと思ったのに、「暑い」としか聞いていません。どうか皆さん、群馬の素敵なところを教えてください。今回の印象が私のオール群馬となりますので。ぜひ、ぜひ、ぜひ！

埼玉県とわたし

青年海外協力隊の研修で、一日かけて秩父をまわったことがあります。地元の特産品で町を活性化させている様子を学ぶという目的だったのに、おまんじゅう、みそポテト、いもでんがく、おそばなど、レポートも書けないくらい満腹になり、幸せな食い倒れツアーとして今も心に深く残っています。

山梨県とわたし

やはり、山でしょうか。富士山には、5 合目からの吉田口ルートを夜通し歩いて登りました。晴れ渡る山頂からの景色もよかったけれど、下山後のほうとうが本当においしかったです。昨年の夏に登った仙丈ケ岳も、花がいっぱいできれいでした。あと、富士急ハイランドの絶叫マシンに乗ってみたいです。

マロンのおすすめ♥

今年の夏は、単行本、文庫本と、パパッと新刊を出しました。親から、「花火大会のフィナーレのような感じだけど、引退するのか？」と聞かれましたが、今のところその予定はありません。5 月刊行単行本「未来」、6月刊行文庫本「ユートピア」、8 月刊行文庫本「ポイズンドーター・ホーリーマザー」、そして 8 月刊行単行本「ブロードキャスト」、それぞれ違ったおもしろさのある作品ですので、ぜひ、残暑のおともにしてください。涼をお求めでしたら、1 月刊行文庫本「物語のおわり」もおすすめです。

それでは、今しばらく、お待ちくださいませ。

2018.8.25

群馬県とわたし

初訪問となりますが、『ブロードキャスト』担当編集の方が館林(たてばやし)出身で、群馬のことをいろいろ教えてもらおうと思ったのに、「暑い」としか聞いていません。どうか皆さん、群馬の素敵なところを教えてください。今回の印象が私のオール群馬となりますので。ぜひ、ぜひ、ぜひ！

2018.8.25

埼玉県とわたし

青年海外協力隊の研修で、一日かけて秩父(ちちぶ)をまわったことがあります。地元の特産品で町を活性化させている様子を学ぶという目的だったのに、おまんじゅう、みそポテト、いもでんがく、おそばなど、レポートも書けないくらい満腹になり、幸せな食い倒れツアーとして今も心に深く残っています。

2018.8.26

山梨県とわたし

やはり、山でしょうか。富士山には、5合目からの吉田口ルートを夜通し歩いて登りました。晴れ渡る山頂からの景色もよかったけれど、下山後のほうとうが本当においしかったです。昨年の夏に登った仙丈ケ岳も、花がいっぱいできれいでした。あと、富士急ハイランドの絶叫マシンに乗ってみたいです。

湊かなえのアナログブログ

47都道府県サイン会ツアー　福島県・岩手県 編

本日は、お越しいただきましてありがとうございます。サイン会は都市部でばかり開かれるけれど、本好きな人は全国各地にたくさんいるんだ！　と淡路島（兵庫県）在住の私は常々不満を抱いておりました。ならば、自分から会いに行こう、と出版社10社にお願いし、デビュー10周年（2007年小説推理新人賞受賞）の年から2年かけて、47都道府県サイン会ツアーを行うことになりました。後半戦も進み、ついに36か所を超えることができました。各地で笑いあり、感動の涙あり。悪天候の影響で編集部の方々が到着できない、開始15分前に記念グッズを前日の会場に忘れてきたことが発覚、といったハプニングも・・・。

今回は、どんな出会いが待っているのか。文庫の新作「ポイズンドーター・ホーリーマザー」は、もしかすると自分の周辺にもありそうな話かも、と読んでいただきたい。ぜひ、本の話をしましょう。本以外の話もしましょう。お勧めスポットやおいしいものなども、教えてください。限られた時間となりますが、皆さんに楽しんでいただけることが、次へのエネルギーとなります！！

どうぞ、よろしくお願いいたします。

LINEスタンプあるよ

東北とわたし

阪神・淡路大震災の年、大学4年生だった私は、卒業旅行どころではなくなりましたが、卒業式を間近にひかえたある夜、ふとテレビで東北の映像を見て、ここに行きたい、と思い、友人を誘って電車で東北を一周することになりました。出会った景色は強く美しく、出会った人々は温かく優しく、無事、社会人になれたのは、東北の方々のおかげだと、今でも感謝しています。

福島県とわたし

中2の年末に見た時代劇ドラマ「白虎隊」に心揺さぶられ、その後、「二本松少年隊」に関連する本なども可能な限り読みあさったため、本で読んだ土地を踏みしめる感覚を味わった場所となりました。

岩手県とわたし

わんこそば屋で相席のおじさんに競争を挑まれ、勝ったものの100杯には届かず、少し残念な思いが・・・。その数時間後に中尊寺前のレストハウスで餅を10個も食べたのだから、いけただろう、と。

マロンのおすすめ

8月は新刊ラッシュで、単行本「ブロードキャスト」も、23日に刊行しました。私の初の青春小説で、放送部が舞台となり、ドラマ作りで全国大会を目指す物語となっています。親から「花火大会のフィナーレみたいだけど、引退するん？」と聞かれましたが、今のところその予定はありません。5月刊行の単行本「未来」も、7月刊行の文庫本「ユートピア」も、まだまだ多くの方に手に取っていただきたい作品です。欲張るときりがありませんが、よろしくお願いします。

それでは、今しばらく、お待ちくださいませ。

東北とわたし

阪神・淡路大震災の年、大学4年生だった私は、卒業旅行どころではなくなりましたが、卒業式を間近にひかえたある夜、ふとテレビで東北の映像を見て、ここに行きたい、と思い、友人を誘って電車で東北を一周することになりました。出会った景色は強く美しく、出会った人々は温かく優しく、無事、社会人になれたのは、東北の方々のおかげだと、今でも感謝しています。

2018.9.1

福島県とわたし

中2の年末に見た時代劇ドラマ「白虎隊(びゃっこたい)」に心揺さぶられ、その後、「二本松(にほんまつ)少年隊」に関連する本なども可能な限り読みあさったため、本で読んだ土地を踏みしめる感覚を味わった場所となりました。

2018.9.2

岩手県とわたし

わんこそば屋で相席のおじさんに競争を挑まれ、勝ったものの100杯には届かず、少し残念な思いが・・・。その数時間後に中尊寺(ちゅうそんじ)前のレストハウスで餅を10個も食べたのだから、いけただろう、と。

湊かなえのアナログブログ

47 都道府県サイン会ツアー　神奈川県・茨城県 編

本日は、お越しいただきましてありがとうございます。サイン会は都市部でばかり開かれるけれど、本好きな人は全国各地にたくさんいるんだ！　と淡路島（兵庫県）在住の私は常々不満を抱いておりました。ならば、自分から会いに行こう、と出版社 10 社にお願いし、デビュー10 周年（2007年小説推理新人賞受賞）の年から 2 年かけて、47 都道府県サイン会ツアーを行うことになりました。おかげさまで 40 か所目を迎えることができ、徐々にゴールが見えつつあります。各地で笑いあり、感動の涙あり。悪天候の影響で編集部の方々が到着できない、開始 15 分前に記念グッズを前日の会場に忘れてきたことが発覚、といったハプニングも・・・。

今回は、どんな出会いが待っているのか。新作「ブロードキャスト」は初の青春小説・部活モノです。学生の方はもちろん、かつて部活に燃えた方にも読んでいただきたい。ぜひ、本の話をしましょう。本以外の話もしましょう。お勧めスポットやおいしいものなども、教えてください。限られた時間となりますが、皆さんに楽しんでいただけることが、次へのエネルギーとなります！！

どうぞ、よろしくお願いいたします。

LINE スタンプあるよ

神奈川県とわたし

三浦半島にドライブに行ったり、横浜ロイヤルパークホテルでの友人の披露宴に出席したり、などありますが、直近では、2 年前に横浜スタジアムで行われたポルノグラフィティのライブに行ってきました。同郷・因島出身の2人が 3 万人のファンの歓声を受けているのを見て、自分も頑張ろうと思いました。神奈川県は「海」のイメージが強かったのですが、箱根の金時山（「山女日記」参照）も神奈川で、楽しいところだらけでうらやましいです。

茨城県とわたし

水戸芸術館で清川あさみさん（淡路島出身）の美女採集展をやっていた時に、トークイベントのゲストとして呼んでいただきました。一泊したかったけれど、翌日がクリスマスイブだったので、子どもと過ごせるように日帰りしました。そう日帰りです！　私の日帰り出張最遠地が水戸なのです。しかし、昼前には到着し、ランチを食べて、美女採集展をゆっくり見学することもできました。納豆と梅干をお土産に、水戸と淡路島は意外と近いのだなと、嬉しくなったのを思い出します。

マロンのおすすめ♥

今年の夏は、単行本、文庫本と、パパッと新刊を出しました。親から、「花火大会のフィナーレのような感じだけど、引退するのか？」と聞かれましたが、今のところその予定はありません。5 月刊行単行本「未来」、6 月刊行文庫本「ユートピア」、8 月刊行文庫本「ポイズンドーター・ホーリーマザー」、そして 8 月刊行単行本「ブロードキャスト」、それぞれ違ったおもしろさのある作品ですので、ぜひ、初秋のおともにしてください。まだまだ涼をお求めでしたら、1 月刊行文庫本「物語のおわり」もおすすめです。

それでは、今しばらく、お待ちくださいませ。

2018.9.7

神奈川県とわたし

三浦半島にドライブに行ったり、横浜ロイヤルパークホテルでの友人の披露宴に出席したり、などありますが、直近では、2年前に横浜スタジアムで行われたポルノグラフィティのライブに行ってきました。同郷・因島出身の2人が3万人のファンの歓声を受けているのを見て、自分も頑張ろうと思いました。神奈川県は「海」のイメージが強かったのですが、箱根の金時山（『山女日記』参照）も神奈川で、楽しいところだらけでうらやましいです。

2018.9.8

茨城県とわたし

水戸芸術館で清川あさみさん（淡路島出身）の美女採集展をやっていた時に、トークイベントのゲストとして呼んでいただきました。一泊したかったけれど、翌日がクリスマスイブだったので、子どもと過ごせるように日帰りしました。そう日帰りです！　私の日帰り出張最遠地が水戸なのです。しかし、昼前には到着し、ランチを食べて、美女採集展をゆっくり見学することもできました。納豆と梅干をお土産に、水戸と淡路島は意外と近いのだなと、嬉しくなったのを思い出します。

東京都・千葉県

湊かなえのアナログブログ

47 都道府県サイン会ツアー　東京都・千葉県 編

本日は、お越しいただきましてありがとうございます。サイン会は都市部でばかり開かれるけれど、本好きな人は全国各地にたくさんいるんだ！　と淡路島(兵庫県)在住の私は常々不満を抱いておりました。ならば、自分から会いに行こう、と出版社 10 社にお願いし、デビュー10 周年(2007年小説推理新人賞受賞)の年から 2 年かけて、47 都道府県サイン会ツアーを行うことになりました。おかげさまで 40 か所目を越えることができ、徐々にゴールが見えつつあります。各地で笑いあり、感動の涙あり。悪天候の影響で編集部の方々が到着できない、開始 15 分前に記念グッズを前日の会場に忘れてきたことが発覚、といったハプニングも･･･。

今回は、どんな出会いが待っているのか。新作「ブロードキャスト」は初の青春小説・部活モノです。学生の方はもちろん、かつて部活に燃えた方にも読んでいただきたい。ぜひ、本の話をしましょう。本以外の話もしましょう。お勧めスポットやおいしいものなども、教えてください。限られた時間となりますが、皆さんに楽しんでいただけることが、次へのエネルギーとなります！！

どうぞ、よろしくお願いいたします。

LINE スタンプあるよ

東京都とわたし

というより、調布とわたし。映画「告白」のロケ見学のために、調布にある撮影所に、双葉社の担当編集者(女性)と行きました。調布には彼女が好きな男性アイドルが住んでいるらしく、「ここを歩いたかも」と駅の階段や、「ここを触ったかも」と手すりなどの写真を撮りまくっていたことが、とても印象に残っています。あれから約 10 年、あの写真はどうなっているんだろう･･･。撮影は、黒板に「命」と書いた、教室での場面でした。松たか子さんのお肌がゆで卵みたいにつるつるでキレイでした。

千葉県とわたし

東京在住の友人と、犬吠埼を目指してドライブしたことがあります。途中で車を降りて、銚子電鉄にも乗りました。醤油の香りが漂う町で歩きながら食べたぬれ煎餅、とてもおいしかったです。生まれて初めて、サンマの刺身も漁港近くのお店でいただきました。あと、やはり、ディズニーランド。「「未来」を読んで、ディズニーランドに行きたくなりました」と、よく言っていただけるのですが、お近くにお住まいの方にとっては、どのような場所なのでしょう？　よかったら、教えてください。

マロンのおすすめ♥

今年の夏は、単行本、文庫本と、パパッと新刊を出しました。親から、「花火大会のフィナーレのような感じだけど、引退するのか？」と聞かれましたが、今のところその予定はありません。5 月刊行単行本「未来」、6月刊行文庫本「ユートピア」、8 月刊行文庫本「ポイズンドーター・ホーリーマザー」、そして 8 月刊行単行本「ブロードキャスト」、それぞれ違ったおもしろさのある作品ですので、ぜひ、初秋のおともにしてください。まだまだ涼をお求めでしたら、1 月刊行文庫本「物語のおわり」もおすすめです。

それでは、今しばらく、お待ちくださいませ。

2018.9.8

東京都とわたし

というより、調布とわたし。映画『告白』のロケ見学のために、調布にある撮影所に、双葉社の担当編集者（女性）と行きました。調布には彼女が好きな男性アイドルが住んでいるらしく、「ここを歩いたかも」と駅の階段や、「ここを触ったかも」と手すりなどの写真を撮りまくっていたことが、とても印象に残っています。あれから約10年、あの写真はどうなっているんだろう・・・。撮影は、黒板に「命」と書いた、教室での場面でした。松たか子さんのお肌がゆで卵みたいにつるつるでキレイでした。

2018.9.9

千葉県とわたし

東京在住の友人と、犬吠埼を目指してドライブしたことがあります。途中で車を降りて、銚子電鉄にも乗りました。醬油の香りが漂う町で歩きながら食べたぬれ煎餅、とてもおいしかったです。生まれて初めて、サンマの刺身も漁港近くのお店でいただきました。あと、やはり、ディズニーランド。「『未来』を読んで、ディズニーランドに行きたくなりました」と、よく言っていただけるのですが、お近くにお住まいの方にとっては、どのような場所なのでしょう？　よかったら、教えてください。

湊かなえのアナログブログ

47都道府県サイン会ツアー　鳥取県・島根県 編

本日は、お越しいただきましてありがとうございます。サイン会は都市部でばかり開かれるけれど、本好きな人は全国各地にたくさんいるんだ！　と淡路島（兵庫県）在住の私は常々不満を抱いておりました。ならば、自分から会いに行こう、と出版社10社にお願いし、デビュー10周年（2007年小説推理新人賞受賞）の年から2年かけて、47都道府県サイン会ツアーを行うことになりました。

天候不良もありましたが中止になることなく、どこも大盛況で、あとは故郷である中国地方でフィナーレ！……、というところで、ストップしてしまいました。この度の新刊「落日」の執筆に難航していたからです。サイン会を心配してくださる声も届き、中国地方の皆さんが待っているぞ！　と奮起して作品を完成させ、一年遅れでサイン会を再開することができました。本当にお待たせしました。

今回は、どんな出会いが待っているのか。ぜひ、本の話をしましょう。本以外の話もしましょう。お勧めスポットやおいしいものなども、教えてください。限られた時間となりますが、皆さんに楽しんでいただけることが、一番の喜びです！　どうぞ、よろしくお願いいたします。

LINEスタンプあるよ

鳥取県とわたし

3、4年に一度の間隔で、主に夏休みに、家族で車で訪れています。お目当ては、海鮮料理で、透明でコリコリの白イカや弾力あるプリプリのモサエビの刺身が恋しくなると、「そろそろ鳥取に行こうか」という話になります。境港の水木しげるロードも楽しかった！　大学時代のサイクリング同好会では、秋の白兎海岸や鳥取砂丘、大山などを訪れました。大山では、一人一つずつ石を持って登ったのですが、あの習慣はまだ続いているのでしょうか？　久々に登ってみたいと思っています。

島根県とわたし

大学時代の友人が島根県在住で、その友人の結婚式に招待された際に、人生初の出雲大社詣でをしました。静謐な空気に包まれただけで、ホテルのチャペルで式を挙げた私とは、結婚の重みが違うのだろうな、と感じました。まさに、神様に守られている土地だと思いました。それを出雲の方にお話しすると、淡路島もそうだと伊弉諾神宮について教えられ、親戚のようなものなのだなと、親近感を抱きました。なので、「遠い親戚の皆さん、こんにちは！」といった気分です。

マロンのおすすめ

私は小説推理新人賞という短編の賞でデビューしました。そのため、ぜひ短編集を読んでいただきたい。短編とは、テーマをいかに美しく見せるか、余分な文章を削りに削った、彫刻のような作品ではないかと思っています。「サファイア」（ハルキ文庫）、「望郷」（文春文庫）、「ポイズンドーター・ホーリーマザー」（光文社文庫）、どれも一つの美術館のようになっていますので、よろしくお願いします。

それでは、今しばらく、お待ちくださいませ。

2019.9.15

鳥取県とわたし

3、4年に一度の間隔で、主に夏休みに、家族で車で訪れています。お目当ては、海鮮料理で、透明でコリコリの白イカや弾力あるプリプリのモサエビの刺身が恋しくなると、「そろそろ鳥取に行こうか」という話になります。境港(さかいみなと)の水木(みずき)しげるロードも楽しかった！　大学時代のサイクリング同好会では、秋の白兎(はくと)海岸や鳥取砂丘、大山(だいせん)などを訪れました。大山では、一人一つずつ石を持って登ったのですが、あの習慣はまだ続いているのでしょうか？　久々に登ってみたいと思っています。

2019.9.16

島根県とわたし

大学時代の友人が島根県在住で、その友人の結婚式に招待された際に、人生初の出雲(いずも)大社詣でをしました。静謐(せいひつ)な空気に包まれただけで、ホテルのチャペルで式を挙げた私とは、結婚の重みが違うのだろうな、と感じました。まさに、神様に守られている土地だと思いました。それを出雲の方にお話しすると、淡路島もそうだと伊弉諾(いざなぎ)神宮について教えられ、親戚のようなものなのだなと、親近感を抱きました。なので、「遠い親戚の皆さん、こんにちは！」といった気分です。

湊かなえのアナログブログ

47都道府県サイン会ツアー　山口県・岡山県・広島県 編

本日は、お越しいただきましてありがとうございます。サイン会は都市部でばかり開かれるけれど、本好きな人は全国各地にたくさんいるんだ！ と淡路島(兵庫県)在住の私は常々不満を抱いておりました。ならば、自分から会いに行こう、と出版社10社にお願いし、デビュー10周年(2007年小説推理新人賞受賞)の年から2年かけて、47都道府県サイン会ツアーを行うことになりました。

天候不良もありましたが中止になることなく、どこも大盛況で、あとは故郷である中国地方でフィナーレ！・・・、というところで、ストップしてしまいました。この度の新刊「落日」の執筆に難航していたからです。サイン会を心配してくださる声も届き、中国地方の皆さんが待っているぞ！ と奮起して作品を完成させ、一年遅れでサイン会を再開することができました。本当にお待たせしました。

いよいよ、あと3県です。ぜひ、本の話をしましょう。本以外の話もしましょう。お勧めスポットやおいしいものなども、教えてください。限られた時間となりますが、皆さんに楽しんでいただけることが、この企画の一番の成功です！ どうぞ、よろしくお願いいたします。

LINEスタンプあるよ

山口県とわたし

小学校の修学旅行が山口県でした。関門海峡、湯田温泉、秋吉台、秋芳洞、サファリランド・・・、旅行に憧れながらも、なかなか叶わなかった子ども時代の貴重な経験、どこも、明確に思い出すことができます。あと、幼馴染が一時期、岩国に住んでいて、年末になるとレンコンを送ってくれ、それでおせち料理の煮しめを作っていました。あれは美味しかったな、と毎年恋しくなっています。

岡山県とわたし

大学時代の友人と数年に一度の間隔で同窓会をしています。岡山出身者が多く(サイン会にも来てくれる予定)、岡山に集合した年があります。天気のいい後楽園で、たくさんおしゃべりをして、本当に楽しかった。あと、先日、羽田空港で見つけた「岡山県総社市自動販売機」が妙に気になっています。カレーが名物なのでしょうか？ 求む、情報！ です。

広島県とわたし

因島で過ごした年数を、淡路島で過ごした年数が追い越してしまいました。それでも、故郷は？ と聞かれると、因島だと即答します。そういう場所です。

マロンのおすすめ

私は小説推理新人賞という短編の賞でデビューしました。そのため、ぜひ短編集を読んでいただきたい。短編とは、テーマをいかに美しく見せるか、余分な文章を削りに削った、彫刻のような作品ではないかと思っています。「サファイア」(ハルキ文庫)、「望郷」(文春文庫)、「ポイズンドーター・ホーリーマザー」(光文社文庫)、どれも一つの美術館のようになっていますので、よろしくお願いします。

それでは、今しばらく、お待ちくださいませ。

2019.9.21

山口県とわたし

小学校の修学旅行が山口県でした。関門海峡、湯田(ゆだ)温泉、秋吉台(あきよしだい)、秋芳洞(あきよしどう)、サファリランド・・・、旅行に憧れながらも、なかなか叶わなかった子ども時代の貴重な経験、どこも、明確に思い出すことができます。あと、幼馴染が一時期、岩国(いわくに)に住んでいて、年末になるとレンコンを送ってくれ、それでおせち料理の煮しめを作っていました。あれは美味しかったな、と毎年恋しくなっています。

2019.9.22

岡山県とわたし

大学時代の友人と数年に一度の間隔で同窓会をしています。岡山出身者が多く（サイン会にも来てくれる予定）、岡山に集合した年があります。天気のいい後楽園で、たくさんおしゃべりをして、本当に楽しかった。あと、先日、羽田空港で見つけた「岡山県総社(そうじゃ)市自動販売機」が妙に気になっています。カレーが名物なのでしょうか？　求む、情報！　です。

2019.9.23

広島県とわたし

因島で過ごした年数を、淡路島で過ごした年数が追い越してしまいました。それでも、故郷は？　と聞かれると、因島だと即答します。そういう場所です。

高校生のための小説甲子園

若い人に小説を書いて欲しい。
湊さんのそんな想いから始まったこの新人賞。
湊さんには、二〇二〇年の第一回から第三回までの選考委員として、
またワークショップの講師として、
発案から実行までのすべての工程にかかわっていただきました。
未来の小説家に託す想いやワークショップの成果など、
選考の様子をレポートします。（編集部）

始まりは二〇一九年、淡路島。それは、「若い人に小説を書いて欲しいから、若い世代に限定した新人賞があってもいいのでは」という湊さんの一言でした。「では、高校生限定で作品を募るのはどうだろうか」「高校生だから甲子園だね」「甲子園だったら全国の都道府県別に競うのも面白そうだね」と、方針やネーミングまでがその場で次々と決まっていきました。そうして始まった「高校生のための小説甲子園」、第一回の開催は二〇二〇年でした。

全国の高校生なら誰でも応募ができ、小説のジャンルも不問。全国を七ブロックに分け予選通過者はそれぞれのブロック代表として本選にのぞみます。当初予定していた本選は、最終選考に残った方々が集英社でワークショップを受け、最後に全員が同じテーマで短編小説を書いて優勝者を決めるというものでしたが、コロナ禍の影響を受け第一回本選は中止を余儀なくされました。初回は、本選なしで、予選通過作品の評価で優勝者を選びました。

本選中止は残念でしたが、それでも、応募作品の完成度の高さや高校生たちの熱い思いに、湊さんはじめスタッフ皆驚いたのを覚えています。第一回の湊さんの総評を一部抜粋します。

総評

最終選考に残った8作品を読み、それぞれの作品の完成度の高さに驚きました。文章がきちんと書けているというだけでなく、きちんと物語ができているのです。また、内容も、青春小説をはじめ、ファンタジー、SF、歴史、童話、文学と様々で、舞台も、現代はもちろん、中世ヨーロッパから近未来まで多岐にわたり、高校生の想像力の豊かさや物語の可能性を突きつけられ、幸せな読書の時間となりました。

本来なら、最終選考に残った方々に集英社に集まっていただき、そこでワークショップを開いて、最後に全員が同じテーマで新しい話を書き、優勝者を決めるという流れになっていました。これほどの個性派ぞろいなら、皆で刺激し合い、この先の執筆につながる大切なものをたくさん得て帰ってもらえたはずなのにと、惜しい気持ちでいっぱいです。

優勝かそうでないか。結果はほんのわずかな差です。それぞれの作品に対して、対面で伝えたかったことを、なるべく作者以外の方にも通じるように書きますので、どうか、この大会に挑んだ仲間同士、他の方の作品へのアドバイスも自分のこととして受けとめ、次の作品への糧としてください。

力いっぱいのチャレンジ、ありがとうございました。

予選通過作品での選考の結果、第一回優勝者に選ばれたのは関東（東京以外）ブロック代表志河紫月（しがしづき）さん（春日部共栄高等学校二年、二〇二〇年当時）でした。作品タイトルは『常夜（とこよ）の国に近い場所』。湊さんの選評を紹介します。

選評

半世紀ほど前のヨーロッパを舞台とした、主人公の「俺」と、身寄りのない遺体を先祖から受け継いできた私有地の墓で弔う「納棺師」の父親が、「おくり車」に乗って墓地に向かうところから、物語が始まります。

車を運転する父親の片手にある葉巻の煙から、辺り一面を覆う濃霧の景色に視界が広がっていくところが、限られた枚数の冒頭で、物語の幻想的な世界に読み手をいざなうことに成功しているので、一行目の「そこは深い迷霧の中だった。」はカットし、車がガタゴト走る場面から始まった方がよりよくなると思います。

この作品を一番評価した点は、ジャンルはミステリーではないものの、一〇代から二〇代前半とおぼしき息子と二人きりの車内で、おまえが昔書いた日記を読んだ、と話し出した父親に対する、そんなこと打ち明ける？　という違和感や、桜の花が舞う様子のこまかい描写など、伏線や小物がさりげなく配置され、最後に大きな驚きと感動に繋がるところです。

遺体を丁寧に清め、墓地内にある不思議な池に映る、死者の副葬品が見せる在りし日の姿を見届けて埋葬する父親の姿を見て、納棺師を継ぎたくない息子が父親を見直すというエピソードだけでも、充分に物語として成立するのに、さらに深いベースの上で繰り広げられていたとは。最後まで読んで、改めて冒頭から読み直しても、足りなかったり盛り過ぎだったりすることなく、それがきちんと成立する書き方ができています。

惜しい点としては、埋葬される少女のエピソードをもう少し丁寧に描いてほしかった。自分を裏切って逃げた少年に、なぜ宝石の話をした？　少年は宝石を手放した少女をなぜ撃った？　撃たれた後に、最後の力をふりしぼって川に投げ捨てた方がよかったのでは？　大切な傘は少女が倒れた時、どのような状態にあった

第一回優勝者志河紫月さんと湊かなえさん（写真／冨永智子）

かの描写がなぜない？　など、父と息子のエピソードに比べて、少女のエピソードが浅く感じられた分、ここがメインではないなとわかり、最後の驚きに想像が及んでしまいました。とはいえ、驚きと感動だけでなく、「生きること」「死ぬこと」の捉え方、人生における「幸せ」の受け止め方というメッセージが強く伝わってくる、多くの人に読んでもらいたい作品だと自信を持って言い切ることができます。おめでとうございます。

本選は中止になりましたが、後日、優勝者の志河紫月さんには集英社に来ていただき、湊さんと対談&写真撮影を行いました。

対談の様子や受賞作はこちら→https://lp.shueisha.co.jp/koushien/result01.html

二〇二一年には第二回が開催。前年に引き続き力作揃い。ただ、残念なことにこの年もコロナが猛威をふるい、予定していた本選は叶いませんでした。それでも「小説家を志す高校生たちが交流できる場を作りたい」という湊さんの希望もあり、全国をオンラインでつなぎ、リモートのワークショップを開催することに。

予選通過者には湊さんから事前に課題が出されていました。

【課題】

1　あなたは（①パン・②ラーメン・③アイスクリーム／①〜③の中から1つ選ぶ）店をオープンします。多くのお客様にご来店いただける店を目指します。一押し商品は何ですか？
その商品のアピールを100字程度でしてください。

2　読者に「おもしろい！」と思わせるワードを考えてください。
Ａ（　　）から急に聞かれてドキッとすること。
「ねえ、（　　）ってどう思う？」
Ｂ（　　）部の顧問が「はーい、ちゅうもーく！」と言いながら、
私たちに見せたものは（　　）だった。
Ｃ　舞踏会の会場に置いてきた物が（　　）だったならば、
「シンデレラ」はもっと印象深い話になっただろう。

3　以下の10ワードから3つ選んで、新作のあらすじを200字程度で書いてください。

都市伝説　鳩　おにぎり　オーロラ　穴　サンゴ礁　富士山
ニューヨーク　スニーカー　選挙

当日は、課題を発表してもらいながら湊さんから直々にアドバイスをもらった予選通過者たち。リモートではありませんでしたが、小説を書きたい！　と思っている全国の仲間たちと交流でき、非常に有意義な時間になったのではないでしょうか。

第二回も、予選通過作品の中から優秀賞『零落』が選ばれました。著者は東京ブロック代表哀川（あいかわ）さん（東京都立片倉高等学校三年、二〇二一年当時）。

第二回の総評と優秀賞の選評を紹介します。

総評

昨年より応募総数が増えたことをたいへん嬉しく思います。小説を書くことに挑戦しようと決意し、原稿用紙約三〇枚の物語を書きって、応募するのは、簡単なことではありません。それを成し遂げたことに、誇りを持ってください。まずは、お疲れ様でした。そして、ありがとうございました。

今年はオンラインでワークショップが開催できることになったので、最終候補作をもらう前から、どのような課題がよいか考えていました。効果的な比喩の練習。喜怒哀楽の感情を「嬉しい」「悲しい」などと直接的な書き方をせずに表現する方法。しかし、応募作を読んでみると、そのような練習はまったく必要ないと、考えを改めました。

全作品、文章はとても上手です。物語に立体感を与える比喩もありましたし、きらきらとした色彩が浮かび上がってくるような描写も見られました。疾走感あふれる文章や、頭の中のカメラワークを見事に再現できている文章、流暢(りゅうちょう)な口語体。高校生がここまでできるのかと、感心しどおし、まったくストレスなく読み終えることができました。

ただ、それだけなのです。あえて厳しい言い方をさせてもらうと、今年の応募作の印象は「文章はうまいけれど、個性がない」です。バラエティに富んだ昨年の最終候補作とうってかわり、今年は青春小説や日常を切り取った現代小説が多かったからではありません。優秀賞の作品は、昭和二〇年代の設定ですが、だから選ばれたのではありません。「なるほど、そういうことか」と最後に唸(うな)らされる場面があったからです。

とはいえ、ここまで書ける方たちが、「個性」という武器を手に入れたら、逆に、怖いもの知らずです。ワークショップでは「武器の手に入れ方」の手伝いができることを目標に、課題を作りました。オンラインではあるけれど、最終候補に残った小説仲間同士が刺激を受け合い、そこで得た武器で、まずは私が倒されることを、心より期待しております。

昭和二〇年代を舞台にした、売れない画家の主人公と、人気小説家の男性の、友情を描いた物語です。時代設定だけでなく、文体も昭和の文学を感じさせるもので、作者はこの時代が描かれた作品が好きで、自分も挑戦しようと思ったのかな、などと感じながら読み始めました。

友人から「重篤な病」という手紙が届き、あわてて病院に駆けつける主人公。しかし、友人はケロッとした様子。実は、ケガをしただけなのだ、と。主人公は友人から、とある景色を「撮(うつ)してきてくれ」と頼まれます。しかし、主人公はカメラを持っていないし、そんな高価な物を買うお金も持っていない。とはいえ、主人公の画風は「写実画」。そこで主人公は……。

才能があるのに殻を破りきることができない人に、段階的にミッションを課して、その才能を花咲かせる。この設定はまったくめずらしいものではありません。だからこそ、見せ方が重要で、それが「個性」となります。時代設定、誰が誰にという関係性、才能の種類、ミッションの方法。

画家と小説家の関係性を表す、常に小説家が主導権を握っている会話。その中に、さりげなく「夏は夜船、冬は北窓」という言葉が入ります。朴訥(ぼくとつ)な主人公を博識な友人がからかっているような場面ですが、最後に、これは主人公に海外渡航を目指すことを促す伏線だったことがわかります。

　なるほどそういうことか！　と手を打ちました。だからこの時代だったのか、とも。時代を決めたのが先だったのか、伏線を考えて、カメラの入手や海外渡航の難しい時代を選んだのか。どちらが先でも読者には関係ありません。ありがちな設定を、自分の物語に作り上げたことに拍手です。

「主軸となる水流は灰を中心に——」といった絵の描写をしているところ、油絵の具のにおいにふれているところもよかったです。

　表現の仕方がぎこちない部分もややありましたが、手を打った途端に忘れました（笑）。今後のご活躍を期待しています。おめでとうございます。

第二回優秀賞の哀川さんと湊かなえさん

受賞作はこちら→ https://lp.shueisha.co.jp/koushien/result02.html

湊さんが選考委員を務める最後の年となる二〇二二年第三回。コロナ禍も少し落ち着いてきた一〇月、いよいよ念願の本選開催となりました。北は北海道から南は沖縄まで予選を勝ち残った全国のブロック代表者が東京にある集英社に集合。

事前に湊さんから出された課題に取り組み意見交換するなど、活発なディスカッションが行われました。各課題には湊さんから丁寧な解説があり、湊さんが教えてくれるという、とっておきな小説講座に、参加者の目は真剣そのものでした。

課題のいくつかを紹介します。

湊さんの解説を熱心に聞くブロック代表者たち

【課題】

1　あなたは「りんご売り」です。目の前にいる客に、それぞれの「りんご」を購入させる「売り文句」を考えてください。
　Ａ　ひと口食べると死に至る「毒りんご」
　Ｂ　食べた相手が最初に見た人を好きになる「惚れりんご」
　Ｃ　甘くみずみずしい「りんご」

2　ブロック代表作品それぞれの「印象に残った一文」を抜き出してください。
（自分の作品は除く）

　また、湊さんからお題を与えられその場で作品も書きました。お題は「財布」。八〇〇字を約一時間で書き上げます。タイトルもつけて無記名とし、全員で読み合い、よいと思った自作以外の作品に投票して、参加者皆で選抜。さすが予選突破したブロック代表者だけあって、一時間で書き上げたとは思えない秀作がそろいました。
　湊さんからも、「本当に完成度の高いもので、一発勝負で、一時間でこれだけ書けるのはレベルが高いです。デビューしたら即戦力になると思います」と激励の言葉をもらいます。

ワークショップの最後は結果発表と表彰です。まずは一時間で書き上げた「財布」の作品。選ばれたのは、「不器用な財布」を書いた中国・四国ブロック代表の高橋みゆうさん（ノートルダム清心　中・高等学校二年、二〇二二年当時）。特別賞の賞状と記念品が授与されました。

高橋みゆうさんのコメント
「このような賞をもらってとても嬉しいです。皆さんの作品もとても面白くて、すごいと思いました。ありがとうございます」

そしていよいよ第三回高校生のための小説甲子園優秀賞の発表です。選ばれたのは、東海・北信越ブロック代表の展上茜（てんじょうあかね）さん（金沢大学人間社会学域学校教育学類附属高等学校二年、二〇二二年当時）でした。作品は『まどろみの星』。

総評と選評を紹介します。

総評

優秀賞の作品を伝えなければならない締切日を過ぎても、決めることができませんでした。今回のブロック代表作品は、どれが受賞してもおかしくない、すべてが高水準に達していました。一般の小説新人賞の最終選考に残った作品と比べても、まったく劣るものではなく、むしろ、こちらの方がおもしろかった。

作品の優劣が本当に僅差だったため、私が読んだ時間や疲労度が評価に影響していてはいけないと、時をかえ、場所をかえ、何度も読み返しました。どうしても一作品選ばなければならないのなら、小説というもののどの要素を重視するのか。文章力か、全体の完成度か、テーマ性の豊かさか、心理描写のうまさか、構成力の高さか、驚きか、感動か……。すべてが一番という作品はなく、それぞれの作品に何かしらの一番が該当する状態だったので、その選択にも迷いが生じます。

結果、「私の心に一番刺さった作品」を選ぶことに決めました。選考委員は一人。全員平等に与えられた条件のもと、ならばその人に刺さる作品を書けばいい。来年以降、そのような傾向と対策が練られることになるかもしれませんが、小説の場合、的を狙って書いたものは大概当たりません。自分の描きたい世界に真剣に挑んだ結果、その矢が刺さったのが偶然、選考委員だったというだけです。今回、優秀賞に選ばれなかった作品も、すべてが誰かの胸に刺さっていますので、どうか皆さん、自信を持ってください。

ブロック代表に選ばれたすべての作品に、他の作品よりも抜きんでた長所があります。それが、今後、小説を書いていく際の自分の武器になることを知ってください。武器の特性を知れば、それをもっとうまく利用することができるはずです。個別の講評で惜しかった点も書きますが、それを短所と受け取らないで、まだ気付くことのできなかった伸び代だと解釈してほしい。そして、できるならこの先も新しい作品に挑み、出版業界を照らす希望の星となってください。期待しています。

選評

神視点で描く、人類がいなくなった広い視野での世界。限られた情報と少しの学習機能しか持たない、コードにつながれた狭い世界を生きる、人造人間「彼」の視点。その二つが混ざりあった描写をするのは、難度が高く至難の業ですが、うまく書くことができています。ただ、書き分けることを意識しすぎると、文章の継ぎ目に角のようなものが現れ、なめらかに読み進めるのを阻んでしまう。そういった箇所がいくつか見られます。

人類がいなくなったあと、「この星は清々したのか、腹を抱えて笑うように、一度大きく地面を揺らした」という一文があるため（好きです、ここ）、地震などの大きな自然災害が起こり、街だった場所が荒廃したことは想像できるのですが、人類以外の動植物がどうなったのかということまではわかりません。枚数の限られた短編小説では、いさぎよく物語に関係しない事柄には触れない方が、テーマを伝えやすく、物語もきれいにまとまりやすいので、それでよいのかな、と思いながら読んでいましたが、後半、「彼」が詩を読む場面が出てきます。そこに「花も木も鳥も」とあるので、やはり、前半にそれに関する一文がほしかった、もしくは、詩の場面においてもこれらについては省き、人間の感情に焦点を当ててほしかった、と思いました。

では、この作品のどこが一番よかったのか。それは、作者が「他者に向ける言葉」と精一杯向き合っていることが伝わってくる点です。一日の終わりに「お疲れさん」と声をかけてくれた相手に何と返すのがベストなのか。作者の提示した「では、おやすみなさい」や「よい一日となりそうです」は、センスがキラリと光る、といった特別なものではありません。しかし、現代の世の中は私を含め、人は当たり前の言葉で癒される、ということを忘れてしまいがちで

第三回優秀賞の展上茜さん

す。ささやかな言葉が心に火を灯してくれることを、この作品を通じて多くの人に思い出してもらいたい。そんなふうに私に思わせたことが、決定打となりました。
おめでとうございます。

この回をもって任期を終える湊さんを囲んで記念撮影。連絡先の交換をして、新しい仲間ができた喜びを噛み締めつつ、第三回の本選は終了しました。

本選の様子や受賞作はこちら→ https://lp.shueisha.co.jp/koushien/result03.html

全三回の選考を終えた湊さんのコメント

若い人に小説を書いて欲しいという思いから始まった「高校生のための小説甲子園」も今回で三回目を迎えました。まずは、小説を書くことに挑んでくれた高校生に感謝します。彼らの柔軟さや瞬発力、吸収しようという貪欲さを目の当たりにして、私も刺激を受けました。応募作品の完成度も思った以上に高く、回を重ねるごとにレベルが上がっていくのを見ながら、「高校生をみくびっていたかも」と反省したほどです。ブロック代表者が集まった本選ワークショップでも、仲間と競い合いみるみるレベルを上げていく彼らの姿に感動しました。

ワークショップというのは、この賞の一番の特徴だと思います。応募作品から優秀賞を選んで終わりではなく、同じ志を持つ人たちが集まり勉強会をして、さらに一段上に行くための場でもあります。小説を書いてみたいと思っている人は、ぜひ挑戦してください。

私が選考委員を務めるのは今年が最後ですが、若い人たちが成長する姿を見られたことは私にとっても非常に貴重な経験でした。本当にありがとうございました。

北海道・東北ブロック『驟雨祭』阿部狐（北海道札幌月寒高等学校三年）
東京ブロック『月行鯨』そらのくじら（香蘭女学校　高等科二年）
関東（東京以外）ブロック『雪合戦をしようよ』藤原 和真（茨城県立竹園高等学校一年）
東海・北信越ブロック『まどろみの星』展上 茜（金沢大学人間社会学域学校教育学類附属高等学校二年）
近畿ブロック『後ろ髪引き世の収集家』坂上 心純（兵庫県立宝塚西高等学校二年）
中国・四国ブロック『メルヘンケーキ』高橋 みゆう（ノートルダム清心　中・高等学校二年）
九州・沖縄ブロック『冬の晴れ空』瀬良垣 星（沖縄県立球陽高等学校三年）

高校生に課題を与えるワークショップのなかで、「出版社からテーマや枚数などの提案を受けて小説を書く」ことも作家の仕事になります、と話された湊さん。その実例として挙げられたのが、ＫＡＤＯＫＡＷＡの小説誌「野生時代」からの執筆依頼でした。

それは、「10」にまつわる物語を書いてください、というもの。湊さんはこのお題に一体どのように応えられたのでしょうか。

タイトルは「一夜十起（いちやじっき）」。それではお楽しみください。

小説

一夜十起（いちやじっき）

小説 野生時代vol.122（2013年12月発売）付録

読切文庫「10」にまつわる物語 収録

0

日付が変わらぬうちに床に就いたのは、いつ以来だろう。

三〇代半ばで小説家デビューして五年、執筆の開始時間は午後一一時だが、徹夜ができる体力はなくなった。遅くとも午前四時には寝室に入り、家族の起きる七時に起床する。その後、朝寝をしたりしなかったり。体調を崩したことなど一度もなかったのに、ひと月ほど前から三日に一度、夕食後に嘔吐（おうと）するようになった。

半日掛かりで医者に診てもらったところ、胃や腸に異常はなく、ストレスが原因ではないかと言われた。とにかく安静に過ごすように、とアドバイスを受けたものの、「安静に」と私の生活スタイルは水と油のごとく相性が悪い。とはいえ、過労で死んだところで出版社から労災が下りるわけではないので、夜型の生活を昼型に変えることから始めてみた。

それでも、寝るのは毎夜、深夜零時をまわってからだ。

しかし、今日は違う。明日の正午が締切の原稿を夕方には片付け、風呂上がりに温かいカモミールティーを飲み、午後一〇時には布団に潜ることができているのだ。家族は階下の居間でテレビを見ているはずだ。木曜ワイド劇場の「葬儀屋まき子の事件簿シリーズ」は気になるところだが、眠りに勝るほどではない。

ああ、暗闇とはこんなにも心地よいものだっただろうか――。

1

「――さん」

部屋の中から声が聞こえる。茶菓子の場所がわからないと、家族の誰かが起こしにきたのだろうか。

「ミサトさんっ」

家族はこの名前では呼ばない。無意識のうちに枕元に置いている携帯電話の着信をとってしまったか。しかし、両手は腹の上で組んだままだ。かといって、声の主は幽霊ではないはずだ。私はそういう体質ではない。おそらくこれは夢ではないか。そう認識したまま、薄く目をあけて声のする方を見た。

足元の辺りに人の気配はあるが、暗くて姿は見えない。声は少し低めの女のものだ。

「真由里(まゆり)です」

そんな名前の知り合いはいない。

「どなたか存じ上げませんが、疲れているので」

頭の上まで掛け布団をかぶり、目を閉じた。

「大事な用があるんです。起きてくださいよ。ほらっ」

足の裏をくすぐられ、いい加減にして！　と上半身を起こし、マユリと名乗る女と向き合うかたちで座り直す。目も慣れてきた。腰や太ももにたるんだ肉がついている中年のおばさんのシルエットだ。昔からぽっちゃり体型だったのではなく、そこそこ痩せていた人が、加齢や日常の動作の影響で体が歪み、そこに贅肉がたまり込んで太ってしまった。そんなバランスの悪い肉の付き方だ。

「ちょっと、あんたが私を生み出したんでしょう」

不機嫌な口調でそう言われ、ようやく理解することができた。彼女は新藤真由里、夕方に書き上げた短編「私を殺した夜」の主人公だ。自分の作品の登場人物が枕元に立つのはよくあることではないが、初めてでもない。とはいえ、久しぶりだ。

「主人公さまが何のご用でしょう」

嫌味を込めて言ってやる。自分が作った人物の、すべての思考を把握できているわけではない。私の思惑とは無関係に動き出す人たちは多々いる。しかし、真由里はそういうタイプではなかったはずだが。

「何の、ですって？　あんた、あれで作品を完成させたつもり？」

「悪くないとは思うけど」

「かーっ、よくそんなことが言えるわね。この冒頭は何よ？　ここっ」

真由里は原稿をプリントアウトしたものを私に差し出した。ご丁寧にナイトテーブルの電気スタンドで手元を照らしてくれる。

『まっすぐ伸びた背筋と垂直方向に、刃はなめらかに吸い込まれていった。人間の肉とはスーパーの特売で買った牛肉よりも柔らかいものだったのか。いや、そうではない。ヌクヌクと何の苦労もなく自由に過ごしてきた人間の肉が柔らかいのだ。しかし、それもただの肉。何がおかしいのか笑いが込み上げ、やがてそれは涙へと変わっていった――』

物語はこの後一行あけて、『駐車場にいつもの軽トラックが停まっている』から始まる本文へと繋がる。真由里が月に一度、公民館の駐車場にやってくる刃物屋で、職人のオーラが漂う高齢の研ぎ師に、嫁入り道具の包丁を研いでもらっている場面だ。

「これのどこが？」

訊ねると、真由里はあきれたと言わんばかりに大きくため息をついた。

「あんた、インタビューでしょっちゅう言ってたわよね。映像では表現できないことを小説でやりたい、って。なのにこの冒頭は、開始一五分までに事件を見せておけ、っていう二時間サスペンスのセオリーそのまんまの書き方じゃない」

「でも、包丁繋がりで事件前の日常に入っていけるんだから、つかみとしてはいいんじゃない？　今月はどんなご馳走を作ったんだい？　って研ぎ師のおじさんと会話するところで、毎日手を抜かずに料理を作っていることを表現できてると思うし」

「だから、いきなり殺人事件が起こる冒頭がいらないの。たった六〇枚の短編を読者に最後まで読ませる自信がないから、こんな演出をしているんでしょう？　まさか、そうしていることにも気付いてなかったとか。つかみが必要なら、時系列通り始めて本文の一文目で勝負しなさい」

　真由里にバンと背中を叩かれ……、目が覚めた。仕方がない。書き直してやるか。寝室を出て、隣の仕事部屋に入った。電気のスイッチに手をかけたが、パソコンを起動させるだけにする。暗闇に四角い画面が小さく震えるように浮かびあがった。

　平面に並んだ文字が、色や空気を伴い立体となって頭の中で浮き上がる。私にとって、出だしの一文とはそういうものではなかったか、納得できるものが書けるまで、半日近くパソコンの前に座っていたことなど、子どもの頃よりも遠い記憶のように感じる。

『刃物は使い手の魂を映し出す――、真由里が結婚して以来、月に一度欠かさず顔を合わせる研ぎ師の口癖だった』

2

「ちょっと、ちょっと」

肩を揺さぶられて目をあけた。また、真由里だ。

「ちゃんと冒頭を削除して、一文目を書き直したじゃない」

真由里に背を向けるように寝返りを打った。

「はっ、言われたところだけなんて。子どもの宿題じゃあるまいし」

やれやれ、ともう一度寝返りを打ち、真由里を見上げる。

「次はどこ？」

「私の日常だけど。認知症で寝たきりのお義母(かあ)さんから、無意識かわざとかわからない罵りを受けながらも、一人で介護をしているのに、浩志(ひろし)さんからは手伝いどころかねぎらいの言葉もないのよね。おまけに芹香(せりか)からは、おしっこ臭い、って言われて消臭剤をかけられてしまう始末。しかも、トイレ用の。悲惨よねえ……」

浩志は真由里の夫、芹香は中二の長女だ。

「その設定が気に入らないの？」

「主人公に苦労はつきものだから、これは受け入れる。でも、わからないことがあるの。

お義母さんと浩志さんは私が出会った段階ですでに人格が形成されてるから、そういう人たちに文句を言っても仕方がないとは思っているの。あんたも書いているでしょう」

真由里が原稿をめくって差し出した。赤線まで引いてある。

『結果の伴わない言葉は口にするだけ無駄。真由里が結婚後、最初に学んだことだ』

意味の通らないことを書いているとは思わない。

「でもね、どうして、私、娘にも何も言えないの？　反抗期だからある程度の言動は受け止めなきゃいけないのだろうけど、行き過ぎたことに対しては、母親として、ビシッと言ってやってもいいんじゃないの？」

「それは……」

しばし考える。そうできない理由は書いたはずだ。

「真由里は厳しく育てられたの。ほら、ここ。だから、かっとして口から飛び出そうになった言葉が、昔、自分が母親から言われたのと重なって、飲み込んでしまうんだよ。同時に、委縮してひたすら黙り込むことしかできなかった自分の姿を思い出して、娘にはそんなふうになってほしくないって、親心の方が強く働いてしまうの」

「じゃあ、それを補足しなさいよ。まったく、行間を読むとかの範疇(はんちゅう)じゃないでしょ。ただし、三行以内でね」

「はいはい、了解しました」

転がるようにベッドから降りる。素足の裏にひんやりとした床の感触が広がり、今は夢の中ではないのだと実感する。真由里の姿もない。

『喉元まで込み上げてきた言葉を飲み込んだ。自分は今、母と同じ顔をしているに違いない。一番、恐れていたもの。激昂（げきこう）からは何も生まれない。失われるものばかりだ。ほがらかさ、おおらかさ、無邪気さ。それらを、娘から奪い取りたくない』

3

「おやすみなさい、って言いたいところだけど、まだよ」

ウトウトしかけたところで、真由里に掛け布団をめくられた。

「気に入らない？」

「まあまあ、合格ね。この後、自分が失った性質を持ち合わせた双子の妹、由香里（ゆかり）が登場したときに、対比がよりはっきりできていいんじゃない」

「じゃあ、なんで起こしたの？」

「それ、虚しくなるから訊（き）かないで」

顔ははっきり見えないが、声の抑揚からかなりがっかりしている様子が窺（うかが）える。

「自分で気付けなくて、すみませんね。で、次のご不満は？」

「その訊き方が不満ってことは置いといて……。私と由香里は双子で同じ親に育てられたのに、性格がまったく違うのよね。マジメな私と、要領のいい由香里。あんた、それを具体的なエピソードで表さずに、長女と次女っていう、世間の記号的なイメージだけで終わらせているじゃない」

「だって、たとえ双子でも、私の周りはそういう姉妹ばっかりだったし、いちいち補足する方が鬱陶しくない？」

「あんたの常識が世間一般の常識じゃないの。少子化で一人っ子だって増えているんだから。それに、これはA子さんとB子さんっていう記号の姉妹の物語じゃないでしょう。鬱陶しいって言うなら、私と由香里がどんな姉妹か、一文だけで補足してみなさいよ」

欠点を指摘するだけでなく、三行だの一文だのと細かい指定まで入れてくる。多分、真由里は子どもの頃から月に一、二冊のペースで本を読んでいたのだろう。そして、中学も半ばを過ぎた辺りから趣味は「読書」と答えるようになる。国語の成績だけは良く、自分の文章力と読解力にそこそこというか、かなり自信を持っている。そんなタイプだ。

「介護で忙しくなけりゃ、図書館で借りてきた本の感想をアマゾンに書き込んでたんだろうね、きっと。人物の掘り下げが足りないから、星一つ、なんて……」

「何か言った？」

「いや、別に」

これ以上文句を言われないうちに、現実では掛かっているはずの掛け布団をめくり、さっさと起きる。

『風邪をひいて寝込んだ母親のために真由里が作ったおかゆを、当たり前のように運んでいくのが由香里だった』

4

「はい、お疲れ様。また、起きてね」

目は閉じていたものの、真由里に起こされるのではないかという予感はあった。

「まとめて言えばいいのに」

「あなたの直し方にもよるからね。まあ、性格に違いはあるとしても、私と由香里は一卵性で、スタイルがよくて美人の姉妹だったのよね」

「そうよ。浩志が一目ぼれして真由里が勤務するファミレスに通い続けていた、っていうエピソードは丁寧に書いているでしょ」

「そんなにきれいだったのに、結婚後、ぶくぶく太ってしまったわけね。娘にもまた酷いこと言わせちゃって。デブは遺伝するって思われたくないから参観日に来るな、なんて。公共サービスを全く利用せずに、お義母さんを一人で風呂に入れて、着替えさせて、下の世話をして。体力仕事を続けてきたせいで、体のラインが歪みきった過程はこれでもかってほど書いてあるけど、顔はどうなの」

体を起こして、真由里に近寄ってみたが、やはり顔ははっきり見えない。

「この作品だけじゃなく、顔の描写は細かくしないことにしているの」

「知ってる。読者に委ねる部分なのよね。だから、あなたは登場人物の誰にも俳優や知り合いの顔を重ねて書かない。でもね、そういうことが言いたいんじゃないの。私の容姿の衰えは当然、体だけじゃなく、顔にも出ているんでしょ」

改めて、真由里の姿を足元から見上げていった。縦にも横にも伸びるデニムのレギンスがふくらはぎと太ももの箇所でパンパンに張っている。丈が長めのグレーのトレーナーがお尻の下まで覆ってはいるが、服の上からも贅肉で盛り上がった四肢や下腹を確認することができる。「GANG☆STAR」などとロゴの入った服なんか買ってしまったのは、スーパーのバーゲンで五〇〇円で売られていたからだ。ローテーション上位の服だということを伸びた首回りのゴムが証明している。そして……、首にはくっきりと一本刻み込まれた深い皺、その上に二重あご。

「増えたものより、刻み込まれたものの方が切ないね。ちょっと書き足してくる」

ベッドから降り、仕事部屋に向かった。もしや夢の続きならとんだ骨折り損だ、と左腕の内側を思いきりつねってみた。痛い。それよりも、でこぼこに盛り上がった脂肪に虚しくなる。つねった箇所は自分が思うよりも長い間、赤く腫れたままなのだろう。

『洗顔クリームの容器に三九八円の値札シールを貼りっぱなしにしていたのは、結婚前から愛用していた五〇〇〇円の洗顔クリームを非難してきた夫への当てつけではない。顔の手入れなど歯磨きと同様の流れ作業だ。シールを剝がしながらふと、鏡に映る自分の顔をゆっくり眺めた覚えすらしばらくなかったことに、真由里は気付いた』

5

「あのぉ、ミサトさん」

真由里が遠慮がちに私の肩を揺すってきた。あんた、あなた、そしてミサトさん。機嫌はよくなっているようだ。

「直しや追加じゃなくて、単純に訊きたいことがあるんだけど」

「この際、何でも言って」

体を起こしたついでに肩を回す。ゴリゴリと音が鳴った。

「書き足してくれてありがとう。浩志さんのケチなところまで表現してくれて、なんかすっきりした」

「そもそもお金に小うるさい旦那だから、義母をデイサービスにも行かせられないっていう設定だからね。何か、自然に出てきた」

「私、どうしてそんな人と結婚しちゃったんだろう。いや、書いてあるのは気付いてるよ。私みたいな気弱で流されやすい女は、相手にしぶとく出られると、まあいっかって受け入れてしまうのはわかる。じゃあ、私は浩志さんのことどう思ってたのかな」

「好きだったんじゃない？　同じ顔の女がもう一人存在しているのに、自分を選んでくれたことが嬉しかった、ってところ赤線引いてないの？」

「引いてる。でもね、ちゃんと、浩志さんからの言葉が欲しいの」

「真由里タイプは、確かなひと言があれば、その後、多少理不尽な目に遭っても、その言葉を支えにがんばれそうだもんね。よし、考えてみるか」

両手を上げて思い切り背中を伸ばすと、暗闇にぼんやりと浮かんだ真由里の口元が見えた。少し微笑んでいるように思えるのは、気のせいだろうか。

『確かに、最初はきみの外見に惹かれた。だけど、今は同じ姿の人間が一万人いても、僕はきみだけを見分けることができる』

6

「ミサトさん、せめて私の感想を聞いてから寝ようと思わない？」

真由里も疲れたのか、ベッドの足元の辺りに腰かけてこちらを見ている。

「寝なきゃ、会えないじゃん」

そう答えると、真由里は小さな声でクスクスと笑った。どこか様子が変わっていると思ったら、グレーのトレーナーが赤いチェック柄のチュニックになっていた。安っぽさは同じだが、ひと言加わったことにより、節約しながらも、できる範囲で身だしなみに気を遣ってきた、と上書きされたということか、ただ、完全に女を捨てきっているよりも、中途半端に努力している方が、侘しさが漂って見える。真由里には絶対に言えないが。

「なんか、努力しても報われない方が悲しいね」

真由里も自分の変化に気付いているようだ。

「まあ、世の中の大半の男はそうだよ。妻が髪を切っても気付かない。結婚記念日どころか、誕生日すら憶えていない」

「ホントに……。でも、それならどうして、浩志さんのカバンにティファニーの小さな箱が入っているのを見つけたとき、私へのプレゼントだ、ってすぐに思えたんだろう」

思わず腕を組んで唸ってしまう。真由里の指摘はもっともだ。自分へのプレゼントだと思ったとしても、長年、誕生日を忘れられていたのに、突然用意されていたら、何か後ろめたいことでもあるのではないか、と疑う気持ちの方が先立つのではないだろうか。

しかし、作中の真由里は掃除機を片手に小躍りしながら喜んでいる。

「娘が中二で一四歳だから、出産の前年に結婚したとして、結婚一五周年っていうのは？」

「一〇周年に何もなかったのに？」

真由里はまったく納得していない様子だ。

「そうだ、四〇歳の誕生日なんだよ」

「やっぱり……」

私が手を打ったのと同時に、真由里は大きくため息をついた。

「あんた、私の顔が見えていないでしょう」

「だって、部屋が暗いから」

「そうじゃない。あんたが私の履歴書を作ってないからよ。登場人物全員の履歴書を作ってから書きはじめるのがあんたのやり方じゃなかったの？　切り取るのはたった数日の出来事でも、あんたの頭の中にはそれぞれがどんなふうに生きてきたのかがあった。俳優や知り合いの顔に重ねる必要がなかったのは、あんたの中に、一人ずつの顔ができあがっていたからでしょう。なのに、私の年齢は今、思いついたなんて……」

ゴメン、と言ったつもりだが、かすれて声も出てこなかった。

「ティファニーは真由里が浩志と付き合って最初の誕生日に二人で行った店。アクセサリーのことはよくわからないからって浩志に言われたものの、真由里もティファニーくらいしか知らなくて、超定番のオープンハートのシルバーペンダントを買ってもらった。嬉しくて、本当は毎日つけていたいのに、もったいないから、箱に入れたまま大事にしまっておく。ある日、浩志にどうしてペンダントをしないのかと訊かれて、思ったままを伝えると、じゃあ毎日身につけておかなきゃならないものを買おうって、ティファニーで結婚指輪を二人で選んだ、んだよね……、それ」

指さした先、真由里の左手の薬指で年季の入ったプラチナのリングが鈍く光った。

「だから、ティファニーの箱を見て、何の疑いも持たずに真由里は自分へのプレゼントだと喜んだ。合ってる?」

真由里がコクリと頷いた。かさついた真由里の手の甲に涙が数滴落ちた。

「じゃあ、書き直してくる」

真由里のものだと思っていたが、目を覚ますと、私の目も濡れていた。これは、何に対する涙なのだろう。

7

「ミサト、ねえ、ミサトってば」

ついに呼び捨てか。距離が縮まりすぎるのは好ましくない。寝たふりを続ける。

「私、ペンダントをもらえなかったことがすごく悲しかった。しかも、そのペンダントが由香里の首にあるのを見たときは、もう、息が止まって全身が真っ赤になってしまうくらい、腹が立ってくやしくて……」

私の反応などおかまいなしに真由里は続ける。

「でもね、どうして、浩志さんじゃなくて由香里を殺すことにしたんだろう。どっちも私を裏切ったことには変わりないけど、私がつくしてきたのは浩志さんの方じゃない。由香里とは結婚してからは年に一度会えるか会えないかだったし」

これは姿勢を正して聞いた方がよさそうだ。

「そりゃあ、ミサトが書いているように、自分が失ったものをすべて持っている女がいたら、消えてほしいとは思うわよ。由香里がそこそこいい会社に就職して、独身で、スポーツクラブやエステに通って、ブランドものの服を着て、旅行や観劇を趣味にして、自由にのびのび毎日楽しんでる。うらやましいとは思うけど、惨めな姿の自分があるのは由香里のせいじゃない。結婚は自分で選んだことだもの。そんなことで私は人殺しなんてしない」

そんなことで――。真由里と目を合わせることができない。誰もが心の中に抱く正体不明の黒い物体を、ろ過したり、結晶化させたりと方法を変えながら抽出して、その正体が何なのかを徹底的に追究してみたい。そんな思いが私を突き動かしていたのは、いつくらいまでだったろうか。

「とりあえず、起きる」

真由里に何も提案することができないまま、パソコンを起動させた。そもそも、私はどうして「私を殺した夜」を書いたのか。仕事だから、というのは省く。主張したいことは何もない。そもそもそういう目的は初めからない。確実に言えるのは、何かを知るために書いた作品ではないということだ。

真由里は何故、由香里を殺したのか。目を閉じて、真由里の人生を思い浮かべてみる。真由里の中に入り込み、真由里の目から世界を見る。そんなに広くはない。世間だ。真由里の目には視界のはるか向こうにあるものなど映らない。おしっこ臭いと娘に振りかけられた消臭剤が目に入り、視界がにじむ。その向こうで、旦那と自分が笑っている。いや、自分ではない。双子の妹、由香里だ。どうして由香里は笑っているのだろう。姉を裏切ったことがそんなにおもしろいのか。……そうじゃない。

すべては由香里が起こしたことなのだ。同じ顔の女が二人。正反対の生き方をしても、同じままでいるのだろうか。気まぐれな実験をするように、由香里が真由里と浩志を出会わせた。由香里に振られた浩志は、同じ顔の姉がいると唆されて、真由里と結婚した。強く言われたら逆らえない性質だから、何でも言うことをきくだろう、と。それでも、真由里と浩志には年月をかけて積み重ねてきたものがある。しかし、由香里は容姿に明らかに差が生じたとき、浩志に再び接近し、あっけなく壊してしまう。それすらも、気まぐれな実験だった。それを真由里が知ったら。知って、すべてを問い詰めるために由香里のマンションを訪れた際、消臭スプレーで追い返されたら。……トイレ用はここだ。娘が使ったのは腋汗(わきあせ)用のスプレーだ。

私ならこの場で殺してやりたいが、真由里なら、悔しさに涙をにじませながら家まで帰り、肩を落としたまま、家族の夕飯を作らなければ、と半ば無意識のうちに台所に立ち、手入れの行き届いた包丁を手にするのだろう。

8

「申し訳ないけど、これは違う、ってところがもう一箇所あるの」

真由里はベッドの脇に立ったまま言った。無理やりにでも起こそうという気はないのかもしれないが、これは違う、と言われては起きないわけにはいかない。

「ミサト、文章上手くなったよね。でもね、クドクドともったいぶった書き方をするのがいい小説だとは、私には思えない。ここなんだけど」

真由里が原稿用紙を差し出した。最終ページ。毎週木曜日の夜に、マンション付近の公園でのジョギングを習慣にしている由香里を、真由里が包丁を握りしめてまちぶせしている場面だ。赤線の部分を見る。

『一五年も握り続けてきた包丁なのに、強く握りしめるほど手になじまない。サイズの合わない透明なゴム手袋をはめて握っているかのように、柄に均等に力がこもらず、刃先がふらふらと揺れている。由香里の姿が見えた。木陰に身を隠した真由里など視界に入れることもなく、まっすぐ前を向いて走っている。由香里が目の前を通過した直後、真由里は一歩踏み出した。が、小枝がきしむ音に心臓が飛び上がり、包丁が手から離れてしまう。ウォークマンのイヤホンを両耳につけている由香里は、こちらの音に気付いていない様子だ。落ち着け、真由里。真由里の背を押すように切り落とした爪ほどの月を雲が隠した。真由里は包丁を握り直すと、ピンク色の着心地のよさそうな素材に覆われた背中に向かい、一直線に駆け出した』

そして、真由里に最初に指摘されて削除した冒頭の箇所と同じ文が続く。

「演出として、一度、包丁を落とした方が、私がドキドキしている様子を表わせるのかもしれないけど、そうなったら、私の場合、緊張の糸が切れて、もう包丁を握れなくなると思うの。殺したいほど憎んでいる人がいる、って人はそれほど少なくない数いると思う。でも、実行する人は少ない。それは、境界線の上でふんばっているから。ちょっとでも背中を押されたら駆け出してしまう状態、でも、駆け出して、転んだら、境界線にまで戻ることができる。ううん、境界線まで引き戻される。だから……」

「包丁は落とさない」

言葉を継ぐと、真由里は満足そうに頷いた。私も頷き、布団を撥ね上げた。

9

「上矢ミサトさん、最後にもう一つだけお願い、というか、アドバイス」

真由里が私のペンネームをフルで呼ぶ。多分、本当に最後なのだろう。

「推敲しなさいよ」

「やったけど」

「てにをはと、物語の整合性の確認だけじゃない。上矢ミサトの推敲はそれだけだったっけ？」

「無駄な文章を徹底的に削る」

「正解」

無くても物語が成立する文章はすべて削る。声に出して読み、スムーズに読めなかった箇所は二文に分けたり、言い回しを変更したりする。

「早く仕事部屋に入って。もう起こさないから。ってけっこういい時間だけど」

真由里の苦笑いに見送られ、よし、と気合いを入れて立ち上がった。

10

「真由里、まだいたら出て来て」

目を閉じて私から真由里を呼んだ。ベッドの足元に真由里がすっと現れる。

「ミサトさんから呼ぶなんて、どうしたの？」

「真由里のおかげで作品をブラッシュアップできたことに、まずは感謝。ありがとう。文章も磨かれたし、登場人物の心情も掘り下げることができたし、作品のクオリティを高めることもできた。……だけど、一番の問題に気が付いた」

「何？」

「おもしろくない、この物語。家族に蔑まれる主婦が、夫の浮気相手である双子の妹を殺すなんて、かわいそうなだけ。カタルシスも何もあったもんじゃない」

「まあ、私もこの後が気になるところだけど、そこは読者におまかせなわけでしょ」

「でも、こんなつまんない話じゃ、本を閉じた後、空想もしてもらえない。だから、真由里、逃げなさいよ。スーパーの特売で買ったかかとの硬いズックなんか脱ぎ捨てて、由香里のナイキの最新モデルのジョギングシューズを履いて、走って逃げればいい」

「走って、ねえ……。ウォークマンももらっていい？」

「もちろん。真由里の逃亡劇を必ず書くから、思いっきり逃げちゃって」

「了解！」

真由里がニカッと笑った。靴は早速履きかえている。美人ではなくなったが、いい顔をしているではないか。と真由里の顔を見て思ったのは、もうすっかり夜が明けてしまったからだろうか。

「そうだ、今度は、一〇回起きるんじゃなく、夜通し書く手が止まらないってくらい、私や物語を好きになってよね」

そう言い残し、真由里は朝日の向こうに走り去っていった。

淡路島取材　作家ドキュメント

「湊かなえの現在」

構成・写真／タカザワケンジ

カメラの前に立った湊さんが、とっさにさっと両腕を広げたポーズをとってくれた。

背後に広がるのは湊さんがお住まいの兵庫県洲本市。ここは瀬戸内海最大の島、淡路島である。

湊さんが立っているのは洲本城跡。本丸天守台から大浜を臨む風景は洲本八景の一つに数えられる——というのは案内板からの受け売り。洲本城は三熊山という山の上に建っていて、芝居好きな狸の伝説があるそうだ（これは湊さんのエッセイで知った）。

淡路島に着いたのは昨日。あいにくの天気だったが、今朝は上々の空模様だ。右手に海、真ん中が町、左手に山がちらほら。海があり、山があり、島国ニッポンの縮図だ。

私は淡路島が初めてなので、何を見ても珍しい。だが、同時にどこか懐かしいのはなぜだろう。洲本には温泉街もあり、老舗のホテルニューアワジは棋聖戦の対局場所でもあり、湊さんは藤井聡太（ふじいそうた）さんの対局を観戦したことがある。お決まりのお昼に何を食べた、おやつに何を食べた、という報道に「私は淡路のこれを食べてほしい」とお気に入りをすすめたくなるそうだ。

私と編集のAさんは淡路島へは神戸から高速バスでやってきた。本州と島をつなぐ明石海峡大橋を渡り約二時間で到着。あっけないほど近い。ただ、この日はあいにくの天気で雨と風、雲が出て暗かったせいもあり、淡路島の山村風景はほとんど怪奇幻想の世界だったのだが。

今回、淡路島取材をしたいと希望したのは、湊かなえという作家を知るために、デビューから現在までをすごした環境を知りたいと思ったからである。湊さんの作品には東京はほとんど出てこない。それも住んでいる場所がつねに舞台というわけではなく、もしかしたらうちの近くかも、と想像させる日本のどこかだ。しかしその町の何十分の一かは彼女が住む町とその周辺ではないだろうか。

バスターミナルに着くとすぐに湊さんとお会いすることができた。先ほどは淡路島は山……みたいに書いたが、港町の洲本は開けている。観光地という一面もあり、開放的な雰囲気だ。

まず向かったのはタワーコーヒー。『リバース』に登場する喫茶店、クローバーコーヒーのモデルになった店としてファンの間では有名だ。マスターの平野比呂司（ひらのひろし）さん、公巳（くみ）さんご夫妻と、愛犬のゆきちゃんが迎えてくれた。

湊さんにとってこの喫茶店は一日に一度は訪れるというくらい関係の深い場所だ。きっかけは湊さんが福引きでエスプレッソマシーンを当てたことだった。さっそく家にあったドリップ用のコーヒー豆でいれてみたもののエスプレッソにはならなかった。そこでオープンしたばかりだったタワーコーヒーを訪れて相談したという。そのあたりの顚末はエッセイ集『山猫珈琲』下巻に「コーヒー革命」というタイトルで湊さん自身が書いている。

お店は二階建てのロッジ風。一階の壁には湊さんの作品がずらりと並んでいる。新聞や雑誌の記事の切り抜きもあり、さながら湊かなえ記念館だ。もちろんコーヒー豆の品揃えもハンパない。

湊さんの話。

「タワーコーヒーさんは豆をつくる農場からこだわるスペシャルティコーヒーの専門店なんです。マスターは世界中から豆を買い付けたり、コンテストで入賞した貴重な豆をオークションで手に入れたりしてるんですよ。いまではスペシャルティコーヒーの店は増えましたけど、開店当時このあたりでは珍しかったんです」

スペシャルティコーヒーとは、コーヒー豆の生産からカップにいれたコーヒーまで一貫して適正に管理されたコーヒーのこと。その高い品質は湊さんの執筆活動にも大きく貢献しているそうだ。

「一時間おきぐらいにコーヒーを飲んでも胃がもたれないし、頭が痛くなったりもしないんです。目も覚めるし集中力も上がるので執筆には欠かせないですね。本当にこちらのコーヒーに支えられていると思います」

店内にはノートが置いてあり、コーヒーの感想はもちろん、

湊さんのファンが書いた熱烈なコメントで埋まっている。まさに「聖地」である。

　二階の四人席をお借りして湊さんからお話をうかがったのだが、八月の暑い日ということもあり、湊さんがコーヒーフロートを頼むと私たちもつられて頼んだ。ふかふかの椅子は居心地がよく、コーヒーフロートの甘さと苦さのバランスも絶妙ですっかりリラックスしてしまった。そのあとにホットコーヒーも頼み、コーヒーを満喫。時間に追われる東京での取材と違い、とりとめのない話もできて、湊さんの人柄がより伝わってきた。

　そもそも私が初めて湊さんにインタビューしたのはデビュー作の『告白』が売れまくっている渦中だった。その時の印象は小柄で優しそうな雰囲気の一方で、明確に自作について言葉にされる新人離れした方だなということ。読者に伝わるように、こちらのつたない質問以上に答えていただいたという記憶がある。

その後も新刊のタイミングで何度かインタビューさせていただいてきたが、まったく印象が変わらない。淡々と同じペースで走り続けた一五年だったのではないだろうか。そのベースとなっているのがこの町であり、この喫茶店なのかもしれない。

翌日は朝から冒頭で紹介した洲本城跡に案内していただき、そのあと、いよいよ湊さんのご自宅へ。

玄関をあけると『絶唱』のカバー挿画が目に飛び込んできた。挿画を描いたチカツタケオさんが個展をされたときに、この作品は私が買わなくては、と購入されたそう。その下には一瞬、本物かと思うほどリアルな猫が。二〇一六年に天国に旅立った愛猫マロンちゃんの彫刻だった。

にゃー。

えっ、鳴いた？　というのは勘違いで、マロンちゃんの息子、ミルちゃんが登場。エッセイ集『山猫珈琲』に登場したあのミルちゃんの本物だと感激した。

リビングに案内していただき、さっそ

くコーヒーをいれていただいた。濃くて美味しいコーヒーだ。忘れないうちに、と湊さんがとりかかったのが「高校生のための小説甲子園」（主催：集英社）の優秀賞受賞作が収録された作品集へのサイン。湊さんは第一回から第三回まで選考委員を務めた。

湊さんは一冊一冊丁寧にサインをしながら、優秀賞について、受賞者について愛情を込めた言葉で説明してくれた。さすが高校で講師を務めていた「先生」である。そこで前から聞いてみたかったことを質問してみた。湊さんの小説には『ブロードキャスト』『ドキュメント』はもちろん、ほかにも放送部が出てきます。それはなぜでしょう。

「淡路島の高校は放送部の活動が盛んなんです。私が講師をしていたときにも、その学校の放送部が全国大会に行ったりしていました。高校生がドラマをつくったり、アナウンスで全国大会に行けるんだと驚いていたんです。それに、うちの近所の洲本高校の放送部にぶんけいくんがいて、お手紙をもらったことがあるんです。『告白』に影響を受けてつくったドラマが、ＮＨＫ杯全国高校放送コンテストの創作テレビドラマ部門で全国優勝したので見てください、と」

ぶんけいさんはインフルエンサー、企画作家、映像作家、小説家として活躍中。湊さんの『ブロードキャスト』に解説を寄稿しているが、その中で、高校時代にどれほど湊さんの作品のファンだったかと熱く「告白」している。ちなみにぶんけいさんを出した洲本高校放送部は声優の興津和幸（おきつかずゆき）さんもOBとのこと。湊さんが放送部の活動を書いているのは、淡路島の高校からインスパイアされたのだ。

サインを終えた湊さんに、仕事場を見せていただく。案内してくれたのはキッチンの隣につくられたスペースだ。ここがあの「奥様うきうきスペース」なのか！　湊さんのエッセイにはこう書かれていた。

「小説を書いているのはキッチンと洗面所のあいだにある二畳半の『奥様うきうきスペース』で、ミシン用の台の上にノートパソコンを置き、高さ調節のできない丸椅子に座る。高さがあっていないせいか、行儀が悪いせいか、椅子の上に両膝を立てて座るのが一番なじむ。漫画『デスノート』のLみたいな格好だ」（「わたしの一日」『山猫珈琲』下巻）

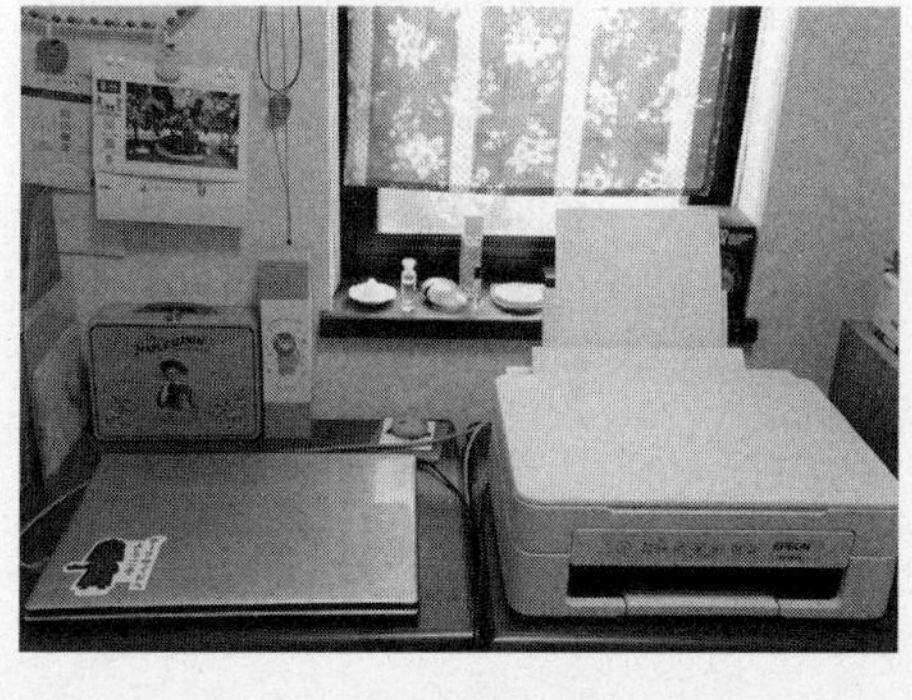

家を新築する際に、台所の横につくった湊さん専用のスペースとのことで、そのときにはよもや小説を書き、ベストセラーがここから何作も生まれるとはご本人もご家族も思っていなかったに違いない。デビュー作を書いていたときに壁にもたれかかって書いていたため、壁紙がこすれた、という場所も見せてもらった。執筆遺跡である。

ノートパソコンの隣にはプリンターがあり、原稿は必ずプリントアウトして見直すという。

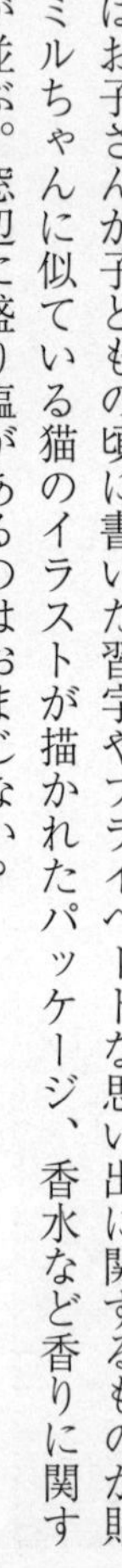

壁にはお子さんが子どもの頃に書いた習字やプライベートな思い出に関するものが貼られ、ミルちゃんに似ている猫のイラストが描かれたパッケージ、香水など香りに関するものが並ぶ。窓辺に盛り塩があるのはおまじない？

「玄関と仕事場に、毎月一日には盛り塩をするようにしています。窓には置いてますが、外からというよりは、パソコンから変なものが入ってこないように（笑）」

たしかに入ってきたら怖い。やがて湊かなえ文学館ができるときにはこのスペースごと（もちろんこすれた壁紙も）執筆の場として移設してほしい。盛り塩付きで。

　せっかくお宅にうかがったので、思い出の本を何か見せてくださいと厚かましくお願いした。出してくださったのは森村誠一（もりむらせいいち）さんの初期作品『高層の死角』。そういえば、森村さんは七月に亡くなったばかりである。

「東京でこれから森村先生主催の会に出席するという編集の方に会ったので、お土産で持っていっていたタワーコーヒーの豆を『よろしければ森村先生に』とお渡ししたんです。そうしたら先生がたいへん気に入ってくださって、どこで手に入りますかと、わざわざ礼状までくださったんです。それから文庫解説の話をいただきました」

　その文庫解説、森村誠一著『ガラスの恋人』（集英社文庫）に、湊さんは森村さんの著書についての思い出を書いている。

　家にご両親が読んだ森村さんの小説があったこと。『日本アルプス殺人事件』が初めて読んだ大人向けのミステリだったこと。高校の担任の先生が森村さんの愛読者で、森村さんの言葉を引いて話してくれたこと——。

「ホテルマンだった森村先生が、今日売れ残ったものを明日売れば取り戻せる商品もあるが、ホテルの空室を明日売って取り戻すことはできないと言っていた、と担任の先生が話してくれたんです。取り戻せる時間と取り戻せない時間がある。だから受験勉強がんばれよ、という話なんですけど、ずっと心に残っていて、時間はむだにできないなってよく思い出すんです」

『高層の死角』の奥付を見ると昭和四六年五月（第五刷）。発売から二年弱で五刷。江戸川乱歩賞受賞作というだけでなく、この頃から森村誠一さんは売れっ子作家の道を歩み始めていたのだなと思う。私は湊さんより少し（でもないか四学年）上だが、森村さんの作品は大人の世界、大人の社会を知る最初の入口だったということは共通している。森村さんのような社会派と横溝正史のような探偵小説が自然に目の前にあった時代である。

「コーヒーがつくってくれたご縁で、高校時代に読んでいた小説の作者の方と交流できて嬉しかったですね」

湊さんの作品の中にある社会に対するまなざしの鋭さは「大人向けのミステリ」として読み始めた一〇代の頃の作

品が影響を与えているのかもしれない。

湊さんのお宅には、思い入れがありそうなものが多くて見ているだけで楽しい。たとえばコーヒーカップが並んでいると思ってよく見ると、いろんな国のスターバックスのカップだったりする。訪れた国で買うようにしているとのこと。どんな旅の思い出と結びついているのだろうか。

中でもひときわ存在感を放っているのが「石」である。

湊さんは二〇一二年に石の名を冠した短編を集めた『サファイア』という短編集をお出しになっているが、二〇二一年にミネラルマルシェに初めて行ってから、ますます興味が深まっているという。

オブジェのように配置された石を見せていただくと、いかにも宝石といった輝いているものもあれば、鉱物と言いたくなるようなシブいものもある。まるで個性の違う石たち。その多くがガーネットだと聞いて驚いた。湊さんの誕生石がガーネットなのである。湊さんはパーソナリティーを務めていたラジオ番組でこんなことを話している。

「ガーネット、嫌いだったんですよ。同じ赤でもルビーより地味で。でも調べるとガーネットは赤と緑のグループがあり、赤系は紫やピンク、緑系は黄緑や黄色などたくさんの色があり、最近、青も発見されました。青は光を当てるとカラーチェンジするんです。なかなか奥が深い石だったんだな、と」（「湊かなえの『ことば結び』」）

ガーネットは知れば知るほど面白い石のようだ。石に流れる時間は私たち人間のそれとはスケールが違う。石の中に湊さんは何を見ているのだろう。

海へ。といってもここでは市街地に接している。私は海なし県育ちなのでそれだけでも羨ましい。「ここでよくママ友と子どもたちとバーベキューをしたんですよ」という公園を通り抜けると、ヨットが係留されたマリーナ、防波堤があって釣り人がいる。空にはカモメが飛んでいて思わずカメラを向けてしまった。

『望郷』に収録されている短編「海の星」（第六五回日本推理作家協会賞短編部門受賞

作）に登場する海の星という現象を湊さんが初めて見たのがここだったという。バケツに海水を汲んだ「おっさん」が主人公の洋平にその現象を見せるのだ。

――見とけよ、洋平。一瞬だからな。

おっさんはそう言うと、真っ暗な海面に向かってバケツの海水をぶちまけた。

青く、青く、青く光る。

それまで見たこともない、透明な青い輝きが海面にキラキラと浮かび、一瞬で消えた。

海の星。

なぜ、こんな現象が起きるのか……。

この現象、ウミホタルという小さな甲殻類が敵を威嚇するために発光するそうなのだが、それが湊さんの目に「星」として映り、主人公を通して実体験とはまた違う意味がもたらされている。

小説の中ではその現象の説明はない。気になった読者は調べたかもしれないし、わからないまま不思議な場面として心に残り続けるかもしれない。ただ、不意にこうして答えがわかり「あ！」と思ったりするのも小説を読む楽しさだと思う（私自身、この時、

湊さんに説明されて初めて知りました）。

　もう一カ所、淡路島に来たら行ってみたかった場所がある。淡路ジェノバラインが発着する岩屋港である。

　というのは、作家生活一〇周年を記念し、二〇一七年から二〇一九年に開催された『10社合同企画　湊かなえ デビュー10周年　47都道府県サイン会ツアー「よんでミル？　いってミル？」』の際のエピソードの舞台だからである。豪雨で淡路島から出られなくなった湊さんが、なんとか本州にたどり着いたのはジェノバラインのおかげだった。

　しかもこのジェノバライン、湊さんが淡路島に初めて住んだときに乗ってきた船でもある。

「トンガから帰ってきて、大学時代の恩師の紹介で淡路島の高校で働くことになったんです。淡路島の一番北にある高校だったので、明石からジェノバに乗って来ました」

　いまはパソナグループの本社が移転してきたのでおしゃれなお店が増えたが、湊さんが引っ越して来た一九九九年にはお店があまりなく、コンビニまでも遠かったそうだ。

「故郷の因島よりも何もないいんじゃないかってそのときには思いましたね。でも、言葉が通じるからいいかと」

トンガよりは。

「常識も一緒だし。違和感なく溶け込んで、それからずっと淡路島です」

高校で講師を務めた経験はデビュー作にも影響を与えているという。

「いま思うと、教卓からの景色を見ていたのは大きかったのかなと思いますね。意外と生徒たちが何をしているか、どんな表情かが見えてるぞとか。淡路島で講師をやってなかったら、『告白』は書けていなかったかもしれないですね」としみじみ振り返っていた。


一泊二日の取材もここまで。これまでうかがったお話の事実確認や、年譜の確認など細かいことをお聞きしたので、ほかのインタビュー記事に反映されている（はず）。

さて、淡路島といえば避けて通れないのが「食」である。湊さんのエッセイをお読みの読者なら、淡路島が古代より御食国（みけつくに）と呼ばれ、皇室に食料を献上する国だったということはすでにご存じだろう。

私たちは湊さんのエッセイで、淡路島の鱧や牛肉、たまねぎ、生しらすなどに想像と食欲をかき立てられてきた。私が今回、個人的に感動したのは、最後に食べた生しらす丼だった。以前、とある港町で生しらす丼を食べたことがあるが、そのときは苦くてあまり美味しく感じず、釜揚げにしてもらったほうがよかったと後悔したのだが、淡路島で食べた生しらす丼は本当に美味しかった。

湊さんいわく「生しらすは輸送中に鮮度が落ちるから来て食べるしかないんですよ」とのことなので、みなさん、ぜひ食べに来てください。私もまた行きたい(食べたい)。

湊さんの作品を読んでいていつも思うのは、現実と虚構についてである。驚くような発想の裏側に「あるかもしれない」というリアリティが必ずある。それは、湊さんが日頃感じている問題意識を出発点に、それまでの経験が集められているからではないだろうか。それを一度バラバラに解体し、干したりあぶったりして姿を変えたものに、さらにスパイスを加えて料理されているのだ。

一口二口食べただけではどんな材料かもわからないが、最後まで食べきると、これはどこそこのなになにじゃないか、と考察を口にしたくなる。そのことについて、湊さんはこう語っていた。

「こちらが放ったものをどう解釈して膨らましていくかは読み手の自由。私がこういうふうに読んでほしいとか、この作品はこういうことを訴えたいから書いたんです、と言ってはいけないなと思いますね」

作家・湊かなえの一五年は、作家デビュー以前の人生が支えていたのだと思う。故郷の因島から神戸へ。大学時代の旅。社会人になってからの登山。トンガへ。そして淡路島へ。そこでの豊富な経験が養分になって湊かなえの作品にリアリティをもたらしてきた。

むろん、作家になってからも旅は続いた。四七都道府県サイン会ツアー、海外の文学賞授賞式、国際ブックフェア。しかし、作品の血肉にするには時間が足りなかったのかもしれない。つねに書き続けるということはアウトプットを続けるということだから。

二〇二二年から一年間の休筆は必然だったのだろう。再び、好奇心を持って新たな旅を始めるために。

では、これからの湊さんは執筆再開後、どのような作品を書いていくのだろうか。

ご自宅にうかがったとき、石の輝きとはまた違う、しかしどこか硬質な輝きを持つ蝶の標本があった。いま執筆中の復帰第一作『人間標本』のために購入したものだという。吸い込まれるようにきれいで、でもそのダークな光は少し怖くもある。

「蝶のことなんてまったく知らなかったんです。小説を書くために調べ始めたんですけど、すごく面白いんですよ。蝶には人間には見えない紫外線が見えるとか。ああ、知らないことがこんなにたくさんあるんだって」

旅には好奇心が不可欠だ。

一年間の休筆ののち、未知の世界をのぞくという好奇心を武器に新たな旅——それは物理的な移動だけではなく、精神的なものかもしれない——へ出て、新境地に挑んでいる。

（二〇二三年八月十五～十六日取材）

書き下ろし小説

告白のために

あなたは二〇〇七年六月某日のJR飯田橋駅東口に立っている。

二〇二三年の九月からそんなところに行けたのは『小説家デビュー一五周年おめでとう』というメッセージとともに、希望する過去に一時間だけ行くことができる、という乗車券を郵便で受け取ったからだ。差出人は「怪人二十面相」、多分、若い人からのプレゼントではない。

乗車券に希望する日時と駅名を記入して最寄駅の自動改札に差し込むだけ、と説明書にあったけれど、あなたにとっては「だけ」ではない。淡路島には電車がない。高速バス乗り場はあっても、自動改札はどこにもない。

過去に戻れるなら、と考えて、あなたがまっ先に思いついたのは、猫のマロンと別れた日だった。腎臓が弱くなっていたマロンは、二〇一六年のある夏の日の夕方、家を抜け出し、そのまま戻ってこなかった。

マロンが旅立ったことをあなたが知ったのは、その週が明けて、市役所に電話をしてからだ。首輪をしていたけれど、夏場なので飼い主からの連絡を待たずに焼却したと言われ、あなたはマロンの寝床に残った毛を集めるしかなかった。

家から出てきたマロンを保護して……。家の中に戻したところで、マロンはそれを望まない。遺骨はないけれど、友だちがかわいい花と一緒にマロンの毛もレジンで固めた、猫型の素敵なブローチを作ってくれた。どこへ行くときも一緒だ。

そもそも、最寄駅から自宅まで一時間で移動することはできない。

あなたは神戸・三宮まで出ることにした。インターネットが発達したとはいえ、明石海峡大橋を渡る高速バスがなければ、淡路島在住のまま作家活動を続けるのは難しかったかもしれない。

日帰りで東京出張もできる。あなたは東京をそれほど遠い場所だと思っていない。あの日も日帰りだったけれど、最初からそう思っていたわけではない。待ち合わせの駅までちゃんと行けるだろうか、とドキドキしていた。

人生において重要な一日なのに、あなたは明確な日付を憶えていない。だから乗車券には『湊かなえの小説推理新人賞授賞式の日』と書いてみた。そして、ＪＲ三ノ宮駅の自動改札を抜けると、ＪＲ飯田橋駅の構内にいたのだ。

タイムスリップしたのかどうかはわからない。東京駅から電車でここに来ることは、滅多になくなっていた。タクシーに乗るのが当たり前になったからだ。それでも、あなたの記憶に焼き付いている東口の景色が目の前にあった。

――総武線の黄色い電車に乗って御茶ノ水駅で降り、同じホームの向かいに移動して中央線のオレンジ色の電車に乗る。

あなたがこれをヒラノさんに言われたのは、授賞式の帰りだ。そんなことを意識しなくても乗り換えができるようになってからも、あなたは御茶ノ水駅のホームでいつもこの言葉を思い出す。

他にも大切なことをいっぱい教えてもらっているのに。

小説推理新人賞受賞の電話連絡を受けた翌日、担当編集になったというヒラノさんから電話があった。あなたは編集者が何をする人かわからなかった。実のところ、今でもよくわかっていない。

最初に言われたのは「ファクスを買ってください」だった。それまでの人生において自分に必要なかったものを購入したことで、あなたは新しい道に踏み出したのだと実感した。何百枚もの紙を送信し、何百枚もの紙を印刷した。

あなたの家の電話番号は、ゴルフ場を有するリゾートホテルの番号とよく似ていたことから、ゴルフコンペ出欠の連絡が早朝から届き、てんやわんやになったこともある。

そのファクスは七年間がんばってくれた。

新しく買い替えた二号機はあまり活躍しないまま、何年もその機能が使われずにいる。固定電話が鳴ること自体が減った。新人賞受賞者がファクスの購入を薦められることなど、もうないのだろう。そう考えると、あなたは自分がひと昔前の人間に思えて……、寂しくなどならない。

次の時代に移行できているのだな、と満足する。

あなたは双葉社まで歩いて行ってみることにした。駅から離れてはならないというルールはない。ちゃんと道は憶えている。

あなたは数年前からいくつかの出版社で新人賞の選考委員を受けている。授賞式にも出席し、そのパーティーの豪華さにひっくり返りそうになった。

別の新人賞の選考委員はコロナ禍での始まりだった。選考会はZoomだったけれど、授賞式はなんとか会社で開かれることになった。本来なら大きな会場でゲストを大勢招き、と残念そうな挨拶が参加者のあいだで飛び交っていたけれど、あなたは、これで充分じゃないか、と思っていた。広いし、大人数だ、とも。

あなたの授賞式は、あなたを含めて、参加者五名だったはずだ。社長、専務、編集長、担当編集者、だったか。選考委員の作家はいなかった。それでも、あなたは緊張しながら賞状を受け取り、社長からの講評を胸に刻み込んだ。

その後、編集部の二人と神楽坂のおしゃれなレストランに行き、食事をしながら、単行本刊行に向けた打ち合わせをする。あなたはそれが嬉しかった。田舎から出てきた自分に、仕事の話をしてもらえることが。

どこか観光して帰るの？　お土産は何を買うの？　などとはひと言も聞かれない。

どんな料理だったのかはまったく憶えていない。だけど、ヒラノさんに「あの教室の続きはどうなるの」と聞かれて、終了したと思っていた物語の場面が再び頭の中に蘇り、登場人物たちが動く様を語ったことは、その内容も含めて、しっかりと憶えている。帰りの新幹線の中でも物語は途切れることなく、家に帰ってすぐに書き始めたことも。

会社に向かっていたあなたはふと足を止めた。この三章目でダメ出しを受けることを伝えておこうか。そうすれば、原稿が無駄にならずにすむ。

ただの挑戦者であるときは、自分の書きたいものを思う存分ぶつけることができる。それがどんなに自由で幸福なことであるかは、そのときには気付けない。自転車でブレーキをかけずに急坂を下る疾走感を、プロは味わうことができない。

新人賞を受賞した数カ月後、あなたは実家に帰った。親は受賞を喜んでくれたし、作品を褒めてもくれた。ハサミか何かを探しに、いつもは用のない部屋に入ると、「聖職者」が掲載された「小説推理」誌が卓上に置いてあった。そこに紙がはさまっているのに気づき、見てみると、こんなことが書いてあった。

『おとなしそうな娘さんが、こんなに怖い話を書くなんて。悩み事があったら、遠慮なく相談してくださいね』

フィクションの短編小説一つで、親はこんなふうに思われてしまうのか。子どものママ友の中にも、こんなふうに思う人はいるかもしれない。まあ、自分はどう思われてもいい。でも、子どもが誤解を受けたり、偏見を持たれるのは防がなければ。

そうしてあなたが書いた三章目は、森口先生と少年Aが和解する話だった。気乗りしないから、改行や一行あけだらけ。ヒラノさんのため息は電話ごしでもカウントできた。直接会っても、大きなため息が待っていた。

しかし、次の言葉がその後のあなたを決定づけることになる。

――こういう話は○○さんや××さんが書けばいいんです。あなたはあなたにしか書けないものを書いてください。

世の中は泣ける小説ブームだった。感動の大安売りだった。感動させなくていい。ハッピーエンドでなくてもいい。そういう小説は他の人が書いているから。

あなたは腹を括（くく）ることにした。親のことは考えない。子どものことは公にしない。気持ちを切り替えて作ったプロットに、ヒラノさんはまたもやため息をついた。

――これが書ければいいんですけどねえ。

書けるよ。負けず嫌いのあなたは、とにかく書いた。鼻血を出しながら書いた。書けば書くほど言葉が溢れ出し、布団に入っても止まらない。枕元に紙とペンを置き、溢れてくる言葉を書きとめた。そんなことをするくらいなら、と起きてパソコンに向かい、キーボードを打ち続ける。句読点を打つのも、改行するのももどかしいほど言葉が溢れ出る。そうして、それをひたすら書く。

そうして、『告白』が完成した。

先日、あなたは仕事部屋の掃除中、とっくに捨てたと思っていたものを見つけた。幻の第三章のゲラだった。下手な文章ではない。ハッピーエンドではないけれど、イヤミスとは呼ばれないはずだ。だけど、これが通っていたら今の自分はない。死んだ後に見つけてもらおう、と、あなたは原稿を再び棚の奥にしまい込んだ。あれはあれで書く意味があったのだ、と、あなたはそのアドバイスをしないことに決める。

双葉社はその後、ただの新人が書いた『告白』のために、精鋭の書店員の方々を集めたプロジェクトチームを立ち上げ、大々的に世に送り出してくれた。あなたは造船の島で生まれ育ったから、物事をよく船やそれに関するイベントにたとえる。

盛大な進水式ではない。大海に出て嵐に見舞われても沈まないほどの補強をしてもらい、どこまでも走り続けられる燃料を搭載してもらったのだ。

豪華な授賞パーティーは出版社のためのもの。新人の売り出しにかける予算としてもっと有効に使えばいいのに、と思っても、あなたが口を出すことではない。自分がやってもらったことの価値をかみしめるだけだ。

会社が近付くにつれ、あなたは「本屋大賞」授賞式の日でもよかったなと思った。あれこそがものすごい進水式だ。社屋の前にある大きな桜の木が満開に花を咲かせていた。だけど、と考え直す。その日に戻らなくても、桜や、一緒に見た双葉社の人たちの顔は頭の中に鮮明に残っている。

一体、自分はなぜこの日を選んだのだろう、と、あなたは考えた。

無理をしなくていい、と言いに来たのではないだろうか。

単行本『告白』の発売からひと月後、多くの出版社から声がかかった。オーディション番組「スター誕生」でレコード会社各社のプラカードが上がる様を、昭和生まれのあなたはイメージした。

そんな中、ある会社のえらい人から、あなたはこんなことを言われた。料亭の一室でだ。

――湊さんはねえ、どこで書こうかなんて余計なことを考えずに、声がかかった会社から順番に原稿を書いていけばいいんだよ。

ならば、あなたの会社は最後だよ、とは言えない。ただ、そういうものなのか、と当時のあなたは納得してしまった。他にも、連載は月三本、ひと月三〇〇枚から四〇〇枚が当たり前、と編集者は平気な顔をして言う。あなたは鵜呑みにする。そして、ぎゅうぎゅう詰めになった五年分の執筆計画が出来上がってしまう。

毎夜休みなく、書き続けることになる。

半年ほど、ほとんど毎日、夕食後に吐き続けることになる。

勇気を出して、「締切をずらすか、枚数を減らしてください」と頼むと、「『告白』の取材で忙しくなったツケを、うちに回すのはお門違いです」と断られ、泣きながら原稿を書くことになる。そこに便乗しているくせに、とは言い返せない。

小説を書くのが、ただただ苦痛になる。

無理のないペースで一作ずつ書けばいい、あなたはそれを伝えたいはずだった。こういうテーマに興味ありませんか。こういうことを一緒にやってみませんか。そんな提案をしてくれる編集者もいる。そういう人たちとしっかり打ち合わせをし、このテーマで書きたい、この人と仕事をしたい、と思えたら、その会社と仕事をすればいい。決して、その日のうちに返事をする必要はない。相手が、忙しい中わざわざ神戸まで会いに来てやった感、を出していたとしても。

でも待てよ、と、あなたは考え直す。

確かに、無茶ブリも多かったし、ガンガン攻められる感じもあったけれど、最初に声をかけてくれた人たちは、少なくとも「湊かなえと仕事をしたい」と思ってくれた人たちじゃないか。ほんの数人の心無い対応で、この時期全体の編集者を否定するのはおかしい。

千本ノックは一人じゃできない。深夜に原稿を送ると、すぐに読んで電話をかけてくれた。この作品を一緒に作れてよかった、と長い手紙を書いてくれた。新刊が出ると、他社の本でもすぐに読んで感想を送ってくれた。打ち上げのビールはおいしかった。その席で、次はどんなものを、と新作の打ち合わせが始まった。

それらを良しとしてはいけない時代になったけれど、あの頃の経験をなかったことにはしたくない。

では、好きな編集者をリストにして渡すか。それも違う。一緒にいて楽しい編集者とこの人に原稿を読んでほしいと思う編集者は、必ずしも一致しない。

この場面とこの場面を入れ替える？　なんでそんなこと……、と不満に思いながらもやってみると、こうなりましたか！　と、ひれ伏したくなったことは、一度や二度ではない。締切を一日延ばすから最終章の語り口を全部変えてください、と出張帰りの高速バスの中で指示を受け、帰宅後、風呂にも入らずドロドロの状態でパソコンに向かったけれど、完成原稿を読んでみると、一〇〇倍よくなった、と思えた。

あのときの誰かが欠け、どの作品がなかったことになるのかなど、考えられない。

そのうえ、この頃は恵まれていた、と数年後に思ったじゃないか。

担当編集者は各社ずっと同じ人ではない。引き継いだ人がみんな「湊かなえと仕事をしたい」と思っているわけじゃない。提案もダメ出しもされなくなった。新刊を送っても、感想どころか、届いたという連絡すら来ない。だから、担当編集者への献本をやめた。新作は『〇〇』の要素を……、と既刊の自著のタイトルを上げても、読んでいないのだなと気付いて、話題を変える。

心も体も疲れて、小説家をやめたいと思った。

あなたは子どもにこんな愚痴を吐いたことがある。

――小説家をやめたい言うたら、ほとんどの編集さんが、読者の皆さんが待っていますよ、って言うねん。みんな、かまってちゃんが面倒なこと言い出した、扱いや。せやから、こう返してん。じゃあ、他社から出してもいい、ってことですよね。読者の方々は、出版社なんて関係ないですもん。そうしたら、ええっ、てなって、イヤな空気が流れるねん。本当にやめたいけど、これを言ってくれる人とはもう少しがんばってみよう、って思える言葉は全然難しいもんやないのに。

――なんて言うてほしいん?

――私が、僕が、湊かなえの新作を読みたいです。

――せやな、単純やのにな。

気が付くと、子どもも大きくなっていた。一五年前は小学一年生だった。

あなたの初めての取材は神戸であった。夕方までに帰宅できるはずだったのに、少し長引き、家に着いたのは午後七時前だった。夕飯の支度はまったくしておらず、外食しようと思いながら玄関を開けると、子どもがやってきてこう言った。

――おかえり。ご飯はできてるよ。

台所の方から、炊き立ての米の香りが漂っていた。この子は二年後、某女性週刊誌にな、と。

あなたはこのことを伝えようと決めた。その女性週刊誌と発行元の出版社とは関わることになる。「全身あざだらけ」と太字で書かれることになる。

しかし、こちらが避けていても、向こうは勝手に住所を調べ、知らないうちに近所の家をまわっている。あなたがインタビューで子どもについて伏せていることなど、おかまいなしだ。親切なご近所の方々は「体操やスケボーが好きな元気な子」と答えてくれた。「そういうことやっていたらあざができますよね」があちらの言い分だ。

記事の他の部分は、ほとんどがあなたのエッセイを切り貼りしたものだった。

有名人税、と呼ぶらしい。やってられるか、小説なんか二度と書くか。関係各所に引退する由をファクスで送った。

そんなあなたに子どもが言った。

——私のせいで小説家をやめるん？

やめてしまったら、この子はずっとこう思い続けてしまう。

発行元の出版社では新連載が始まる予定で、第一章をすでに渡していたけれど、あなたはそれを引き上げた。

ふた月後、その原稿が掲載される予定だった文芸誌で新連載が始まった。テーマはあなたが書こうとしていたものだった。何も知らなかったであろうその作家の方は新刊インタビューで、「担当編集者から急遽このテーマで書いてくれと言われた」と答えていた。

あんたが提案したテーマは別のもので、そのテーマは私が自分で決めたものじゃないか。と、あなたは伝えていない。口を利くのもイヤだったからだ。おそらくその編集者は、あなたが気付いていることに気付いていない。未だ、週刊誌のせいで、と言っている。あなたはもう、そんなことでは怒っていない。

ダメだ、ダメだ、こんなことを伝えては。小説家になるのはやめておこう、と思わせるだけじゃないか。楽しいことだらけなのに。それらがすべてなかったことになるなんて考えられない。

あなたは頭の中を整理した。

過去に戻れる＝やり直し、と捉えていないか。だから、つらかったことばかりを思い出す。まるでそれしかなかったかのように。ひたすらそれだけを乗り越えてきたかのように。

もちろん、今が完璧かと問われれば、首を横に振る。

たとえば、体重は一五年間で一五キロ増えた。授賞式のために買った七号の服などファスナーが上がらない以前の問題だ。では、「体重管理に気を付けて」と過去の自分に伝えるか。

あなたはこの先、午後一〇時から午前四時まで執筆することになる。その際、一時間ごとにコーヒーを飲むけれど、お菓子はほどほどにして。特に、高級食パンとチョコフレーク、あなたに訪れるこの二大マイブームは必ず防いで。そうそう、レーズンバターブームも。毎晩、一斤とか、一袋とか、一本とか、絶対にダメだからね。

しかし、二〇〇七年のあなたがそれを真摯に受け止めるだろうか。あなたを含め、多くの人は、そうなってみなければわからないのではないか。

そもそも、「体調」管理ではなく、「体重」管理なのだ。

吐く、胃が痛くなる、蕁麻疹が出る、これらはすべてストレスによるものだと診断された。しっかり休んでください、と言われた。とはいえ、そんな暇はない。がんばれ、がんばれ、と自分に言い聞かせながら、その場しのぎの薬を飲むうちに、それらの症状は出なくなっていった。

そんな中、ぽっかりと一〇日間ほど仕事をしなくてもいい日ができた。こういうときにもコツコツ書いているとその後も少しラクになる、という発想はあなたにない。夏休みの宿題を毎年、ラスト三日で仕上げていた子どもが年をとったところで、その習性は変わらない。

あなたは何をしようかとウキウキしていた。「何もしない」ができない人なのだ。とはいえ、リラックスできることを選んだ。少し高級な入浴剤を入れて浴槽に一時間つかろう、ヘッドスパとマッサージに行こう、コテコテの恋愛小説を読んでみよう。ご近所のお友だちからイタリアンレストランでのランチにも誘われた。

あなたはそのランチの味を憶えていない。歯が疼いて仕方なかったからだ。

親知らずは青年海外協力隊赴任前に全部抜いたはずだった。歯医者に行くと、先生からこんなことを聞かれた。

――最近、普段よりリラックスするようなことをしましたか？

リラックス祭りだったことを伝えると、やっぱり、と言われた。どうやら、親知らずがまだ残っていたらしい。歯茎の中に横倒しになって埋もれていたそれは、川にある石のように血流を妨げていたものの、ドロドロ血流に対しては障害物となっていなかった。ところが、サラサラ血液にとっては流れを堰き止める邪魔者でしかなく、血流が滞り、歯の周辺が膿んでしまった、のだとかなんとか。

歯茎を切開し、骨まで削る大手術となり、痛みが治まった頃にリラックス期間は終了した。

あなたは泳ぎ続けていなければ死んでしまう魚のことを思い出した。ほどほどに不健康なことが元気の秘訣！　なんだそりゃ、と吐き捨てるしかない。

デビュー一〇周年を迎える辺りから、取材でこんなことをよく聞かれるようになった。

――第一線で活躍し続けられている理由は何だと思いますか？

あなたは必ずこう答える。相手の望んでいる答えではないとわかっていても。

——体が丈夫だからだと思います。

親に感謝です、と続けることもある。

定期健診がないフリーランスのため、思い立ったときに人間ドックに申し込む。直近で申し込んだのは、占いのラッキーアイテムが「人間ドック」だったからだ。アイテムの範疇(はんちゅう)は越えている。

結果、大きな異常はなかったうえ、胃カメラを飲むのがうまいと褒められた。キレイな胃だ、とも。

痩せる必要などどこにもない。もともと、痩せていたことで得られたものも損をしたものもなく、体型などどうでもよかった。

青年海外協力隊でトンガ王国に赴任した際、現地の人たちに「痩せましょう」と言っていた手前、テレビ番組でトンガを再訪するときだけダイエットをした。縄跳びを一日一〇分跳んで、七キロ痩せた。いざとなればまた、縄跳び作戦だと思っている。

そもそも、太らなければ『カケラ』は誕生しない。転んでもタダでは起きない精神で誕生した作品は他にもいくつかある。『白ゆき姫殺人事件』など最たるものだ。

それらがなくなるのは残念だし、二〇二三年まで尾を引いている問題など何もないのだ。悩み事すらない。

編集者が「湊かなえの作品を読みたい」と言わなくても、そう言ってくれる読者はいる。大勢いる。

ほら、やっぱり「読者のために」と言っておけばあいつは書くんじゃないか、と思う編集者には「サロン計画」をお伝えしたい。それを実行しないのは、本当にお世話になった出版関係者の方々への「御恩と奉公」精神からなのだ、というところまで含めて。

あなたはサイン会が好きだ。

でも、初めてのサイン会の前夜は胃が痛くて眠れなかった。『告白』を読んで、不快だ、けしからん、と親の仇（かたき）のようにネット上で怒っている人たちが、石をぶつけにくるのではないかと怯（おび）えていた。危害は加えられないとしても、厳しい言葉は覚悟しておかなければ。というか、何のためのサイン会なんだ？

○○さんはサイン会をしていませんよね、と言ったら、あのお方は湊さんと違ってシャイな方なので、と返された。こっちだっていっぱいいっぱいなんだ、と叫びたいのをこらえてよかった。

石など飛んでこなかった。厳しい言葉を投げつけられることもなかった。定員一〇〇名のところ、五五人の方々が来てくれた。みんな、優しく、温かい言葉をかけてくれた。がんばって書こうと思えたし、ネットも怖くなくなった。その方々の中には、一五年間、毎回、来てくださっている方が複数いる。

おれに何かプレゼントしたいと考えたこともあるけれど、あなたの中では、おもしろい新刊を出すことが一番の恩返しになるという答えにいたっている。

サイン会は東京と大阪ばかりだ。そういうものだと思い込んでいたら、「福山市の書店から依頼があったけど、地方は人が集まらないのでお断りしました」と言われた。腹が立った。いろいろな言葉を飲み込んできたけれど、これだけは我慢できなかった。

ほらね、と言われたら土下座して謝ろうと覚悟して、地方でのサイン会を開いてもらった。大盛況だった。

定員一〇〇名のところ、整理券が一〇枚ほどしか出なかった回がある。営業の方は頭を抱えていたらしい。でも、開始時刻になったら一〇〇名を超える人たちが並んでくれていた。全員分受けると本が足りなくなり、系列店から運んでもらった。サイン会は初めて、という人たちばかりだった。

本好きに地方も都会も関係ない。

一〇周年を迎える前に、息切れ寸前になった。

編集者とのくだらない雑談で話したことがゴシップ雑誌に悪意を持った書き方をされていては、誰を信用していいのかわからない。一度や二度ではない。この話はどこの会社の人としただろう、と考えるのがつらかった。

文学賞の受賞がなんの励みにもならなかった。

マロンが死んだ。

泥沼に沈んでいくのを助けてもらいたくて、「四七都道府県サイン会」をしてほしいとダメ元でお願いした。双葉社を中心に、一〇社が結束し、無謀なお願いを叶えてくれた。

サイン会の意義の一つは、読者の生の声を編集や営業の方と一緒に聞けることじゃないかと思う。作品への評価の声が響くのは、作家にだけではない。ここがよかったです、の「ここ」が自分の提案したところなら、編集者もしてやったりで、しっかり意見してよかった、と思うに違いない。

都市部でのサイン会の打ち上げは、編集者とだけが多いけれど、地方のサイン会では営業の方も一緒に、皆でその土地の名物を食べる。書店員の方の反応や、数字に基づいた反響を聞くこともできる。

本についてマジメに話す。次回作の構想にも繋がる。この人はこんなことを考えていたのかと、編集者の新しい一面を知ることもできる。もう新人ではないのだから、こちらから話を振ればいいのだ、と気付く。『〇〇』読んでくれましたか？　この案どう思いますか？　と聞けば、こちらの想定する倍以上の感想や意見が返ってくることもわかった。

若い編集者との打ち合わせでは、どう思う？　ではなく、A案とB案を用意して、どちらがよいかと聞くようになった。そうすれば、さらにおもしろいC案へと続く。

サイン会は決して、読者の方々へのサービスイベントではなく、作る側の学びの場だと思っている。

初めて訪れた場所に、本を読んで共感してくれている人がいる。ニュース番組などでは、それまで頭の中を素通りしていた地名が、立ち止まり、そこで会った人たちの顔を映し出すようになった。

それは日本国内に留まらない。

本来、あなたは外に出ることが好きだ。旅が大好きだ。自転車にも乗るし、海にも潜るし、山にも登る。きっかけさえあれば、どこへでも行く。

仕事で初めて訪れた国は台湾だった。一人ずつと会話できないので、サイン会の前にトークイベントが設けられた。質疑応答、あなたは寿司のことでも聞かれるのかなと考えていた自分を擽りたくなるような質問を浴びた。

――『告白』は多くの人が読んでいて、イジメは悪いことだと考えるのに、日本でも台湾でも、なぜなくならないのでしょうか。

こんなこと日本で聞かれたことがない。あれだけ取材を受けたのに。ハンバーグを作っている動画を撮らせてください。奥さんが急にお金持ちになったことを旦那さんはどう言っていますか？　くだらない。

あなたは真剣に答えた。日本の話、ではなく、自分事として読んでもらえていたことに感謝したからだ。脚本を書いていた頃、テレビ局のプロデューサーに言われたことを思い出した。

——日本人の一〇人に一人は東京に住んでいるんだから、東京を舞台に書いてりゃいいんだよ。

真に受けなくてよかったと心から思った。

きちんと人間に向き合っていれば、物語は国境を超える。

ブックフェアに招待される機会も増えた。

エドガー賞のパーティーに出席できたことは、現段階で、作家人生における最大のご褒美だ。

楽しかったことを思い出せばキリがない。そうそう、映像化について教えてあげなければ。あなたが新人賞をとり、これから続きを書こうとしている作品は、あなたが一番好きな監督によって映画化されるよ。

そんな予告、必要ない。東京から帰る新幹線の中で携帯電話が鳴り、あわてて通路に移動して電話に出て、ヒラノさんから知らされるのだ。トンネルが続いて電波が途切れる中で、何度、名前を繰り返し、確認したことか。

夢のような出来事が次から次へと起きる一五年間だった。

あるドラマの打ち上げの席で、あなたはこんな挨拶をした。

——中学生のとき、理科の先生から、鉛筆の芯もダイヤモンドも同じ元素記号Cの炭素でできているので、鉛筆の芯を強くこすればダイヤモンドになるかもしれない、と言われました。単純な私は早速ためしましたが、手が痛くなっただけです。だけど、鉛筆の芯を強くこするというのは、文字を重ねることかもしれない。その結果、ダイヤモンドができあがり、それをさらに多くの人たちが磨いて、素晴らしい作品が完成する。そういうことだったのだと思います。

自分の作品をダイヤモンドにたとえる。

それほどにふてぶてしくおめでたい小説家に、あなたはなるんだよ。

撮影見学も楽しかった。あなたが自転車で訪れた大好きな場所に、また行くことができるよ。そこにはあの大女優がいて……。

もう時間がない。会社の前で待っていても、授賞式を終えたあなたはレストランに行っているのだから、やはり駅で待たなければ。踵を返してダッシュする。

これなら、ヒラノさんにダメ出しされた喫茶店で待っていればよかったか。双葉社で『告白』のサイン本を作っているとき、新人の営業の方がヒラノさんにダメ出しされながら買ってきてくれた和菓子の店に寄ればよかったか。どちらも、二〇二三年にはもうなくなっているのだから。だけど、記憶には残っている。余計な上書きはいらない。

やり直したい過去などどこにもない。子どもは立派に成長するし、マロンの息子、ミルは毎日あなたを癒してくれる。

あなたはあなたの姿を見つけた。やはり、ダイエットは必要かもしれないと思う。ヒラノさんもいる。人生の大先輩だと思っていたヒラノさんは、今のあなたよりも年下だ。あなたはヒラノさんと今生の別れのような涙ながらの挨拶をする。この別れ方はしばらく続く。どうして泣いていたのだろう。夢のような世界が終わってしまうことが不安だったのだろうか。

終わらないよ。終わらせてくれないし、終わらせたいと思わなくなったし。

三五歳のあなたは改札を抜けた。ヒラノさんが手を振っている。だけど、記憶にある言葉がない。五〇歳のあなたはあわてて追いかけて、ホームに向かう階段で呼びとめた。

――東京駅に行くには、総武線の黄色い電車に乗って御茶ノ水駅で降り、同じホームの向かいに移動して中央線のオレンジ色の電車に乗ればいいですよ。お元気で、がんばって。

三五歳のあなたはとまどいつつも、ありがとうございます、と頭を下げた。東京には変わった人がいるもんだな、と思いながら。

五〇歳のあなたはその背を見送る。服を着ていても存在感を発揮しているあの肩甲骨はどこに埋没してしまったのだろう。そして、はたと気付く。

自分はどうやって二〇二三年に帰ればいいのか。
そんなあなたに私は近付き、そっと切符を渡した。私の年齢は聞かないでほしい。
——お元気で、がんばって。
私が伝えたいのもそれだけだ。

湊かなえ年譜

1973年　0歳——広島県因島市（現・尾道市因島）生まれ。身長四六センチ、体重二六五〇グラム。

1979年　6歳——因島市立因北小学校入学。通学は片道徒歩一分。

1981年　8歳——夏休みに怪盗ルパン全集シリーズの「八つの犯罪」を読み、読書に夢中になる。

1984年　11歳——森村桂の『天国にいちばん近い島』を読み、いつか南の島、トンガ王国に行くことを夢見る。

1985年　12歳——因北中学校入学。バレー部に入部。

1986年　13歳——数学の定期テストでクラスで一番になるという奇跡がおきる。

1988年　15歳——広島県立因島高等学校入学。剣道部に入部。文化祭のステージでティファニーの「ときめきハート」を披露し、歌の才能がないことに気付く。

1991年　18歳——武庫川女子大学家政学部被服学科入学。他大学のユースサイクリング同好会に入会。夏に東北地方を自転車で旅する。

1992年　19歳　夏に北海道を自転車で旅する。

1993年　20歳　夏に信州と沖縄の島々を自転車で旅し、スキューバダイビングのライセンスを取る。

1994年　21歳　妙高山・火打山に登り、登山の面白さに目覚める。小笠原でスキューバダイビングも楽しむ。

1995年　22歳　アパレルメーカーに就職（〜1996年）。京都のデパートの婦人服コーナーに立つ。

1996年　23歳　青年海外協力隊隊員としてトンガ王国に赴任（〜1998年）。家政隊員として高校生の栄養指導に携わる。

1998年　25歳　トンガ赴任中、隊員が残していった本をたくさん読み、日本にいる家族、友人にたくさん手紙を書いたことが、小説家としての基礎になった。

1999年　26歳　淡路島の高校で家庭科の講師となる。

2000年　27歳　結婚。

2001年　28歳　長女を出産。

2004年　31歳　「公募ガイド」誌の川柳コーナーに投稿し最優秀賞を受賞。テレビ局が主催する脚本賞に投稿を始め、最初の応募で三次選考まで残り手応えを得る。

2005年　32歳
第2回BS－i新人脚本賞に佳作入選。

2007年　34歳
3月、『答えは、昼間の月』で第35回創作ラジオドラマ大賞を受賞。
4月、「聖職者」で第29回小説推理新人賞を受賞。
7月、ラジオドラマ『答えは、昼間の月』（NHK）放送。

2008年　35歳
8月、告白（双葉社）
9月、各出版社と面談。
『告白』が週刊文春ミステリーベスト10の1位、「このミステリーがすごい」第4位。

2009年　36歳
1月、少女（早川書房）／6月、贖罪（東京創元社）
『告白』が第6回本屋大賞受賞、第2回大学読書人大賞第6位、第3回広島文化賞新人賞受賞。

2010年　37歳
1月、Nのために（東京創元社）／6月、夜行観覧車（双葉社）／9月、往復書簡（幻冬舎）
6月、映画『告白』が公開。
2010年度の日本映画興行収入成績で第7位（38・5億円）。日本アカデミー賞最優秀作品賞、香港電影金像奨最優秀アジア映画賞を受賞。

2011年　38歳
3月、花の鎖（文藝春秋）／10月、境遇（双葉社）
12月、ドラマ『境遇』放送（朝日放送創立60周年記念ドラマの原作として執筆）。
『告白』が第4回大学読書人大賞第3位。

2012年 39歳

4月、サファイア（角川春樹事務所）／7月、白ゆき姫殺人事件（集英社）／10月、母性（新潮社）

1月、ドラマ『贖罪』放送開始。

10月、ドラマ『高校入試』放送開始（初めてテレビドラマの脚本を手掛ける）。

11月、映画『北のカナリアたち』（原作「二十年後の宿題」〈『往復書籍』所収〉）が公開。

「望郷、海の星」で第65回日本推理作家協会賞（短編部門）受賞。

2013年 40歳

1月、望郷（文藝春秋）、高校入試 シナリオ（角川書店）／6月、高校入試（角川書店）
1月、ドラマ『夜行観覧車』放送開始。
9月、ドラマ『花の鎖』放送。

2014年 41歳

3月、豆の上で眠る（新潮社）／7月、山女日記（幻冬舎）／10月、物語のおわり（朝日新聞出版）
3月、映画『白ゆき姫殺人事件』が公開。
10月、ドラマ『Nのために』放送開始。
『告白』が米国『ウォール・ストリート・ジャーナル』紙で2014年ミステリーベスト10に選出される。

2015年 42歳

1月、絶唱（新潮社）／5月、リバース（講談社）／11月、ユートピア（集英社）
『告白』が全米図書館協会のヤングアダルト図書部門が授与する「アレックス賞」（Alex Award）を受賞。

2016年　43歳

5月、ポイズンドーター・ホーリーマザー（光文社）／7月、城崎へかえる（NPO法人 本と温泉）／12月、山猫珈琲 上巻（双葉社）

1月、ドラマ『女性作家ミステリーズ　美しき三つの嘘』第一話「ムーンストーン」（原作「ムーンストーン」〈『サファイア』所収〉）。

9月、ドラマ『望郷』（原作「みかんの花」「海の星」「雲の糸」〈『望郷』所収〉）、同月、ドラマ特別企画『往復書簡〜十五年後の補習』（原作「十五年後の補習」〈『往復書簡』所収〉）放送。

10月、映画『少女』が公開。

第9回ベストマザー賞を文芸部門にて受賞。『ユートピア』で第29回山本周五郎賞受賞。

11月、ドラマ『山女日記〜女たちは頂を目指して〜』放送開始。

2017年　44歳

1月、山猫珈琲 下巻（双葉社）
4月、ドラマ『リバース』放送開始。
9月、映画『望郷』（原作「夢の国」「光の航路」〈『望郷』所収〉）が公開。
10月、ドラマ『山女日記〜山フェスに行こう／アルプスの女王〜』放送開始。
作家生活10周年を記念して全国47都道府県でサイン会ツアーを開始。

2018年　45歳

5月、未来（双葉社）／8月、ブロードキャスト（KADOKAWA）
4月、『贖罪』でエドガー賞（最優秀ペーパーバック・オリジナル部門）最終候補に選出。11月、シャルージャ国際ブックフェアにゲスト参加。

2019年　46歳

9月、落日（角川春樹事務所）
7月、香港ブックフェアにゲスト参加。
8月〜9月、リオデジャネイロ国際ブックフェアにゲスト参加。
7月、ドラマ『湊かなえ　ポイズンドーター・ホーリーマザー』放送開始。

2020年　47歳

5月、カケラ（集英社）
6月、初めてラジオパーソナリティを務める番組「湊かなえの『ことば結び』」（FM大阪）の放送開始（〜2022年3月）。
第1回「高校生のための小説甲子園」選考委員を務める（〜第3回、2022年）。

2021年　48歳

3月、ドキュメント（KADOKAWA）／11月、残照の頂　続・山女日記（幻冬舎）
4月、一年間休筆を宣言。
9月、インドネシア国際ブックフェアに自宅からZoomでゲスト参加。
10月、ドラマ『山女日記3』放送開始。
12月、テレビアニメ初脚本となる『ルパン三世　PART6』第9話「漆黒のダイヤモンド」が放映される。

2022年　49歳

10月、湊かなえのことば結び（角川春樹事務所）
11月、映画『母性』が公開。

2023年　50歳

12月、人間標本（KADOKAWA）
9月、ドラマ『落日』放送開始。

あとがき

最後までお読みいただきありがとうございました。

一五周年は、他にも楽しいことがたくさんありました。

宮古島でサイン会をしたり、宮古高校でワークショップをしたり。『告白』の特装版（液体カバー）を作ってもらったり。五〇歳の誕生日を高尾山でお祝いしてもらったり、日本最後の秘境と呼ばれる雲ノ平（くものだいら）の登山にようやく行けたり――。

中でも印象的なのは、バイオリン二人とピアノ一人の音楽グループ、ＴＳＵＫＥＭＥＮとの登山です。映画『白ゆき姫殺人事件』で芹沢ブラザーズを演じられた三人組です。

大学時代、初の本格的な登山として妙高山に登った際、頂上で中年のご夫婦からコーヒーをごちそうになりました。インスタントでしたが、それまでに飲んだどのコーヒーよりもおいしかったです。山で飲んだり食べたりするものは、地上の何倍もおいしく感じる。ということは、山頂で高級なものをいただけば、どんな有名レストランのものにも勝るのではないか。そんなふうに、楽しむようになっていきました。

ＴＳＵＫＥＭＥＮのリーダー、ＴＡＩＲＩＫさんと再びのご縁をいただいたのが、二〇二一年の秋。テレビ信州の番組の企画で新曲作りのために淡路島に来られたＴＡＩＲ

ＩＫさんと、島内の神宮などを周らせてもらいました。そして、早朝の海岸でバイオリン演奏を聴かせていただくという、とても贅沢な経験をしたのです。

ＴＳＵＫＥＭＥＮは生の音を大切にするグループです。バイオリンの音と波の音が見事に調和し、体全体が浄化されていくような心地になりました。ふと、この最上級の音楽を山頂で聴くことができたらどんなにすごいだろう、と思いました。

無謀な思いつきです。音楽家は手を大切にしなければならないし、貴重な楽器を山頂に運ぶにはさまざまなリスクが伴います。しかし、ＴＳＵＫＥＭＥＮのメンバー皆さんが快く受けてくださり、各分野のプロの方々のサポートを受けて、二三年五月に実現したのです。天候にも恵まれました。

八ヶ岳の一つ、編笠山の山頂でＴＳＵＫＥＭＥＮの生演奏。感動に体が震えました。この先、つらいことが起きても、この日のことを思い出せば乗り越えられる。そんな一日でした。

他には、インドネシアの首都・ジャカルタで開催されたブックフェアにも参加してきました。

このブックフェアには二年前にも招待いただいたのですが、コロナ禍でＺｏｏｍ参加となりました。人生初Ｚｏｏｍがこのフェアのトークイベントで、繋がらなかったり、近所の犬がものすごく吠えていたり、ハプニングがありながらも、約六〇〇人の方々が参加してくれ、楽しい時間を過ごすことができました。しかし、退出後は自宅で一人です。打ち上げは？　ナシゴレンは？　と寂しくなりました。

それがついに、今回は現地に行くことができたのです。トークイベントにもサイン会にもたくさんの読者の方がお越しくださいました。トークイベントでは私の入場前に紙パックの牛乳が配られていました。そこで、第一声を「牛乳を飲み終わった人から、席に着いてください」とし、通訳の方が訳された途端、どよめきと喝采が起きました。会場の八割以上の方が『告白』を読んでくれていたのです。

そのうえ、前列の女性二人組が黒いキャップをかぶっているのですが、そこに白で刺繡されている文字がどう見ても「イヤミス」なのです。オーダー？　既製品？　どういうこと？　と目が離せません。後から、インドネシア語版の私の作品を出してくれているHARU社が『少女』刊行の際、イヤミスブームを盛り上げるために作ったことを知り、私も一ついただきました。

インドネシアでは「イヤミス」が通じるのです。

そして、やはり節目として印象深いのが、まえがきにも書いたサイン会ツアーです。『告白』以外にもさまざまな本を持ち寄っていただいた中、多くの方が気になるのはやはりコレです。

――新刊、いつですか？

二〇二一年の秋に『残照の頂　続・山女日記』を出した後、二二年は一年、執筆活動を休ませてもらいました。ミュージカルなどの演劇や映画をたくさん観賞し、よい刺激は受けたものの、二三年になっていざ執筆再開してみても、まったく書くことができません。

コロナ前から進んでいた企画も合わせ、四作品を同時進行するものの、亀のレース並みの進み具合でした。全体のプロットはできているのに、頭の中にはぼんやりとした映像しか浮かばないのです。もう書けなくなってしまったのかもしれない。そんなふうに思っていました。既刊本でサイン会をしていることが申し訳なくもなりました。しかし……。

周年記念なのに新刊を出さないとか、ありえないだろう。こんなにも応援してもらっているのに。よし、出すぞ！

そう決意したのが六月末。亀の進行の中でもとりあえず一〇〇枚書けていた作品を仕上げることにしました。年内刊行のためには、八月中に完成させなければなりません。登山やサイン会などの日を差し引くと、一日二〇枚。できるのか？　とにかく書くしかありません。

自分にまだこれだけ集中力が残っていたことに驚きました。デビュー直後の三本同時連載＋短編を書いていた時よりも、しっかりと書けるのです。『告白』を書いていた時と同じペースです。そのうえ、おもしろい。八月下旬のサイン会で「何かおすすめの作品はありますか?」と聞かれ、「私が今書いている作品が一番おすすめです。今年中に出ます」と答えたほどに。

新刊は？　と訊ねられたら、年内に、と答える。一〇〇人以上の方々に告知したからには、無理でした、と言う訳にはいきません。

そうして書き上げたのが『人間標本』です。

やればできる、まだ書ける。自分にそう言い聞かせながら、この先、一作ずつ書き上げていき……、何年続くのかはわかりません。せめて二〇周年、できれば三〇周年。もうダメだ、と思ったら読者の皆さんに会いに行きます。会いに行くためには新刊を出さなければなりません。

どうか皆さん、末永くおつきあいください。

お元気で、がんばって——。

二〇二三年　秋

湊かなえ

本書は、集英社文庫のために書き下ろされました。

初出　「一夜十起」小説野性時代 vol.122 付録
『「10にまつわる物語」』収録

10社合同企画
湊かなえ　デビュー10周年47都道府県サイン会ツアー
「よんでミル？　いってミル？」
https://fr.futabasha.co.jp/special/minatokanae/10th/

高校生のための小説甲子園
https://lp.shueisha.co.jp/koushien/

本文デザイン／bookwall

湊　かなえの本

白ゆき姫殺人事件

化粧品会社の美人社員が殺害された。容疑者は同僚!?　ネットで飛び交う憶測と無責任な週刊誌報道。噂話の矛先は、一体誰に刃を向けるのか。主演・井上真央で映画化！

集英社文庫

湊　かなえの本

ユートピア

美しい景観の港町・鼻崎町。事故が原因で車椅子生活を送る小学生・久美香と、彼女を広告塔に支援団体を立ち上げる三人の女性たち。善意が人間関係を歪める緊迫の心理ミステリー。

集英社文庫

湊　かなえの本

カケラ

美容外科医が追う明るく活発だった少女の死の真相。なぜ彼女はドーナツがばら撒かれた部屋で死んだのか。美容整形をテーマに、周囲の目と自意識が生み出す恐怖を描くミステリー！

集英社文庫

集英社文庫　目録（日本文学）

湊かなえ　白ゆき姫殺人事件
湊かなえ　ユートピア
湊かなえ　カケラ
湊かなえ　ダイヤモンドの原石たちへ　湊かなえ作家15周年記念本
宮内勝典　ぼくは始祖鳥になりたい
宮内悠介　黄色い夜
宮尾登美子　影絵
宮尾登美子　朱夏（上）（下）
宮尾登美子　天涯の花
宮尾登美子　岩伍覚え書
宮木あや子　雨の塔
宮木あや子　太陽の庭
宮木あや子　喉の奥なら傷ついてもばれない
宮城公博　外道クライマー
宮城谷昌光　青雲はるかに（上）（下）
宮子あずさ　看護婦だからできること

宮子あずさ　看護婦だからできることⅡ
宮子あずさ　老親の看かた、私の老い方
宮子あずさ　ナースな言葉　こっそり教える看護の極意
宮子あずさ　ナース主義！
宮子あずさ　卵の腕まくり　看護婦だからできることⅢ
宮沢賢治　銀河鉄道の夜
宮沢賢治　注文の多い料理店
宮下奈都　太陽のパスタ、豆のスープ
宮下奈都　窓の向こうのガーシュウィン
宮田珠己　ジェットコースターにもほどがある
宮田珠己　だいたい四国八十八ケ所
宮部みゆき　地下街の雨
宮部みゆき　R.P.G.
宮部みゆき　ここはボツコニアン　1
宮部みゆき　ここはボツコニアン　2　魔王がいた街
宮部みゆき　ここはボツコニアン　3　二軍三国志

宮部みゆき　ここはボツコニアン　4　ほらホラHorrorの村
宮部みゆき　ここはボツコニアン　5　FINAL　ためらいの迷宮
宮本輝　焚火の終わり（上）（下）
宮本輝　海岸列車（上）（下）
宮本輝　水のかたち（上）（下）
宮本輝　いのちの姿　完全版
宮本輝　田園発　港行き自転車（上）（下）
宮本輝　草花たちの静かな誓い
宮本輝　ひとたびはポプラに臥す　1〜3
宮本輝　灯台からの響き
宮本昌孝　藩校早春賦
宮本昌孝　夏雲あがれ（上）（下）
宮本昌孝　みならい忍法帖　入門篇
宮本昌孝　みならい忍法帖　応用篇
深志美由紀　怖い話を集めたら　連鎖怪談
三好昌子　朱花の恋　易学者・新井白蛾奇譚

集英社文庫

ダイヤモンドの原石たちへ　湊かなえ作家15周年記念本

2023年12月25日　第1刷　　定価はカバーに表示してあります。

著　者　湊　かなえ

発行者　樋口尚也

発行所　株式会社　集英社
東京都千代田区一ツ橋2-5-10　〒101-8050
電話【編集部】03-3230-6095
【読者係】03-3230-6080
【販売部】03-3230-6393（書店専用）

印　刷　TOPPAN株式会社

製　本　TOPPAN株式会社

フォーマットデザイン　アリヤマデザインストア　　マークデザイン　居山浩二

ISBN978-4-08-744596-1 C0195